W0374103

Dieter Weißbach

MORDNACHT

Oberbayern-Krimi

Allitera Verlag
Krimi

Für den Maremma Peter,
meinen Begleiter auf seltsamen Wegen.

Peter Bechmann (1946–2012)

April 2014
Allitera Verlag
Ein Verlag der Buch&media GmbH, München

Umschlaggestaltung: Alexander Strathern, München
Titelbilder Klaus Doblmann (www.dokla.net);
Printed in Europe
ISBN 978-3-86906-628-8

Alles Glück dieser Welt entsteht aus dem Wunsch,
dass andere glücklich sind.
Und alles Leiden dieser Welt aus dem Wunsch,
dass wir selbst glücklich sind.

Sinnspruch von Shantideva, 8. Jahrhundert

1

Ihr Treffen hatte später begonnen als geplant. Joseph Neuner, Leiter der Polizeiinspektion Garmisch-Partenkirchen, hatte zum Dienstschluss noch einen Unfall auf den Tisch bekommen, und Oscar Vincenti, Notar, ebenfalls aus Garmisch und auf dem Rückweg von einem Termin, war hinter Mittenwald in einen Stau geraten. Immer dichter fiel der Schnee auf die Häupter der drei Wartenden, Dr. Wolfram Summer, Orthopäde und DSV-Mannschaftsarzt, Karl-Friedrich Häusler, genannt Lufti, Farchanter Bürger, Mitglied der bayerischen Gebirgsschützen, der größte Sägewerksbesitzer im Tal, und Erwin Zimmerl, Vertreter für Skibekleidung, ebenfalls aus Farchant.

Eine Stunde später gingen die fünf wieder auseinander. Wolfram Summer drehte an seiner Stirnlampe, fummelte noch ein wenig an den Schlaufen seiner Walkingstecken und verschwand Richtung Wald. Bis Partenkirchen rechnete er mit einer guten Stunde, heute wohl eher anderthalb. Vincenti, Neuner und Zimmerl stapften am Rand der Skipiste hinunter zum Parkplatz, wünschten sich noch einmal einen angenehmen Abend, Vincenti und Neuner bestiegen ihre Wägen, Erwin Zimmerl ging weiter Richtung Uferweg. Lufti Häusler, sogar im Dunkeln und bei Schneetreiben leicht zu erkennen an seinem altmodischen Pelerinenmantel und dem handgearbeiteten Trachtenhut, steckte sich erst einmal eine an. Das hölzerne Wegkreuz und der Kastanienbaum an seiner Seite blieben wie immer unbeachtet zurück. Der Baum kannte es nicht anders, er war noch jung und erst vor wenigen Jahren hier gepflanzt worden. Das Marterl, ungebeugt, trotz der Jahrzehnte, die es schon hier stand, mochte dagegen wirklich eine Art Erinnerung haben an vergangene, an bessere Zeiten, als die Menschen, die es schließlich errichtet hatten, noch nicht achtlos an ihm vorübergingen, sondern stehen blieben, kurz innehielten, ein kleines Gebet verrichteten, sich bedankten für ein gesund geborenes Kind, eine glücklich überstandene Operation, den Tod der reichen Erbtante oder einfach nur für einen schönen Tag. Aber nicht einmal für ein hastig geschlagenes Kreuzzeichen schien es heutzutage zu reichen. Nur die alte Martha Bruckmeier mit ihrem Rucksack, in den sie alles stopfte, was sie meinte, gebrauchen zu können, sei es für die Küche, zur Verschönerung ihres Heims oder einfach nur zum Verheizen, kam regelmäßig vorbei und murmelte von vergangenen Geschichten, die keiner hören wollte, von begangenem Unrecht, diejenigen würden schon wissen, von einem bemalten Haus, das nicht mehr stand, Gottes Zorn und ewiger Verdammnis und anderem verworrenen Zeug. Und natürlich die Kinder, die hier, zur Freude ihrer jeweiligen Erziehungsberechtigten, erste hoffnungsvolle Bögen in den Schnee stemmten.

Karl-Friedrich Häusler war ein Mann von Achtung gebietendem Äußeren, ein echter Werdenfelser, Ende sechzig, mit einem gepflegten Schnauzbart, eisblauen Augen und vollem, grauem Haar. Wenn man ihn so sah, gerade hatte er das Kuhgitter überquert und wieder festen Boden unter den Stiefeln, mochte man kaum glauben, dass er in frühen Jahren als rechter Treibauf und Schürzenjäger verschrien war. Einer, zu dem der Name Lufti wirklich passte, aber auch einer, der aus nichtigstem Anlass Schlägereien anzettelte, der regelrecht außer Rand und Band geraten konnte, der tat, als müsse er nie erwachsen werden, und der dann, als nur noch er und Erwin übrig waren, gerade noch so die Kurve kratzte. Er war fast vierzig, als er zu Elvira ging, eine Straße weiter, ebenfalls eine übrig Gebliebene, und sie fragte, ob sie ihn haben wolle.

Von Bekannten angeblinkt oder durch beschlagene Seitenscheiben gegrüßt, stapfte er die Esterbergstraße entlang Richtung Ort und überquerte die Loisach, die hier, wie meist um diese Jahreszeit, mehr Eis und Schnee als Wasser führte, musste am Bahnübergang einige Minuten warten – was ihm unangenehm war, denn er hatte keine Lust, geschlossenen Autofenstern zuzuwinken und dabei den Mund zu bewegen, was ja keinen Sinn machte, außer jemand drehte sein Fenster herunter, was ihm noch unangenehmer wäre, denn dann käme er um eine Konversation nicht herum. Er wartete dann noch einmal an der großen Kreuzung und war schließlich in dem Teil des Ortes, den die Zugezogenen respektvoll Altfarchant nennen. Hier steht das Rathaus, die Kirche, die Schule, hier hat der Metzger seinen Laden und der Bäcker, hier wohnen Bauer und Vieh noch unter einem Dach, Hühner gibt es auch und echte Misthaufen mit Odelrinne. Hier wohnen die, die immer schon hier wohnen, die niemandem eine Erklärung schuldig sind, die tun, was zu tun ist, und alles andere so lange vor sich herschieben, bis es sich am besten von selbst erledigt. Ein Indiz für dieses Gerücht sind ihre Häuser. Mögen ihre Bewohner von Generation zu Generation immer größer werden, sie selbst unter der Last der Jahrhunderte langsam in Grund und Boden versinken, kaum einer ihrer Besitzer käme deshalb auf die Idee, es abzureißen und ein neues dafür hinzustellen. Auch wenn die Balkone zum Teil schon so niedrig hängen, dass man sich bücken muss, um unter ihnen durchzugehen. Zumindest soll es Leute geben, die das behaupten.

»Und wie war's?«, fragte Elvira aus der Küche.

»Wie soll's schon g'wesen sein«, brummte er aus der Garderobe und schob betont beiläufig nach: »Ich geh dann noch mal.«

»Ich hab gedacht, du kommst gerade.«

»Ich schau noch ins Stüberl. Ich zieh mich nur schnell um.«

»Übrigens, die Regine hat angerufen.«

»Und?« Er nahm Geldbeutel und Handy aus dem Überwurf und steckte beides in seine schwarze Bogner-Jacke. »Was sagt sie?«

»Nichts Besonderes, das Übliche, dass es ihr gut gefällt im neuen Job. Besonders, dass die Kollegen sie so freundlich aufgenommen haben, richtig befreit hat sie geklungen am Telefon. Und ob wir am Wochenende schon was vorhaben. Ich hab gesagt, dass wir da sind. Ich hab mir gedacht, ich mach uns eine Linzer Torte oder vielleicht einen Aprikosenkuchen. Ich weiß noch nicht genau. Mal schaun.«

»Brauchst nicht auf mich zu warten«, antwortete er fürsorglich. »Also dann, bis später.«

»Ist schon recht. Und sei leise, wenn du kommst. Soll ich dir was warmhalten?«

»Nein, ich ess im Stüberl.«

Er zog die Tür ins Schloss und griff nach der Schneeschaufel. Langsam wusste er wirklich nicht mehr, wo er den Schnee noch hinwerfen sollte. Am liebsten hätte er ihn einfach auf die Straße geschoben, war sich aber nicht sicher, ob es da nicht eine Verwaltungsvorschrift gab, die das untersagte. Er war Gemeinderat, er konnte nicht einfach tun, was er wollte. Er würde sich erkundigen.

Zehn Minuten später saß er am Stammtisch des Georgistüberls und wartete auf das Einsetzen der Gemütlichkeit. Es roch nach Küche. Marthas Küche, präzisierte er, wischte sich den Schweiß von der Stirn und kam zurück zu dem, was sie eben am Marterl besprochen hatten. Wie immer landete er ziemlich schnell bei der Frage, warum er sich das eigentlich immer noch antat. Nichts hinderte ihn daran, einfach auszusteigen. Es gab keinerlei Verträge, nichts, was ihn band. Aus. Vorbei. Ein für alle Mal. Nie mehr diese blöde Angst, dass doch noch was rauskommen würde. Nie mehr Kitzbühel, Serfaus, Ladis, Ischgl oder wie auch immer die Skigebiete hießen, die sie in bald dreißig Jahren abgegrast hatten. Obwohl, diese Orte waren weit weg. Auch mit Garmisch hatte er kein Problem. Aber hier war er daheim. Der größte Sägewerksbesitzer im Tal, Mitglied des Gemeinderats, ein angesehener Bürger. Er war heilfroh gewesen, als sie die Anlage endlich beschlossen hatten. Jetzt schon an eine Erweiterung zu denken, ging entschieden zu weit. Wenn nur nicht dieser Pelzer wäre. Wenn der sich etwas in den Kopf gesetzt hatte, war er nur schwer wieder davon abzubringen. Das Beste würde wohl sein, erst einmal auszuloten, wer dagegen und wer dafür stimmen würde. Waren genügend Gemeinderäte dafür, könnte er seine Hände in Unschuld waschen und sogar dagegen stimmen. Wenn nicht? Wenn seine Stimme den Ausschlag geben würde? Eine blöde Situation. Aber warum, versuchte er das nutzlose Grübeln auf den Punkt zu bringen, sollte ihnen gerade Farchant mit seiner windigen Hundertfünfzigtausendeuroanlage zum Verhängnis werden. Auf jeden Fall nicht, wenn sie jetzt erst einmal Ruhe gäben. In ein, zwei Jahren vielleicht, warum nicht. Aber jetzt? Nicht auszudenken. Ihn schauderte. Spontan drückte er seinen verlängerten Rücken gegen den Kachelofen und dachte wieder einmal daran, wie alles angefangen hatte. Auch wenn es ewig her war, er erinnerte sich an jedes Detail.

Zum ersten Mal seit Jahren hatte einer der Freunde es für nötig gehalten, sich wieder einmal zu melden. Wolfram, wer sonst. Sie wollten sich treffen, am Marterl, logisch. Und ob er sich nicht manchmal langweilen würde dabei, immer nur den Sägewerksbesitzer zu spielen. Sie hätten da eine Idee, die ihm gefallen könnte. Er hatte nicht die geringste Vorstellung, was das wohl sein könnte. Er wusste ja nicht einmal, dass die vier noch Kontakt hielten. Alle fünf, mein Gott, wie lange war das her. Das war alles, was zählte, als er noch am selben Abend mit klopfendem Herzen, unverrückbarer Bestandteil seiner Erinnerung, an ihren alten Treffpunkt geeilt war. Sie hatten sich in die Arme genommen, zum ersten Mal in ihrem Leben, jeder mit Tränen in den Augen, und bis er kapiert hatte, um was es ging, hatte er bereits Ja gesagt. Erst viel später war ihm der Gedanke gekommen, dass sie ihn vielleicht absichtlich überrumpelt hatten. Aber warum sollten sie. Wahrscheinlich war es für die vier einfach selbstverständlich gewesen, dass er dabei wäre, nein, müsse. Sie hatten ihn gefragt, und er hatte Ja gesagt. Das war alles gewesen. Ein erfolgreicher Unternehmer und Mitglied der bayerischen Gebirgsschützen, ein Polizeioberrat auf dem Sprung zum Dienststellenleiter, ein Notar und Mitglied beim BUND, dazu ein Orthopäde und DSV-Mannschaftsarzt, und Erwin, den eine schwedische Nobelmarke eben zum Generalvertreter ernannt hatte. Eine beeindruckende

Aufzählung, ein Beweis, dass sie es zu etwas gebracht hatten. Warum sich das nicht vergolden lassen? Und wer wäre wohl besser geeignet, hatten sie gelacht, einen Ort von der Notwendigkeit künstlicher Beschneiung zu überzeugen. Und gebaut würden sie sowieso, stellte Oscar unmissverständlich klar. So etwas konnte er, ein Fragezeichen durch ein Ausrufezeichen ersetzen, im richtigen Moment einen passenden Spruch aus dem Hut zaubern.

Und sie wären wieder zusammen, schwärmte Erwin, einer für alle, alle für einen, wie in alten Zeiten. Kein Wort, dass man da konspirativ vorgehen müsse, im Geheimen.

Einer ging voraus, die anderen folgten. Welle um Welle. Manchmal dauerte es Jahre, bis sie die jeweilige Gemeinde so weit hatten. Der Durchbruch erfolgte Ende der Achtzigerjahre, nach ein paar schneearmen Wintern, als die Wintersportorte erschrocken feststellten, dass ausreichend Schnee nicht gottgegeben war. Mit ihnen die mächtigen Seilbahngesellschaften, die plötzlich um ihre Existenz bangten. Im Schlepptau die Politiker, denen vielleicht in absehbarer Zeit die Austragungsorte regelrecht davonschwimmen würden, denen überhaupt der ganze Skizirkus komplett abzuwandern drohte. Von da an lohnte es sich. Sie verdienten ein Vermögen mit ihrer Beratertätigkeit. Lufti Häusler registrierte es, mehr nicht. Er hatte genug eigenes Geld. Ihm genügte es, herumzukommen, Menschen kennenzulernen, neue Gesichter zu sehen. Er hätte es auch getan, wenn er nichts dafür bekommen hätte. Irgendwie wäre es ihm sogar lieber gewesen.

Veronica Fischer, die sein Kommen mit einem knappen Nicken zur Kenntnis genommen hatte, gehörte zu den Frauen, die älter wirken, als sie sind. Nicht einmal die roten Haare, die sie am Morgen zu einem lockeren Pferdeschwanz band und erst am Abend wieder löste, hatten diesem Eindruck Entscheidendes entgegenzusetzen. Sie war von mittlerer Größe, schlank, aber nicht feingliedrig, und ihren Schritten sah man an, dass sie eher an ausdauerndes Gehen gewohnt waren, als zwischen Tischen und Stühlen wie zwischen zu eng gesteckten Slalomstangen herumzuwedeln.

Andererseits hatte sie kein Problem damit, vier Teller gleichzeitig und formvollendet durchs Lokal zu balancieren. Sie durfte dabei nur nicht an die Möglichkeit denken, dass ihr ein Gast an den Hintern fassen könnte. Und sie arbeitete alleine. Sie hatte keine Lust darauf, jede Saison eine neue Aushilfe anzulernen und ihr dann permanent auf die Finger zu sehen. Bargeld macht gierig, hatte sie deshalb gleich zu Anfang ihrer Köchin Martha erklärt und ihr damit sozusagen über Bande aufgezeigt, um was sie besser einen großen Bogen machen sollte. Sie wusste, dass es knapp hergehen würde, dass sie sich keinen launischen Teenager und schon gar keine diebische Elster leisten konnte. Von den paar Urlaubern im Sommer waren keine Reichtümer zu erwarten, und dass die paar Einheimischen die Heimkehrerin mit offenen Armen empfangen würden, war auch nicht ausgemacht. Man wusste nie, wie Gäste auf einen Wirtswechsel reagierten. Zum Glück war ihr Vorgänger mehr am eigenen Konsum interessiert gewesen als an der Zufriedenheit seiner zahlenden Kundschaft, sodass, bis auf eine Handvoll Schwerstalkoholiker, alle im Dorf der Meinung waren, dass es schlimmer wohl kaum werden könne. Ein nicht zu unterschätzender Vorteil war, dass sie eine von hier war. Im Ort geboren und aufgewachsen, in jungen Jahren hinausgezogen in die Welt und erst jetzt zurückgekehrt an einen Platz, der nur auf sie gewartet zu haben schien: das Georgistüberl. Ein Häuschen, nicht mehr ganz im Zentrum, mit einer stilvollen Malerei quer über die Front und einer kleineren zwischen Haustür und erstem Stock, daneben eine Schlosserei, umgeben von Bauernhöfen, bewirtschaftet oder zu Wohneinheiten umfunktioniert, gegenüber die einzige Tankstelle, ein paar Herbergsbetriebe, nichts Großes, nichts, über das man sich aufregen müsste. Für die, die es kennen, darunter wohl fast nur Einheimische, steht es stellvertretend für den gesamten Ort, Heimat von knapp viertausend Seelen, an einen Berg gelehnt, der ebenso harmlos daherkommt wie das Dorf selbst. Keine Sehenswürdigkeiten, keine groß zu feiernden Jahrestage, nicht einmal ein durchgereister Heiliger, der sich einmal im Jahr wichtig macht. Dafür an die zwanzig Vereine, vom

Maschkerastammtisch über den Spar- und Stopselclub bis zu den Fingerhaklern ist alles vertreten. Wobei vom Fingerhakeln abzuraten ist, solange noch ein Briefmarkensammler unter den Familienmitgliedern weilt. Nicht dass man am End das ganze Glump erbt, es zu den vereinigten Briefmarkensammlern schleppt, die einen infizieren und einem dann seine Gelenksarthrose in die Quere kommt. Dreiviertel des Jahres ist Farchant von saftigen Wiesen und Weiden umzingelt, im Winter schneit es. Farchant hat auch einen eigenen Bahnhof. Der Spatenstich für den Bau der dazugehörigen Bahnlinie erfolgte etwa 1200 vor Christus, als durchreisende Bernsteinhändler eine erste Schneise durch diesen unwirtlichen Landstrich schlugen. Die feierliche Eröffnung der Linie Murnau–Garmisch-Partenkirchen fand allerdings erst dreitausend Jahre später statt, am 25. Juli 1889. Am Ende des Tals, in Sichtweite, liegt Garmisch-Partenkirchen, die Kreisstadt, die alles verschlingt, was an Farchant vorbeifährt, seit der Tunnel den Ort von der Welt abgeschnitten hat, zu der man aber ein entspanntes Verhältnis pflegt.

Abgesehen vom Tunnel hatte sich seit ihrem Weggang nicht viel verändert. Links und rechts der alten Straße, die während ihrer Abwesenheit in Kurven gelegt worden war, war ein Neubaugebiet entstanden, und wo in ihrer Jugend Kühe geweidet hatten, standen jetzt Einfamilienhäuser. In der anderen Richtung, zur Autobahn hin, hatte sich eine Handvoll Firmen angesiedelt, und der Friedhof war jetzt doppelt so groß, war aber immer noch mit diesem einzigartigen Bergblick gesegnet, der sie auch in der Fremde nie losgelassen hatte und den wohl auch Martha Bruckmeier genoss, wenn sie herüberschaute, im Winter vom Küchenfenster aus, im Sommer auf der kleinen Gartenbank neben der Haustür sitzend.

Martha Bruckmeier lebte alleine, vielleicht der Hauptgrund, warum sie nicht aufhörte zu arbeiten, dazu der Fortschritt in der Küche, all die Erleichterungen. Kein Vergleich zu früher. Die Pfannen, die sofort anbrannten, wenn man mal eine halbe Zigarettenlänge nicht aufpasste, das stundenlange Umrühren, die ewig sauertöpfischen Küchenmeister, die Schlepperei all die Jahre, besonders in den Großküchen, erst bei den Amerikanern, dann in der Bundeswehr. Und jetzt, wo es um so viel leichter geworden war, wollte sie das mitnehmen, so lange es noch irgendwie ging.

Ihre Eltern waren arme Kleinbauern gewesen. Einfache Leute von der Sorte, die nirgends dabei sind, die keiner kennt, die sterben, ohne dass es in ihrem Leben jemals etwas wirklich Schönes gegeben hätte, die Kinder haben, die ihnen egal sind, Hauptsache, sie funktionieren. Mittag heimgekommen, den Schulranzen achtlos in die Ecke gestellt, schnell etwas hinuntergeschlungen, dann ab in den Stall, auch am Sonntag, und immer auf der Hut vor dem Jähzorn des Vaters. Gleich nach Beendigung der Schule besorgte sich Martha deshalb eine Stelle als Hilfsköchin. Aber die Hoffnung, dass sich dadurch etwas ändern würde, blieb unerfüllt. Das verdiente Geld kassierte der Vater, Prügel gab's trotzdem weiter reichlich. Ruhe war erst, nachdem er von einer Kuh mit einem gezielten Tritt ins Jenseits befördert wurde. Als Jahre später auch ihre Mutter starb, verkaufte sie das Vieh und das bisschen Grund, das nach Abzug der Beerdigungskosten geblieben war, und besorgte sich eine Ganztagsarbeit. Nur einmal hatte sie seitdem den Landkreis verlassen, vor bald zwanzig Jahren, zur Beerdigung ihrer jüngeren Schwester, die nach Huglfing auf einen Bauernhof geheiratet hatte, und noch einmal, als sie bald darauf erneut hinfuhr, warum auch immer. Nur so viel hat sie verstanden, dass der Bauer, der jetzt alleine lebte, irgendwie meinte, dass jetzt vielleicht sie … Aber weiter kam er nicht. Die Vorstellung, was das mit sich bringen würde, jede Nacht mit einem Mann und so. Sie tat sich ja schon schwer damit, jemandem nur die Hand zu geben.

Bruckmeiers Martha, wie sie sich selbst nannte, war keine reizvolle Person. Alles an ihr war eckig, ihr Gang, die Art zu reden, das Kinn, das sie bei jedem Schritt ruckartig nach vorne bewegte, sogar ihr Blick. Es gab nur einen Grund, sich für sie zu interessieren: ihre Sparsamkeit. Jeder im Dorf wusste, dass sie Geld hatte, wo wäre es denn hin. Doch sie ließ sich auf nichts ein, blieb allein. Die einzige Abwechslung in ihrem Leben waren die Jahreszeiten, die kamen und gingen, hin und wieder ein neuer Nachbar und das Fernsehprogramm. Sie ließ die anderen in Frieden, und die sie. Nur einmal geriet sie aus dem Tritt. Damals, beim Bau der Ortsumgehung, als das bemalte Haus zwischen Farchant und Oberau, ein kleines Häuschen, von der Straße aus gut zu sehen, dazu ein paar Gewächshäuser, als das alles einfach abgerissen wurde und der Besitzer von heute auf morgen wegzog. Aber was genau sie so tief getroffen hatte, der Verlust des Eremiten, seiner Gewächshäuser, des bemalten Hauses – etwas Besonderes war es nicht gewesen –, erfuhr nie jemand. Solange der Baufortschritt es erlaubte, ging sie hin, bückte sich, hob etwas auf, verstaute es in ihrem Rucksack, lief hierhin und dorthin, schaute, bückte sich, klaubte und ging wieder weg. Keiner dachte sich etwas dabei, seltsam war sie ja schon immer gewesen. Wenn jemand sie ansprach zum Beispiel, vielleicht ein vorwitziger Wanderer, der nach dem Weg fragte, ruckte sie erst mit dem Kopf und begann sogleich, vor sich hinzuschimpfen. Tourette, sagten die, die es wissen mussten. Jetzt war sie eben noch ein wenig mehr »tourette«. Bestimmt auch ein Grund, weshalb sich nie jemand für sie gefunden hatte, denn wie gesagt: Geld wäre da gewesen, also rentiert hätte sie sich. Für Veronica war es ein Glück. Die verschrobene Alte, bei der jeder lieber die Straßenseite wechselte, war die ideale Küchenkraft. Sie arbeitete schnell und sauber, diskutierte nicht, war immer einsatzbereit, und was sie kochte, schmeckte. Bevor sie allerdings anfing, stellte sie zwei Bedingungen: Die erste war, dass sie sich keine Vorschriften machen lassen wollte. Dafür, meinte sie, sei sie dann doch zu alt. Entweder, sagte sie, es passe oder eben nicht Die zweite war, dass sie allein arbeiten wolle. Allein oder gar nicht. Auch das war ganz im Sinn ihrer neuen und vermutlich letzten Arbeitgeberin.

Mit einem hingeworfenen »Komm gleich« verschwand Veronica in der Küche. Sekunden später war sie wieder da.

»Na, heut ganz allein ...?«

»Was? ... Entschuldige, Vroni, ich war grad in Gedanken. Es wird schon noch wer kommen. Schenkst du mir bitte ein Weißbier ein?«

»Zum Essen auch was?«

»Ja, das Cordon Bleu von der Tageskarte, das hätt ich gern.«

Erst jetzt sah Lufti sich um. Im kleinen Gastraum saßen ausschließlich Leute, die er kannte. Nicht ein einziger Fremder, stellte er zufrieden fest. Nicht dass er etwas gegen Auswärtige gehabt hätte, es war nur einfach ein gutes Gefühl, noch einen Ort zu haben, an dem man unter sich war. Und das war eh nur im Winter, außerhalb der Wandersaison, der Fall. Er hatte seinen Rundblick schon fast beendet, als ihm doch noch ein neues Gesicht auffiel. Am Bistrotisch, gleich am Eingang. Kein beliebter Platz. Besonders im Winter, wenn jeder Gast einen Schwall kalter Luft hinter sich herzog. Ihr schien es nichts auszumachen. Vor sich hatte sie einen leer gegessenen Teller, Messer und Gabel auf fünf Uhr, die Papierserviette unter das Besteck geklemmt. Den Resten nach zu urteilen, musste es ein Schnitzel mit Kartoffelsalat gewesen sein. Eine Bewegung ihres Kopfes vermittelte ihm für einen Moment das Gefühl, sie schon einmal gesehen zu haben. Wer ein Schnitzel bestellt, setzte er seinen Gedankengang fort, zeigt damit, dass er sich nicht für etwas Besseres hält. Sie hätte auch Salat mit Scampis nehmen können. Er hätte es ihr nicht übel genommen. Es hätte zu ihr gepasst. Innerhalb von Sekunden hatte er ein Bild vor sich: die Vorstellung einer Frau aus der Stadt, die aufgrund einer Trennung ein paar Tage allein sein will und sich dazu einen Ort aussucht, den sie vielleicht vom Durchfahren kennt und der ihr auch erst nach längerem Nachdenken in den Sinn gekommen ist. Ein Ort, an dem niemand sie vermuten, folglich auch nicht suchen wird. Sie war die, die verlassen hatte. Keine Anzeichen von durchweinten Nächten etwa oder Nachlässigkeiten an ihrem Äußeren, kein unsteter Blick. Sie war die, die gehandelt hatte.

Er wandte sich wieder seiner Zeitung zu, blieb mit den Gedanken jedoch bei der Frau. Wie lange mochte sie es vor sich hergeschoben haben? Er hielt das Blatt vors Gesicht und schielte über den Rand. Noch einmal hatte er den Eindruck, ihr schon einmal begegnet zu sein. Waren es die Augen? Der ernste Zug um die Mundwinkel?

Bevor ihre Blicke sich treffen konnten, schaute er weg.

Veronica brachte sein Weißbier und machte ein Kreuz auf den Bierdeckel. »Zum Wohl. Cordon Bleu dauert heut ein bisserl, das macht die Mama, die Martha ist krank.«

»Krank? Die Martha? Was hat sie denn?«

»Ich weiß auch nicht. Gestern ist sie einfach weg, und dann hat sie angerufen und gesagt, dass sie sich erkältet hat und dass sie zum Bürgermeister muss.«

»Zum Bürgermeister? Zum Peter?«

»Ja. Aber wegen was, keine Ahnung. Na ja, irgendeine Laus wird ihr schon über die Leber gelaufen sein. So, jetzt muss ich aber wieder.«

Sie nickte Richtung Eingang, drehte sich um und ging.

»Hat's geschmeckt?«, hörte er sie fragen. »Noch einen Assam?«

Die Antwort ersoff im Gelächter der Farchanter Kuhfluchtschützen, deren Stammlokal vor einiger Zeit abgerissen worden war und die hier eine neue Bleibe gefunden hatten. Veronica nutzte den Moment und kündigte an, eine Runde Obstler ausgeben zu wollen. Sicher ist sicher.

Keiner hatte damals verstanden, warum sie weggegangen war. Ohne ein Wort, und das kurz vor Beendigung ihrer Ausbildung. Sie wollten doch expandieren. Das Hotel, das Restaurant. Und sie hatte auch nie etwas anderes gewollt, zumindest hatte sie nie etwas gesagt. Aber es half alles nichts. Kein Herumgebrülle ihres Vaters, kein Beleidigtsein, kein Drohen mit dem Entzug des Erbes. Als hätte jemand einen imaginären Stecker gezogen.

»Ist es so schlimm? Musst du wirklich gehen? Jetzt red doch

endlich, Veronica. Himmelherrgottsakrament!« Nicht einmal ihre Mutter war ihr beigekommen. »Ist es wegen dem Peter? Jetzt sag doch endlich. Mein Gott, Vroni, kein Mann ist es wert, dass du wegen ihm dein Leben hinwirfst. Ich bitt dich inständig, komm wieder zur Vernunft.«

Keine Chance. Keine Erklärung. Nichts.

Am nächsten Morgen packte sie ihren Rucksack und verschwand. Als sie gegen Mittag vom Beifahrersitz eines Dortmunder Lkw kletterte, fand sie sich auf der anderen Seite der Alpen wieder, im Grödnertal, in einem Ort namens Wolkenstein. Sie ging zur Gemeindeverwaltung und fragte, ob es vielleicht irgendwo einen Bauern gebe, der eine Almerin gebrauchen könnte oder irgendetwas in der Art. Sie hätte Gastronomie gelernt, sähe darin aber keine Zukunft für sich. Sie wolle etwas anderes machen. Dann schickte sie ihren Eltern eine Postkarte. Es ginge ihr gut und sie sollten sich bitte keine Sorgen machen, eines Tages würde sie ihnen alles erklären. Aber nicht jetzt. Am nächsten Morgen brachte sie ein Angestellter der Gemeindeverwaltung zu seinem Schwager, der dringend eine Hilfe benötigte. Eine geschlagene Stunde fuhren sie durch die Berge, erst auf Teer, dann auf unbefestigten Forstwegen, irgendwann nur noch querfeldein.

Der Anblick, der sich ihr bot, war ein Schock. Das war kein Hof, das war eine Ruine. Sie lauschte dem sich entfernenden Geräusch des alten Fiats und fragte in die Stille: »Hallo? Ist da wer?«

Dann drehte sie sich um und machte, dass sie fortkam.

»Woll'n Sie zu mir?«

Der Bauer, dessen Frau erst vor Kurzem gestorben war, stand plötzlich neben ihr und sah sie mit traurigen Augen an.

»Ich weiß«, sagte er und kratzte sich am Kopf, »es ist nichts Besonderes.«

Sie hätte lachen können. Stattdessen sagte sie: »Na ja, versuchen kann ich es ja mal.«

Er zeigte ihr den Hof, der von innen kaum besser aussah als von außen, den Stall, den Gemüsegarten und die Obstbäume. Anschließend führte er sie hinauf auf die Alm, die ebenfalls in einem bedauernswerten Zustand war. Das Dach musste ausgebessert werden, eine bergseitig gelegene Stalltür hatte dem Druck des Schnees nachgegeben und hing mitsamt Türstock und einem Teil der Mauer in der Stallgasse, zwei aus den Angeln gerissene Fensterläden und ein eingestürzter Außenkamin lagen verstreut im Hof. Bis er seine Kühe wieder hinauftreiben konnte, war noch viel zu tun. Aber noch war Zeit, noch lag der Schnee in fetten Wogen auf den Wiesen und Matten, Bäumen und Dächern, noch schlug der Frost seine eisigen Krallen in jeden Baum, jeden Strauch, jedes Tier, das es wagte, ihm zu trotzen.

Im letzten Licht der untergehenden Sonne waren sie wieder zurück.

»Bleibst?«

Sie hörte ein Zittern in seiner Stimme.

Bevor sie antworten konnte, nestelte er ein Feuerzeug aus der Joppe und bückte sich zum Herd. Kaum hatte er die Flamme entzündet, heulte ein Luftzug durch den Ofen, riss ihm das brennende Papierknäuel aus der Hand und jagte es durch den Schornstein. In einem einzigen Moment, am Ende eines langen Tages, in einer Welt, die ihr als Kulisse bestens vertraut, in ihrer Tiefe und Eindringlichkeit jedoch gänzlich unbekannt war, von der sie nicht einmal gewusst hatte, dass es sie überhaupt noch gab, verwandelte sich die Ruine zur Heimat und ein unscheinbares Ofentürl zum Tor in ein neues Leben.

Er war fünfunddreißig, als sie sich kennenlernten, und einundsiebzig, als er in ihren Armen starb. Sie verkaufte die Alm an eine Weidegenossenschaft und den Hof an einen Geschäftsmann aus Mailand. Ihre Verbindung war kinderlos geblieben. Für wen sollte sie sich weiter plagen.

Als sie einmal darüber redeten, hatte er nur gemeint: »So, wie es ist, ist es gut. Das Schicksal macht eh, was es will. Warum ihm unnötig Steine in den Weg legen.« Es war eine seiner Standardantworten.

Sie selbst verfügte nicht über diese Gabe, Dinge einfach hinzunehmen. So sehr sie sich auch bemühte, es ihrem Lehrmeister gleichzutun, sie wollte immer wissen, warum etwas geschah. Und zu ihrer Kinderlosigkeit hatte sie längst eine ganz eigene Theorie, die sie allerdings für sich behielt. Sie wusste, was er sagen würde. »Wozu meinst, hat der Herrgott das Vergessen erfunden.« Sie kannte alle seine Sprüche, wie die Berge, den Hof, die Alm, wie die Sprache, die er für sie übersetzt hatte, bis sie sie beherrschte. Ladinisch. Sie hatte es geliebt. Jetzt, da er tot war, konnte sie es nicht mehr hören.

Er starb, wie er gelebt hatte. Als er fühlte, dass es zu Ende ging, als der Husten immer schlimmer wurde, legte er dem Schicksal keine Steine in den Weg und erlosch. Und sie ging zurück.

2

Paulig?«

»Hauptkommissarin Paulig? Grüß Gott, Neuner hier. Polizei Garmisch. Wir haben hier einen Mord.«

»Guten Morgen, Herr Kollege. Wann?«

»Wahrscheinlich heut Nacht.«

»Mann, Frau, Kind?«

»Männlich.«

»Wie?«

»Erschlagen.«

»Hat ihn jemand berührt?«

»Ja. Aber wir haben ihn nicht bewegt, wenn Sie das meinen.«

»Sehr gut. Wir sind in einer Stunde da. Wo müssen wir hin?«

»Kennen Sie Farchant?«

»Ja. Kenn ich.«

»Auch den kleinen Skihügel?«

»Meinen Sie den hinten am Freibad?«

»Ja, genau den.« Der Mann klang verwundert. »Ja dann – ein Kollege erwartet Sie am Parkplatz.«

»Gut. Wir fahren gleich los. Rufen Sie mich bitte in zehn Minuten auf meinem Handy an? Dann können wir weiterreden. Nein, ich ruf Sie an. Geben Sie mir Ihre Nummer? Und können Sie bitte weiter dafür sorgen, dass keiner was anfasst?«

Mit der freien Hand gab sie Oberkommissar Tilman Würfel ein Zeichen, die Kollegen zu informieren. Beinahe gleichzeitig griffen sie sich Jacke und Mütze, Kollege Würfel, der schon in der Schule nie etwas anderes werden wollte als Kommissar – die Kombination aus Abenteuer und Pensionsanspruch –, zusätzlich Handschuhe und einen riesigen Schal.

Auf dem Gang lief ihnen Staatsanwältin Yasmin Schäfer-Kaan

über den Weg, eine Deutschtürkin, immer in Eile, gut zwanzig Jahre jünger als sie, verheiratet, keine Kinder.

»Na, wohin so eilig?«

»Nach Farchant. Die haben da eine Leiche.«

»Farchant? Ist das nicht da unten bei Garmisch, da, wo deine Eltern zu Hause sind? Aber bevor du gehst, was ist eigentlich mit dem toten Ehepaar? Gibt's da was Neues?«

»Wollte sich nicht der Manzoni um den Fall kümmern?«

»Eigentlich schon, aber …«

»Versteh schon«, sagte Paulig rasch. Sie wusste, dass die beiden nicht miteinander konnten. »Also kurz gesagt, wir gehen davon aus, dass es der Eigentümer war. Die beiden Alten waren die letzten Mieter im Haus. Die hätte der nie im Leben hinaus bekommen. Du hast ja die Protokolle gelesen. Die waren fit.«

»Aber deshalb bringt man keinen um.«

»Und warum hat er dann den Kamin zubetonieren lassen?«

»Schon, aber doch nicht mit der Absicht, sie zu töten. Der wollte die fertigmachen. Totschlag meinetwegen. Aber nicht einmal das können wir ihm nachweisen. Wir haben nichts in der Hand. Er behauptet nach wie vor, dass er nichts damit zu tun hat.«

»Das würde ich an seiner Stelle auch behaupten. Yasmin, hier geht's um Millionen. Lad doch noch mal die beiden Arbeiter vor, am besten gleich heute, damit die nicht zu viel Zeit zum Nachdenken haben. Bei denen müssen wir ansetzen. Wirst sehen, die knicken schon noch ein.«

»Aber die behaupten auch steif und fest, dass sie von nichts wissen.«

»Jaja, sag ich ja, Druck aufbauen. Die geben schneller auf, als du denkst. Oder glaubst du, dass die ewig den Kopf hinhalten für ihren Chef. Lass die mal eine Nacht … Wer hat die eigentlich so schnell wieder heimgeschickt?«

»Der Erich hat mit denen geredet.«

»Der Erich. So … Ich muss jetzt leider. Kann er mir ja unterwegs erzählen. Aber tust du mir schon mal den Gefallen und fängst sie wieder ein? Aber diesmal nicht als Zeugen, die sollen ruhig Angst bekommen.«

»Das sagst du so einfach. Der Erich hat die ja nicht einfach so wieder gehen lassen. Die hatten einen Anwalt dabei, dreimal darfst du raten, wen.«

»Den von ihrem Chef? Den, wie heißt er gleich noch mal …?«

»Erraten.«

»Tja, was tut man nicht alles für verdienstvolle Mitarbeiter. Aber da haben wir es doch schon. Welcher Zeuge kommt gleich mit einem Anwalt. Das stinkt doch. So, jetzt muss ich aber wirklich, die anderen warten schon. Und halt mich auf dem Laufenden.«

»Mach ich. Und viel Glück. Was ist das eigentlich für eine Leiche da unten in Farchant?«

»Männlich, vermutlich erschlagen. Mehr weiß ich auch noch nicht. Ciao, Yasmin.«

»Äh, Christine …?«

Während ihre Mutter noch davon träumte, einmal eine Oberärztin als Tochter zu haben, war Yasmin Schäfer-Kaan längst klar, dass, zumindest in diesem Leben, daraus wohl nichts werden würde. Sie war zwar gut in der Schule, und sie hätte sich ein Medizinstudium auch vorstellen können, aber der erforderliche Notendurchschnitt schien ihr dann doch etwas zu ambitioniert. Dem heiteren Beruferaten ihrer Mutter begegnete sie weiter leidenschaftslos. Deren Vorstellungen von der Zukunft ihrer Tochter kamen und gingen wie die Serienheldinnen der Daily Soaps, die sie schaute. Schon bald würde Mutter Kaan wieder etwas Neues einfallen. Im Moment liefen, soweit Yasmin das überblickte, drei Serien, die die Blaupausen für ihre Zukunft lieferten. Die letzte Staffel einer himmelschreienden Klinikserie, eine Winzerserie, aus der sie die Rolle der Gutsherrin übernehmen sollte, und »Richterin Holm«. Der Numerus clausus für Jura war machbar, das Studium anspruchsvoll, die Richterserie zwar auf unterstem Niveau, aber die Richterin echt und sogar richtig gut. Also beschloss sie, ihrer Mutter eine Freude zu machen, und studierte Jura. Zumindest machte es Spaß, die Geschichte so zu erzählen. Richtig war, dass der Beruf ihr entsprach, dass es Yasmin Kaan – der Schäfer kam erst später hinzu – lag, etwas zu durchdringen, an etwas dran zu bleiben, wenn es kompliziert wurde, sich hineinzufuchsen, all das, was man gemeinhin unter Ehrgeiz versteht. Waren es die Gene, wie ihr Vater meinte? Oder lag es an der konsequenten und vorausschauenden Erziehung ihrer Mutter, wie diese nicht müde wurde zu betonen? Oder doch eher am Nachnamen, was auch immer der im Konkreten heißen mochte, auf jeden Fall Verpflichtung, Erwartungen erfüllen, Stärke zeigen. Sie hatte ihn gehasst. Ein Mädchen, das von seiner Mutter Kaan gerufen wurde. Eine Kaan tut das nicht, eine Kaan tut jenes nicht. Wenn sie etwas gut gemacht hatte, eine echte Kaan eben, Kaan als Lob und Kaan als Tadel, Kaan in allen Lebenslagen. Aber als sie heiratete und ihn problemlos hätte loswerden können, behielt sie ihn.

Auf Staatsanwältin kam sie, weil ihr das Konkrete gefiel, die Möglichkeit, für etwas zu kämpfen, Stellung zu beziehen, auf der richtigen Seite zu stehen und nicht zuletzt wegen der lebendigen Vorlesungen des Oberstaatsanwalts Bernhauer. In einem seiner Vorträge hörte sie auch von Christine Paulig, der Hauptkommissarin mit der höchsten Aufklärungsquote im Freistaat. Legendär, wie sie aus Protest über das skandalös milde Urteil für einen von ihr überführten Doppelmörder ihren Job schmiss und erst Jahre später zurückkam. In der Zwischenzeit hatte sie eine Security-Firma gegründet, wieder verkauft und eine Zeit lang auf Mallorca gelebt.

Als Yasmin Schäfer-Kaan quasi bei ihr anfing, merkte sie eines sehr schnell: dass es eine feine Sache war, ein abgeschlossenes Jurastudium in der Tasche zu haben, aber etwas ganz anderes, ein Gespür zu entwickeln. Beinahe bestürzend war die Erkenntnis, dass da noch etwas anderes sein musste als Fleiß, etwas, das man nicht studieren konnte, das keiner Logik folgte, sich auf nichts stützte. Der Begriff »Instinkt« griff zu kurz, gefiel ihr aber noch am besten, passte er doch zu einem anderen der wegen ihrer Alleingänge gefürchteten – der Jagdlust. Vielleicht bedingte das eine ja das andere. Sie selbst blieb, trotz ihres martialischen Nachnamens, lieber auf der sicheren Seite, jener der Paragrafen.

3

Lufti Häusler war es gewohnt, früh aufzustehen. Nicht einfach mal schnell im Jogginganzug, sondern korrekt mit Mantel, Hut und Schal holte er seine Frühstückssemmeln, die Zeitung und einmal in der Woche eine große Tüte Knödelbrot (Brot nicht, das kaufte seine Frau). Den kleinen Zeitungsstand gleich links neben der Tür hatte der Bäcker ihm zuliebe extra eingerichtet. Vorher hatte er seine Frühstückslektüre immer im Supermarkt gekauft, aber der war vor einigen Jahren an den Ortsrand gezogen, Richtung Garmisch, ins äußerste Eck. Er hätte sie natürlich auch einfach abonnieren können. Doch da wäre er sich nie sicher gewesen, ob und wann, und wenn, in welchem Zustand er sie bekommen würde.

Er saß bei seiner zweiten Tasse Tee, als zwei Polizeiautos auf der Partenkirchner Straße kurz hintereinander ihre Sirenen abschalteten. Er dachte an das Nächstliegende – einen Unfall am Bahnübergang.

»Weißt du, was da los ist?«, fragte Elvira aus der Küche.

»Ein Unfall wahrscheinlich«, antwortete er ohne aufzusehen. »Bitte sei so gut und schau auf die Eier, nicht, dass die hart werden.«

»Interessiert dich gar nicht, was da los ist?«

»Morgen steht's eh in der Zeitung. Aber wenn's dich beruhigt, ich geh sowieso gleich ins Holz.«

Wieder war nur das feine Ticken der Stubenuhr zu hören und das Umblättern der Zeitung, für Elvira ein sicherer Gradmesser für die Stimmung im Haus.

»Du, Karl-Friedrich?«

»Elvira?«

»Es sind heut übrigens weiße Eier, die mit den braunen Schalen waren aus. Macht das was?«

»Solange ich sie nicht mitessen muss.«

»Ich hab nur gemeint, nicht dass du dich wunderst.«

»Keine Sorge, ich wundere mich schon nicht. Hab gar nicht gewusst, dass es die überhaupt noch gibt.«

»Doch, doch, die gibt's schon noch. Aber schon mehr die braunen.«

Nach den beiden Eiern, die er etwas schneller löffelte als sonst, marschierte er los. Die Zeitung hatte er entgegen seiner Gewohnheit noch vor den Sterbeanzeigen zusammengefaltet.

Am Bahnübergang war nichts Auffälliges zu sehen, nichts, das auf einen Unfall deutete, aber auch kein Rabe, der sich ihm vertraulich näherte und dann aufflog, oder etwa ein Bild, das ihm ohne zu fragen in den Sinn gekommen wäre, nichts, was ihn darauf vorbereitet hätte.

Er schaute sich noch einmal um und ging weiter Richtung Berg. Er mochte den Gedanken, Angenehmes mit Sinnvollem zu verbinden, es gab ihm ein gutes Gefühl und seinem Schritt Kraft. Einfach spazieren zu gehen wie andere in seinem Alter, war nicht seine Art und wäre auch kaum möglich gewesen. Sein Leben, obwohl es lange nicht danach ausgesehen hatte, war der Baum. Am liebsten sauber gestapelt, in Ruhe gereift und bereit zum Verkauf. Den Umschwung bewirkt hatte ein Artikel im Fachblatt für holzverarbeitende Betriebe. Es war um Tonholz gegangen, diesem wunderbaren Element, ohne das es keine Geigen gäbe, keine Cellos, Kontrabässe und Gitarren, nicht einmal vernünftige Holzblasinstrumente. Und gerade da, wo er lebte, wuchs es. Außerdem war es ein lohnendes Geschäft. Erst vor Kurzem war ein Ahornstamm auf einer Auktion, bei der er Gast war, für knapp sechzehntausend Euro über den Tisch gegangen. Er ging gerne auf Auktionen. Auktionen und Messen boten willkommene Gelegenheiten, ganz offiziell und ohne sich vor übler Nachrede fürchten zu müssen, aus der Enge des Tals herauszukommen und unauffällig ein verlängertes Wochenende in der Stadt zu verbringen. Das Angenehme mit dem Nützlichen verbinden, dachte er vergnügt und erhöhte sein Tempo.

Er mochte diese frühe Kälte, wenn die Augen tränten und er sich nicht sicher war, ob die Möglichkeit, dass sie in ihren Höhlen festfroren, vielleicht mehr war als nur eine theoretische Möglichkeit, wenn er schnell sein musste mit dem Anzünden der ersten Zigarette des Tages, bevor die Finger sich steif machten. Er mochte den Anblick der Berge, die wirkten wie eingeklebt ins schmerzhaft eintönige Blau des Himmels, das kein Zeichenlehrer akzeptieren würde, verbunden mit dieser unglaublichen Kälte, die es in der Stadt nicht gab, besonders, wenn sie mit diesem unerhörten Glitzern daherkam, ohne das sie nicht zu haben war. Er bemerkte nicht, dass es umgekehrt war, und vielleicht war das das Zeichen.

Eben passierte er das letzte Haus am Lift. Ein Zugereister wohnte hier, der Einzige vom Stammtisch, der kein gebürtiger Farchanter war. Waldemar Perchtold, ein wilder Hund aus Schweinfurt, der nach dem Krieg als Dreizehnjähriger bedürftige GIs mit Mädchen versorgt hatte und damit sein erstes Geld verdiente. Lufti bewunderte ihn. Ein freier Mann, frei von jeglicher Angst, nicht einmal die Diagnose Herzinfarkt hatte ihn erschüttern können. Als Lufti ihn im Krankenhaus besuchte – sieben Stents hatten sie ihm gesetzt, wie Perchtold stolz verkündete –, lagen ein Dutzend Golfprospekte über die Bettdecke verteilt. An seiner Seite stand der Küchenchef der Klinik und diskutierte mit ihm die Menüfolge für die nächste Woche. Seine Gattin war ebenfalls anwesend. Eine attraktive Frau, die ihm zuliebe eine hoffnungsvolle Karriere als Geigenvirtuosin aufgegeben hatte und ohne die er, wie er offen zugab, bestimmt schon längst abgeschmiert wäre. Einsicht ist der erste Weg zu Besserung, dachte Lufti und schaute auf die Uhr. Zu früh für einen Besuch. Gestern war es wieder spät geworden. Und feucht. Nicht für ihn, er wusste immer, wann Schluss war. Aber bestimmt für Waldemar, zu dessen herausragenden Eigenschaften sein enormes Fassungsvermögen zählte. Am liebsten schmeckten ihm Obstbrände. Wenn Lufti in der Stadt war, vergaß er nie, ihm einen besonderen Tropfen mitzubringen. Außerdem war Waldemar ein Meister im

Schafkopfen und einer der besten Stockschützen im Tal – also in jeder Hinsicht eine Bereicherung.

Ein rotweiß gestreiftes Flatterband erregte seine Aufmerksamkeit. Eine Baustelle? Mitten im Winter? Beim Näherkommen bemerkte er die Aufschrift »Polizeiabsperrung« und im Hintergrund einen Streifenwagen.

»Hallo?«

Von hinten hatte sich ein silberfarbener BMW herangeschoben und war eben auf gleicher Höhe angekommen.

»Hallo«, wiederholte eine Frau aus dem halb geöffneten Autofenster.

»Ja, bitte?«

»Sind Sie von der Polizei?«

»Ich? Nein.«

»Dann darf ich Sie bitten, nicht weiterzugehen.«

»Aha. Und wer sind Sie?«

»Kriminalpolizei. Wenn Sie hier nichts zu tun haben, kehren Sie bitte wieder um.«

Sein Blick fiel auf das zweite Fahrzeug, einen weißen Kastenwagen.

»Jaja, schon recht«, reagierte er mit einer Mischung aus Überforderung und angeborener Dickfelligkeit. »Dann kehr ich eben wieder um.«

»Danke. Sehr freundlich.«

Er überlegte kurz, sich als Mitglied des Gemeinderats zu erkennen zu geben, entschied sich dann aber dagegen. Er hasste Wichtigtuer.

Die deutlichen Worte der Kriminalpolizistin hatten ihn zwar auf der Stelle umkehren lassen, aber schon nach wenigen Metern beschloss er, der Sache auf den Grund zu gehen. Er hätte nicht sagen können, was den Ausschlag gegeben hatte, der Ärger darüber, behandelt zu werden wie ein kleiner Junge, weggeschickt zu werden, ohne einen Grund genannt zu bekommen, die immerwährende Lust am Verbotenen oder einfach die Möglichkeit, es zu tun. Na wartet, ich kenn mich schließlich hier aus, ich find schon raus, was los ist, ich kann schließlich gehen, wohin ich will, ihr könnt nicht den ganzen Wald absperren. Der letzte Gedanke traf ein, da war er schon Richtung Berg, und jeder Schritt verursachte wunderschöne Glitzerwolken, die er aber nicht wahrnahm, jetzt, da er eine Aufgabe hatte.

»Was war das denn für ein komischer Kauz?«

Kommissar Tilman Würfel und seine alte Schiebermütze. Er hatte schon bemerkt, dass er nicht mehr der Einzige war, der mit so einem Ding durch die Gegend lief, besonders in der Stadt, wo die Leute schon bei null Grad herumrannten, als würde gleich die Arktis über sie hereinbrechen. Er zupfte noch einmal rechts und links an den Ohrenklappen – entweder war die Mütze eingegangen oder der Kopf über Nacht gewachsen –, atmete tief ein und musste prompt husten.

»Einheimischenmodell, Tilman. Aber jetzt komm. Sabine, habt ihr alles?«

»Ich denk schon«, antwortete Sabine Englmacher, Pauligs Spezialistin für Spurensuche. Ihr weißer Overall fügte sich perfekt in die Landschaft, ihre hennaroten Haare brannten. »Hoffentlich haben die nicht schon alles niedergetrampelt. Tilman«, sie drehte sich noch einmal um, »magst uns nicht beim Tragen helfen?«

»Oh, entschuldige«, schuldbewusst zog er die Hände aus den Hosentaschen, »aber meine Finger sind jetzt schon Eiszapfen.«

»Keine Angst, beim Tragen wird dir schon warm. Christine, hast du nicht gesagt, wir werden abgeholt?«

»Ja, eigentlich ... Ah, ich glaub, da ist noch jemandem kalt.«

»Grüß Gott. Oberwachtmeister Schieder. Seid ihr die Kollegen aus München?« Auf halbem Weg drückte sich der junge Beamte die Dienstmütze in die Stirn und stellte den Jackenkragen auf. »Entschuldigen Sie, aber es ist dermaßen kalt heut früh. Und gestern ist es ziemlich spät geworden, wegen der Probe, also wegen unserem Faschingsball ...« Er klatschte ein paarmal in die Hände und scharrte mit den Hufen, definitiv zu wenig, um sich aufzuwärmen. Sein Kollege stieg nun ebenfalls aus, blieb aber am Wagen stehen.

»Kein Problem«, sagte Christine Paulig. »Sagen Sie uns nur, wo wir hinmüssen, dann können Sie sich auch schon wieder reinsetzen. Ach ja, wer war denn der Mann da gerade eben?«

»Der? Keine Ahnung.« Schieder schaute in die angegebene Richtung und wandte sich dann nach rechts. »Sehen Sie das Marterl da oben?« Er wartete, bis Pauligs Blick dem seinen folgte. »Also, da oben ist ein Weg. Da rauf und dann rechts in den Wald bis zu so drei Fichten, oder Tannen, auf jeden Fall groß. Und vorher kommt noch ein Zaun. Zehn Minuten, würd ich sagen. Bei dem Schnee eher eine Viertelstunde, Frau …«

»Hauptkommissarin Paulig. Also dann. Und lassen Sie niemanden durch. Wenn Sie sich nicht sicher sind, rufen Sie mich an. Hier, meine Karte. Und jetzt gehen Sie lieber wieder in Ihren Wagen, bevor Ihnen noch was abfriert.«

»Jawohl, Frau Hauptkommissarin.« Er nahm kurz Haltung an, was aber nicht besonders glaubwürdig wirkte. »Und, äh, wär sehr freundlich, wenn Sie nicht verraten würden, wie Sie uns, also dass wir im Auto waren.«

»Lässt sich einrichten. Aber halten Sie ihre Augen offen. Man weiß nie, wen es an einen Tatort zieht. Haben Sie eine Kamera dabei? Halten Sie sie griffbereit. Wenn Ihnen was auffällt, dann filmen Sie das bitte. Aber unauffällig. Verstanden?«

»Jawohl, Frau Hauptkommissarin. Und … danke.«

»Keine Ursache.«

Sie sah ihm noch einen Moment hinterher und ging dann ebenfalls.

»Was hast du gerade gesagt, Christine?«, fragte Tilman über die Schulter.

»Dass er filmen soll. Das wird er doch wohl hinkriegen. Dafür muss er nicht mal aussteigen.«

»Nein, das andere.«

»Dass er aufpassen soll, dass ihm nichts abfriert?«

»Findest du das nicht ein bisschen zu, wie soll ich sagen, gewagt?«

»Ich hab ja nicht gesagt, was ihm nicht abfrieren soll.«

»Also, ich weiß nicht. Gegenüber einem Kollegen.«

»Tilman, du bist so ein Spießer«, lachte Paulig.

»Findest du? Nur weil ich …«

»Was ist denn bei euch schon wieder so lustig?«, fragte Englmacher und stapfte voran. »Wie man überhaupt noch reden will bei der Arschkälte.«

Ihr folgten Onur Özokan, genannt Ötzi, erst seit ein paar Jahren bei der Mordkommission, und Erich Veigl, Münchner Urgestein und seit Jahren an der gefühlten Pensionsgrenze – niemals wäre es jemandem eingefallen, einen ohne den anderen anzufordern –, beide mit unzureichendem Schuhwerk.

»Das hab ich auch schon lang nicht mehr gehabt, dass einem der Rotz in der Nase gefriert«, brummte Veigl.

»Sag ich doch.« Paulig war bester Laune. »Auf geht's, Tilman. Ran an den Speck.«

»Soll das etwa eine Anspielung sein?«

»Aber Tilman, wie kommst du denn darauf. Übrigens, hat wer was zum Lutschen dabei? Immer noch das Beste, wenn man sich nicht erkälten will.«

»Ist das ein Hausrezept deiner Werdenfelser Vorfahren?«

»Tilman, nichts gegen meine Vorfahren, sonst setz ich dich hier aus.«

»Um Gottes willen. Ich sag ja eh schon nichts mehr.«

»Gib lieber Gas. Die Englmacherin läuft uns sonst noch davon.«

Paulig erhöhte ihre Schrittfrequenz. Dabei versuchte sie, abzuschätzen, wann sie die Kollegin ungefähr eingeholt haben würde.

»Was hat die denn gefrühstückt«, nuschelte sie in ihren Anorak.

»Ich hab gleich gesagt, lass mich daheim. Hättest halt den Manzoni mitgenommen.«

»Was will ich mit dem Manzoni, der ist ja noch verfrorener als du. Und außerdem, der soll sich um die beiden Alten kümmern. Jetzt komm schon, reiß dich zusammen, wir sind ja gleich da.«

»Wenn's nur nicht so scheißsteil wär.«

»Tilman, was du steil nennst, ist ein Spazierweg für ältere Leute.«

»Im Sommer vielleicht.«

»Jetzt komm. Nur noch ein paar Meter.«

Ein erneutes Absperrband, an einem Weidezaun befestigt, schien ihr recht zu geben. Paulig kletterte drüber und öffnete das Gatter.

»Halt!« Ein weiterer Beamter der hiesigen Polizei kam ihnen von oben entgegengerutscht.

»Wir sind's, die Kollegen aus München.« Paulig streckte ihm ihre Polizeimarke entgegen. Als er nicht sofort reagierte, deutete sie auf Sabine. »Oder meinen Sie, wir laufen zum Spaß so rum.«

»Aha.« Es klang nicht so, als wollte er sich damit zufriedengeben. »Sind das dann alle, oder kommen da noch mehr?«

Vielleicht wollte er aber auch einfach nur alles richtig machen.

»Fünf Mann, reicht Ihnen das nicht?«

Schon wieder so ein Komiker, dachte Paulig. Das kann ja heiter werden.

»Entschuldigung, ich hab nur …«

»Sind wir bald da?«, schnaufte Tilman von hinten.

»Ja, da oben.« Sein brummiges Auftreten schien den Beamten zu überzeugen. »Ich geh voraus.«

»Dann wollen wir mal«, murmelte Paulig und setzte sich an die Spitze des Zugs.

»Ganze Arbeit«, fasste Würfel zusammen. »Sabine, wo machen wir die Gasse?«

»Ich denke, am besten gleich da, wo du stehst. Obwohl das nicht mehr viel bringen wird, so wie das hier ausschaut. Als wäre eine Horde Trampeltiere durchgezogen. Nimmst du mal das Band?«

Paulig machte Platz für die Kollegen. Sie war die mit dem Überblick. Nach ein paar Metern blieb sie stehen und begann, sich einmal langsam um die eigene Achse zu drehen. Am Ende der Bewegung fiel ihr ein Baum auf, der sich schüttelte.

»Hallo! Hallo!«

Tilman folgte ihrem Blick.

»Ist das nicht dieses Einheimischenmodell?«

»Schaut ganz so aus. Hallo!«, rief sie erneut. »Würden Sie bitte zu uns kommen!«

Lufti Häusler hatte sich hundert Meter weiter oben in die Büsche geschlagen und sich dann langsam nach unten gearbeitet. Genau in dem Moment war er auf die Lichtung getreten.

»Scheißpelerine«, fluchte er und versuchte vergebens, den rauen Stoff vom Schnee zu befreien. »Ich schau ja aus. Und der Hut erst. Total verbogen.«

Bereits beim ersten Schritt versank er hüfttief. Mühsam kämpfte er sich voran. Das Gelände war nicht steil, aber bucklig, jede einzelne Senke angefüllt mit Schnee. Völlig außer Atem kam er an. Schuldbewusst senkte er sogleich den Blick.

Wie am Ende eines Konzerts, wenn nicht die Intensität des Beifalls das Maß aller Dinge ist, sondern der Zeitraum, der zwischen beiden Ereignissen liegt, bemaß auch Kommissarin Paulig gerne die Zeit, denn sie schien ihr weniger leicht manipulierbar. Bei Karl-Friedrich Häusler war sie beträchtlich.

»Sie kennen den Mann …? Hallo …? Herr …?«

Dann wartete sie, und die Kollegen mit ihr.

»Was …? Mein Gott … Was? Ja freilich. Das ist der Wolfram. Mein Gott, der Wolfram, unser Wolfram … Das ist unser Wolfram«, wiederholte er in ungläubigem Entsetzen.

Ehe die Beamten reagieren konnten, war er auf die Knie gesunken.

»Wolfi«, flüsterte er, »mein Gott, Wolfi, wer hat denn dich so zugerichtet? Mein Gott, was machst denn da …?«

Er machte Anstalten, den Kopf des Toten zu berühren, doch Paulig hielt ihn sanft davon ab. Eine ganze Weile kauerte Häusler neben seinem toten Freund und hielt Pauligs Hand. Dann schaute er sie mit großen Augen an. Dicke Tränen kullerten über sein Gesicht. Er machte keine Anstalten, sie wegzuwischen. Wie ein Kind, dachte Paulig verwundert.

»Aber sagen Sie, wo ist eigentlich der Joseph, der Herr Neuner, meine ich? Müsste der nicht …? Ist der nicht da?«

»Nein, der ist nicht mehr da.«

Der Mann schien regelrecht weggetreten zu sein.

»Sie waren wohl gute Freunde, Sie und der Tote?«, fasste Paulig behutsam nach.

»Ja. Erst gestern sind wir hier oben zusammengestanden. Also da unten, beim Kreuz … Mein Gott, der Wolfi … Aber wer macht denn so was? Wolfi … Wolfram …«

»Wir wissen es noch nicht.« Paulig blieb bei ihrem freundlichen Ton. »Wir stehen erst am Anfang. Es wäre schön, wenn Sie uns helfen könnten … Geht's wieder einigermaßen? Können wir?«

Der erste Eindruck. Alles, was danach kam, war verändert, mit Wertungen versehen, Urteilen unterworfen, Einflüssen ausgesetzt, relativiert. Es war immer eine Heidenarbeit, ihn wieder freizulegen. Sie neigte zu Überraschungsangriffen. Kollege Tilman Würfel setzte auf Beharrlichkeit. Eigentlich hätte es umgekehrt sein müssen, Paulig war schließlich die Ältere von beiden. Eine große Frau, Anfang fünfzig, sportbegeistert, ihre schwarzen Haare und die scharf geschnittenen Gesichtszüge erinnerten an Cher, eine amerikanische Schauspielerin und Sängerin, der sie auch in anderer Hinsicht nachzueifern begann. Unbemerkt von ihrer Umwelt hatte sie sich im Urlaub eine kleine Korrektur der Augenlider gegönnt. Würfel, Mitte dreißig, Oberkommissar, zu mehr fehlte der Ehrgeiz, war das glatte Gegenteil. Einen Kopf kleiner und nur schwer dazu zu bewegen, freiwillig das Büro zu verlassen, mit einer Veranlagung zum Dickwerden. Das eine nährte das andere. Dafür war er der geborene Familienmensch. Seit seine zweite Tochter auf der Welt war, arbeiteten er und seine Frau schon wieder am nächsten Kind. Sollte es diesmal ein Junge werden, wollten sie aufhören.

Es folgte die Aufnahme der Personalien und eine erste Einvernahme. Mit der Bitte, wenn möglich noch heute in die Dienststelle zu kommen, wurde Karl-Friedrich Häusler nach Hause geschickt. Sichtlich erschüttert, wie Würfel notierte.

Währenddessen hatte Christine Paulig begonnen, den Weg zu untersuchen. Aber die einzigen Spuren waren die der Joggerin, die den Toten gefunden hatte. Unglaublich, dachte sie, wie man bei dem Schnee überhaupt laufen kann, sie muss verdammt fit sein. Alles andere hatte der Schnee unter sich begraben, den Tatort selbst hatten die Kollegen vor Ort von brauchbaren Spuren befreit.

»Christine, kommst du wieder? Ich glaub, ich bin so weit.«

Langsam näherte sie sich erneut der Leiche. Der Mann hieß Wolfram Summer, war siebenundsechzig Jahre alt, verheiratet, wohnhaft in Garmisch-Partenkirchen, Facharzt für Orthopädie, schlank, mittelgroß, kurze grau melierte Haare, braune Augen, kein sichtbares Blut. Die Druckstellen auf der Nasenwurzel wiesen ihn als Brillenträger aus.

»Hat wer eine Brille gesehen?«

»Hier«, antwortete Özokan und hielt einen Frischhaltebeutel in die Luft. »Kenn ich. Coole Marke.«

»Okay.« Paulig wandte sich an Sabine Englmacher. »Und? Schon eine Idee?«

»Genickbruch.« Ihre Kollegin schob den Mundschutz nach unten und stellte sich in Positur. »Ich denke, der Täter hat ihn hier abgepasst. Also, ich stell mir das so vor, er hat hinter dem Baum auf ihn gewartet, dann ein Schlag in den Bauch.« Sie vollführte eine Bewegung, die an Golf erinnerte. »Er geht in die Knie, und dann von oben nach unten mit voller Wucht. Der zweite Schlag hat ihm definitiv das Genick gebrochen. Deshalb hängt sein Kopf auch so schief. Die Halswirbelsäule ist komplett durch. Dafür muss man schon ordentlich hinlangen. Ich weiß noch nicht, mit was. Eisen, Hartholz oder etwas in der Art. Aber eher Eisen. Ein Stahlrohr vielleicht. So etwas wie ein Golfschläger. Wir haben einen perfekten Abdruck am Bauch. Also, wenn du mich fragst, war da jemand ernsthaft sauer, oder er wollte auf Nummer sicher gehen. Auf jeden Fall eine saubere Arbeit, kein unnötiges Gemetzel. Tja, und dann hat er ihn hierhin geschleppt und von hinten an den Baum gelehnt. Siehst du die Kuhle zwischen den Wurzeln? Schau, wie schön er ihn hingesetzt hat. Da hat sich jemand wirklich Mühe gegeben. Würd mich also nicht wundern, wenn der sich hier ausgekannt hat.«

»Ja, ein wirklich gutes Versteck, zumindest im Winter, wenn keiner den Weg verlassen kann, ohne dass er im Schnee ersäuft.«

»Und solange keiner eine Stelle zum Pinkeln sucht.«

»Irgendwelche Anhaftungen an der Rinde?«

»Nein.«

»Erich, hast du noch was?«

»Nein, nichts. Alles da. Schlüssel. Geldbeutel. Mit Papieren, Geld und Kreditkarten.«

»Handy?«

»Nein.«

»Kein Handy?«

»Naja, er hat Sportklamotten an. Vielleicht hatte er keine Lust, eins mitzuschleppen.«

»Hm.«

»Okay, ich kümmer mich drum.«

»Kollegen, kann von euch jemand die Handynummer des Toten besorgen und gleich mal anrufen? Vielleicht liegt es ja noch irgendwo herum. Und hat eigentlich schon jemand seine Familie benachrichtigt?«

»Soweit ich weiß, wollte der Chef das machen«, antwortete einer der Uniformierten und drehte sich in Richtung Lichtung. »Was machen wir eigentlich mit denen?«

Ein gutes Dutzend Spaziergänger stand gestikulierend am anderen Ende der Freifläche, einige winkten, andere streckten ihre Handys in die Luft.

Paulig zuckte mit den Schultern. »Nichts. Schaulustige eben. Hat jemand ein Teleobjektiv? Dann machen wir ein paar Aufnahmen. Aber unauffällig. Ich fahr jetzt erst mal zur Dienststelle. Tilman, rufst du mich an, wenn ihr fertig seid …? Tilman?«

»Irgendetwas stimmt da nicht. Ich glaub, die wollen was von uns. Vielleicht haben die was gefunden. Ich geh mal hin.«

Paulig schaute noch einmal angestrengt in Richtung der Leute.

»Ja, könnte sein … Scheiße, ich glaub, du hast recht. Schnell, bevor die alles niedertrampeln. Zwei bleiben da, der Rest kommt mit. Sabine?«

»Ich räum nur schnell zusammen und komm dann nach.«

Es war das gleiche Bild. Ein sitzender Toter an einem Baum.

»Tilman? Was denkst du?«

»Selbe Handschrift, selbes Alter, auf die gleiche Art versteckt …«

»Ja, ohne die Schaulustigen hätten wir den wohl nie gefunden. Auf jeden Fall nicht so schnell. Aber schau nur, wie weit er ihn hineingetragen hat. Viel weiter als diesen Dr. Summer.«

»Der war ihm vielleicht nur zu unhandlich.«

»Möglich. Was meinst du, Erich?«

»Seh ich genauso. An dem hier ist wirklich nichts dran. Des reinste Krisperl.«

»Ötzi?«

»Vielleicht hat er bei dem aber auch nur mehr Zeit gehabt.«

»Sabine?«

»Das Besondere an dem ist, er hat ein verkürztes rechtes Bein und eine krumme Wirbelsäule. Vermutlich Kinderlähmung. Das erklärt auch, dass er keinen Schlag in den Bauch bekommen hat. Aber das Genick, genau wie bei Summer …«

»Moment.« Paulig hasste Vorfestlegungen, egal, von wem sie kamen. Besonders nebenbei eingestreute Schlussfolgerungen, die unbemerkt einsickerten. »Was macht dich da so sicher? Warum kein Schlag in den Bauch?«

»Weil da nichts ist.«

»Ich meine, warum meinst du, hat er keinen Schlag in den Bauch bekommen?«

»Ich denke, dass das einfach nicht nötig war. Erstens ist er nicht besonders groß, und zweitens muss er einen leicht nach vorne gebeugten Gang gehabt haben.«

»Denkst du.«

»Ja, denk ich. Nein, das seh ich. Schau dir nur mal die Brustwirbelsäule an. Eine ziemlich ausgeprägte Skoliose. Komisch ist übrigens auch, wie er angezogen ist. Schlafanzug statt Unterwäsche. Beinahe so, als wollte er nur noch mal schnell vor die Tür gehen.«

»Aber das hat man doch öfter bei alten Leuten, dass die sich nicht mehr die Mühe machen, sich noch groß umzuziehen. Trainingsanzug drüber, Schal, Mantel, fertig. Sieht doch eh keiner, was drunter ist. Erich, hast du nicht grad die Manteltaschen untersucht?«

»Einen Moment. Ich schreib nur noch schnell fertig.«

»Wieso nimmst du eigentlich nie ein Diktiergerät mit? Ist doch viel einfacher.«

»Ich schreib lieber.«

»Und was schreibst jetzt da?«

»Jetzt grad? Wo wir ihn gefunden haben ... Sag mal, du bist doch hier daheim. Ist das jetzt eine Fichte oder eine Tanne?«

»Keine Ahnung. Aber das ist doch egal jetzt.«

»Gut, dann schreib ich ›hinter einem Nadelbaum‹.«

»Aha«, sagte Özokan. »Aber warum schreibst du eigentlich ›hinter‹ dem Baum? Woher willst du wissen, wo bei einem Baum hinten ist? Der schaut doch von alle Seiten gleich aus.«

»Ganz einfach. Hinten ist immer da, wo's ...«

»Meine Herren, bitte! Das ist ein Mord. Ein bisserl mehr Ernsthaftigkeit. Also, Erich, was war drin?«

»Moment. Ich hab's aufgschriebm.«

»Erich!«

»Okay. Ein Schlüsselbund, ein paar einzelne Hustenbonbons, ein Packerl Taschentücher. Und in der Innentasche Geldbeutel samt Ausweis, Kreditkarten und dem ganzen Blempel.«

»Und? Wer ist es?«

»Erwin Zimmerl, geboren 24.12.1941 in Farchant, wohnhaft Esterbergstraße ... das ist gleich da unten, wo wir parken.«

»Hast du das auch aufgeschrieben?«, fragte Özokan.

»Nein, g'merkt, Aff, türkischer.«

»Wann, sagst du, ist er geboren?«, fragte Tilman.

»Ja, hab ich auch grad bemerkt. Und was hat's ihm gebracht? Nichts.«

»So ist es«, bestätigte Veigl. »Wird alles überschätzt.«

»Eben. Sag ich doch, alter Mann.«

»Kollegen«, Paulig wandte sich an die Uniformierten, »ruft mal bitte einer in der Dienststelle an und meldet den zweiten Toten? Die sollen jeden herschicken, den sie haben. Nicht dass da noch einer liegt. Und bringt die Leute zurück auf den Weg. Falls da noch mehr liegen, möchte ich eine klare Spurenlage. Und macht ihnen klar … nein, lieber nicht. Am besten, ihr sagt nichts, nicht dass die dann erst recht anfangen, auf eigene Faust zu suchen. Obwohl, die machen ja sowieso, was sie wollen. Ja, Tilman?«

»Du meinst doch nicht wirklich, dass da noch einer liegt?«

»Nein, eigentlich nicht. Aber erst war's einer, jetzt sind's zwei. Warum nicht noch ein Dritter?«

»Du denkst jetzt aber nicht …?«

»Im Moment denk ich noch gar nichts. Ich fahr jetzt erst mal ins Präsidium. Gipfeltreffen. Rufst du die Yasmin an und sagst Bescheid?«

»Mach ich.«

Auf dem Weg hinunter zum Parkplatz begegneten ihr weitere Schaulustige. Die beiden Polizisten waren weg. Als sie an den ersten Häusern vorbeifuhr, sah sie deren Auto. Fleißig, dachte sie, vielleicht geht's ja schneller als gedacht. Während sie nach ihrer Sonnenbrille kramte, kam ihr der Fall eines Bergbauern in den Sinn, der vor gut fünfzehn Jahren direkt unterhalb der Alpspitze seine beiden Ehefrauen umgebracht hatte. Stockinger hieß der Mann, Alfons Stockinger. Die Presse hatte ihn den »letzten Bergbauern« genannt. Es war ihr bislang größter Fall gewesen, über Wochen der Aufmacher im ganzen Land. Dann war es plötzlich vorbei gewesen, und niemand hatte je wieder darüber geredet. Damals wunderte sie sich zum ersten Mal, wie schnell das ging mit dem Vergessen. Lebte er eigentlich noch? Er hatte die Taten immer bestritten. Und eigentlich hatten sie nichts in der Hand gehabt. Heute hatte selbst sie Zweifel, ob er es war.

Am Bahngleis fuhr sie links. Seit Jahren hatte sie keinen Grund mehr gehabt, diesen Weg zu nehmen, nicht mehr, seit es den Tunnel gab. Sie war gespannt, was sich wohl verändert hatte.

An einer der Zufahrtsstraßen zum Neubaugebiet Zugspitzstraße fiel ihr ein älteres Ehepaar auf. Eine hoch aufgeschossene Frau mit Kopftuch und Sonnenbrille, der Mann im Rollstuhl, stocksteif, wie festgezurrt. Paulig sah, wie die Lippen der Frau sich bewegten, von ihm keine Reaktion. Ob sie sich wohl jemals vorgestellt hatten, dass es einmal so enden würde? Noch während sie darüber nachdachte, war sie am Ziel.

Polizeidirektor Joseph Neuner erreichte kurz nach Paulig die Dienststelle.

»Kommen Sie von den Hinterbliebenen?«, fragte sie.

»Wieso?«

»Ehrlich gesagt, Sie schauen so aus.«

»Ja, von seiner Frau.«

»Frau Summer?«

»Ja.«

»Und bei Frau Zimmerl? Ist da auch schon jemand?«

»Nein, der hat keine Frau und auch sonst keine Angehörigen. Zumindest sind keine bekannt.«

»Er lebt allein?«

»Ja.«

»Vielleicht taucht ja noch jemand auf. Soll ja öfter vorkommen, wenn's was zum Erben gibt.«

»Wieso meinen Sie, dass es da was zu erben gibt?«

»Nur so. Wie war's bei Frau Summer? Wie geht's ihr?«

»Das können Sie sich ja denken. Nicht gut. Meine Frau bleibt noch so lange bei ihr, bis die Kinder da sind. Die Tochter lebt in München, und der Sohn ist Arzt in Füssen. Die sind gleich losgefahren. Wissen Sie«, fügte er erklärend hinzu, »wir kennen uns schon seit der Schulzeit, auch die Frauen.«

»Auch den Herrn Zimmerl?«, fragte Paulig ohne nachzudenken.

»Ja.« Bevor er weiterredete, zupfte er an seiner Nase und zog zugleich die Augenbrauen hoch, etwas, das Paulig noch öfter an ihm beobachten würde. »Haben Ihre Leute schon etwas herausgefunden? Gibt es schon eine erste Spur?«

»Nein, noch nicht. Wir gehen aber erst einmal davon aus, dass es kein Raubmord war. Es ist alles noch da, Geld, Kreditkarten und so weiter. Bei beiden. Allerdings keine Handys. Wissen Sie, ob die beiden normalerweise eines mit sich trugen?«

Neuner zuckte mit den Schultern.

»Warum fragen Sie?«

»Könnte ja sein, dass sie in der Freizeit …«

Paulig brach ab. Sie war immer noch beschäftigt mit der Neuigkeit, dass alle drei sich gut kannten, wusste aber nicht, wie sie es auf die Schnelle einordnen sollte. »Wir wissen nur, dass der Täter äußerst brutal zugeschlagen haben muss. Bei beiden. Das Genick …«

»Ich weiß«, Neuner hob abwehrend die Hände, »ich hab's gesehen. Schrecklich. Wie bei einem Karnickel.«

»Haben Sie eine Idee?«

»Eine Idee? Ich? Sie meinen, wer das war? Nein. Nicht die geringste. Der Summer hatte keine Feinde, wenn Sie das meinen. Im Gegenteil. Wenn es überhaupt jemanden gibt, der keine Feinde hat, dann der Wolfram, also der Summer. Und der Zimmerl genauso wenig. Ich mein, Sie haben ihn ja gesehen. Wer soll so jemandem was antun wollen.«

»Sie meinen, zur falschen Zeit am falschen Ort?«

Paulig wusste aus Erfahrung, dass der Weg in die Hölle oft genug mit Pathos gepflastert war und ein Mensch ohne Feinde ungefähr so häufig wie ein Winter ohne Erkältung.

»Das ist das Einzige, was ich mir vorstellen kann«, sagte Neuner rasch, Pauligs Meinung nach eine Spur zu rasch.

Ihr Handy vibrierte: »Keine Handys gefunden«, lautete die Nachricht. »Auch keine weiteren Leichen. Bleiben dran.«

»Okay«, schrieb sie zurück. Dabei fragte sie sich, warum Neuner eigentlich nicht auf die Idee kam, dass es vielleicht noch weitere Leichen geben könnte.

»Hm. Wenn Sie gemeinsam aufgewachsen sind, dann gehe ich mal davon aus, dass die beiden Opfer sich auch kannten.«

»Ja, natürlich. Hab ich ja gesagt.«

»Ich wollte das nur noch einmal feststellen. Weil: Es passt zu der Annahme, dass der Täter seine Opfer, ich sage mal, abgepasst haben könnte. Ich könnte mir also schon vorstellen«, tastete sie sich weiter voran, »dass es vielleicht etwas Persönliches war. Außer einer der beiden hatte etwas dabei, von dem wir nichts wissen. Akten. Irgendwelche Unterlagen.«

»Oder einen Koffer voll Geld«, schnaufte Neuner verächtlich. Sie und Neuner saßen sich gegenüber. Die Kommissarin in einem metallenen Besucherstuhl mit immerhin gepolsterter Lehne und Sitzfläche, der Polizeidirektor in einem bequemen Drehsessel. Zwischen ihnen standen zwei längsseitig aneinandergestellte Schreibtische, auf denen sich die üblichen Aktenberge erhoben, dazu Monitor, Tastatur, eine Maus mit weißblauem Rautenmuster und ein altmodisches Tischtelefon mit Gegensprechanlage. Zwischen Papierkorb und Rechner stand auf einer Gummimatte ein Paar rindslederne Jagdstiefel. Sie sahen aus, als würden sie ernsthaft warm halten.

»Und der andere ist dem Täter irgendwie in die Quere gekommen«, fuhr Paulig ungerührt fort, »warum nicht? Oder ihre Handys. Vielleicht hatte es jemand auf ihre Handys abgesehen?«

»Nein, die hatten keine besonderen Handys. Nur, was jetzt alle haben, so Smartphones. Aber um die wird's ja wohl kaum gegangen sein.«

»Vielleicht um das, was drauf ist.«

»Was soll denn da drauf sein. Ich bitte Sie! Sie wissen wohl nicht, von wem Sie da reden. Das waren allseits geachtete Bürger, alle beide. Ich kann mich nur wiederholen. Und Feinde … das ist einfach absurd.«

Es klang endgültig.

Paulig zog die Schultern hoch und ließ sie wieder fallen. Die Richtung, in der der Kollege unterwegs war, war definitiv nicht zielführend. »Aber irgendwer hat sie schließlich umgebracht, und irgendwo müssen wir ja anfangen.«

»Ich weiß. Aber wie gesagt …« Er schüttelte den Kopf und drehte sich weg. »Sie sind tot, das ist im Moment alles, was ich weiß. Sie sind tot, und ich versteh's nicht. Ich mein, wer macht denn so was … Das ist doch … das ist doch krank … Das macht doch überhaupt keinen Sinn. Das kann doch nur ein Verrückter gewesen sein. Einfach totgeschlagen …«

Es schien ihm wirklich nahezugehen, auf jeden Fall näher, als sie erwartet hatte. Eine unangenehme Situation.

»Trotzdem …«

»Haben Sie mich nicht gehört!«, fauchte er mit einer Stimme, die bei jedem Wort zu versagen drohte. »Ich sage, das ist unmöglich. Die hatten keine Feinde. Der Wolfram, und das sage ich nicht einfach dahin, der ist … der war ein Ehrenmann. Und zwar in jeder Hinsicht. Da können Sie fragen, wen Sie wollen, da wird Ihnen keiner was anderes sagen, aber schon gar keiner. Und der Erwin genauso.«

»Ich finde es ja schön, dass Sie so eine hohe Meinung haben von Ihren Freunden, und ich verstehe auch, dass Sie einen persönlichen Hintergrund für die Tat ausschließen, Sie kennen sie schließlich besser als ich. Aber …« Ihr Gespräch war definitiv an einem Punkt angelangt, an dem jetzt, und zwar jetzt gleich, zu Beginn ihrer Zusammenarbeit, klargemacht werden wusste, dass sie mit Denkverboten nicht weit kommen würden und dass sie auch nicht gedachte, sich welche auferlegen zu lassen, Gefühle hin oder her. Und wenn er das nicht einsähe, könne er sich gerne über sie beschweren, wo auch immer. »Aber«, allein der Ton genügte, die unterschiedlichen Dienstgrade unter den Pflug zu nehmen, »Sie müssen mich schon auch verstehen, ich kann das nicht einfach ignorieren, nur weil Sie mit den Opfern befreundet waren. Auf jeden Fall werden wir mit dieser Einstellung nicht weit kommen. Aber …«, schaltete sie schnell wieder einen Gang zurück, »vielleicht wenden wir uns jetzt erst einmal dem Nächstliegenden zu. Bis jetzt sind das ja sowieso nur alles Spekulationen. Ich denke, vielleicht sollte ich mich als Erstes mit der Frau unterhalten, die Herrn Summer gefunden hat. Was meinen Sie, können wir die noch einmal sprechen?«

Neuner seufzte. »Natürlich. Frau Andrä. Ich ruf sie an. Und bitte entschuldigen Sie, dass ich … das ist sonst nicht meine Art, dass ich so … Aber wie gesagt, der Wolfi, der Erwin …« Diesmal hatte er wirklich Tränen in den Augen. »Wollen Sie einen Kaffee?«

»Ja, gerne. Ach ja, wir haben am Tatort Herrn Häusler getroffen. Er hat gesagt, dass Sie am Abend noch zusammen waren. Also Sie und …«

Vielleicht war das der Grund, warum sie instinktiv davon ausging, dass keine weiteren Leichen gefunden würden. Als hätte ihr Unterbewusstsein bereits eine Art mentales Flatterband um diese fünf gezogen. Blöd nur, dass ein Polizeidirektor mit dabei war.

»Ja, das stimmt.« Er schien nicht im Geringsten erstaunt zu sein. Aber warum hatte er nicht von sich aus gesagt, dass sie gestern noch zusammen gewesen waren? Weil es nichts zu bedeuten hatte? Weil er immer noch unter Schock stand? Weil man sich nicht unnötig in die Schusslinie begibt? »Milch und Zucker?«

»Bitte nur Zucker.«

»Wissen Sie, Frau Kollegin«, Neuner räusperte sich endgültig zurück zu einem aufgeräumten Ton, »wir stehen öfter herum da oben. Das ist sozusagen unser Treffpunkt. Der Notar Oscar Vincenti gehört auch dazu. Immer nur wir fünf. Schon seit unserer Schulzeit. Deswegen ist es ja auch so unfassbar. Wissen Sie, wir fünf …«

4

Ein Blick in den Spiegel der Herrentoilette bestätigte Lufti Häuslers Vermutung. Er sah furchtbar aus. Die Augen gerötet, der Bart zerzaust, das Gesicht verschmiert von Rotz und Tränen. Über zwei Stunden war er nur gelaufen. Am Fricken entlang, über die Ursprünge, am Golfplatz vorbei Richtung Oberau und wieder zurück. Erneut wogte das Ungeheuerliche durch sein Gehirn. Wolfram war tot. Sein bester Freund, so lange er denken konnte. Klug, freundlich, maßvoll in allem, was er tat und sagte, bescheiden geblieben trotz seiner vielen Prominentenfreunde, mit einer Frau, um die man ihn beneidete, und zwei wohlgeratenen Kindern. Und als wäre das nicht genug, hatte es auch noch Erwin erwischt. Nicht unbedingt ein bester Freund, aber doch ständiger Begleiter seit Kindertagen. Einer, den sich keiner als Freund aussucht, der aber trotzdem immer dabei ist, der nur auffällt, wenn er fehlt. Den sie nur mitlaufen haben lassen, weil es keiner gewagt hat, ihn auszuschließen. Sonst hätte es sofort geheißen, es wäre nur wegen seiner Behinderung. Zumindest hätte er das behauptet. Was heißt, hätte. Hat. Aber das war Ewigkeiten her. Nein, eigentlich war er schon ein Freund gewesen, bereits allein durch die Dauer, die sie sich kannten. Ein ganzes Leben. Und er war zuverlässig. Stimmt. Das war er wirklich … Erschlagen, einfach totgeschlagen, wie die Welpen aus einem schlechten Wurf.

Das Gesicht gewaschen, Frisur und Schnauzer wieder in Form gebracht, ging er auf seinen Platz.

»Ist was?«

»Ach, Vroni«, stöhnte er, dann schaute er sie groß an. »Mein Gott, du weißt ja noch von gar nichts. Der Wolfram ist tot. Und der Erwin. Erschlagen. Oben, am Philosophenweg.«

»Der Wolfram? Der Summer? Und der Erwin?« Äußerlich unbewegt, schenkte sie ihm sein Weißbier ein. Dann fragte sie noch einmal nach: »Du meinst schon …?«

»Bitte sei so gut, schenk mir einen Grappa ein, einen doppelten.«

»Auch schon was zum Essen?«

»Zum Essen? Ist schon Mittag?«

»Nein, noch nicht. Aber ich könnt dir eine Brotzeit machen. Außer du willst warten, bis die Martha da ist. Die macht dir dann was Richtiges.«

»Wie, was Richtiges. Du meinst doch nicht im Ernst, dass ich jetzt was essen kann.«

Mit zwei Zügen leerte er sein Bier. Aber erst der Grappa beruhigte ihn so weit, dass er sich in der Lage fühlte, zu telefonieren.

»Doktor Vincenti?«

»Nein.«

»Darf ich durchstellen?«

»Nein … Wer ist es denn?«

»Herr Häusler.«

»Stellen Sie durch …«

Kein Knacken in den Schaltkreisen, kein Getute, kein Sekretärinnengetuschel bereitete einen heute noch darauf vor. Es konnte schnell gehen, es konnte aber auch dauern, Warteschleifenmusik lehnte er ab. Lieber nichts, auch wenn es sich dann noch mehr wie ein Überfall anfühlte, wenn eine kühle Frauenstimme plötzlich »Einen Moment noch« sagte und man sich unwillkürlich fragte, wie lange die Frau einem eigentlich schon beim Schnaufen zuhörte.

»Oscar?«

»Ja.«

»Weißt du's schon?«

»Ja. Der Wolfram und der Erwin.« Normalerweise bellte er ins Telefon, doch mehr als ein Knurren war heute nicht drin. »Ich hab schon ein paarmal versucht, dich anzurufen, aber du bist nicht rangegangen. Der Joseph hat mich informiert. Woher weißt du es?«

»Ich war da.«

»Du warst da? Oben? Da, wo …? Wann?«

»Vorhin. Nach dem Frühstück. Ich hab ihn gesehn. Also den Wolfram.«

»Du hast ihn gesehn? Und? Schlimm?«

Während Oscar darauf wartete, dass Lufti weiterreden würde, suchte er nach seinen Gefühlen.

»Ob's schlimm war?«, fragte Lufti verstört. »Was meinst denn du? Meinst … meinst … Ich mein … Ist das alles, was du …?«

»Ja, ich weiß. Ja, ist schon schlimm, natürlich, furchtbar. Mein Gott, was soll ich sagen … Bist du im Stüberl?«

»Ja.«

»Ich komm rüber. Bis gleich. Ich fahr sofort los … Frau Gstattenbauer? Ich bin dann mal schnell eine Stunde weg. Können auch zwei werden.«

»Aber …«

»Nix aber. Sie machen das schon. Machen's einfach einen neuen Termin.«

Die durchschnittliche Lebensdauer eines Haares liegt bei drei bis sieben Jahren. Dann fällt es aus und macht einem neuen Platz. Das kürzeste Leben haben die Haare an den Schläfen und die Barthaare. Deshalb beginnt das Grau hier zuerst.

Einer der wenigen Menschen, dessen Haar auch mit beinahe siebzig noch ausnahmslos in der Farbe glänzte, die die Natur einst für ihn ausgewählt hatte, war der Notar Oscar Vincenti. Ein tiefes, dunkles Braun, das man zwar ebenso gut für schwarz halten konnte, doch er bestand darauf, dass es ein zwar dunkles, aber doch eindeutig zu identifizierendes Braun war. Die Vehemenz, mit der er diese Auffassung vertrat, war nicht mehr als eine lieb gewonnene Tradition, ein übrig gebliebener Spaß aus qualvoll erlebten Kinder- und Jugendtagen, wobei die Farbe eigentlich nur einen Nebenaspekt darstellte. Das Problem, das ihm Kindheit und frühe Jugend verleidet hatte, daran vermochte auch die schönfärberische Macht der Erinnerung nichts zu ändern, war ihre Beschaffenheit – sie kräuselten sich. Zu allem Überfluss litt er auch noch unter dunkler Haut. Aber auch hier setzte er früh seinen Willen durch und bestand auf der selbst gestellten Diagnose Pigmentstörung. Mit seinen Augen hatte er es nicht viel besser getroffen. Sie schimmerten in einem sanften Kastanienbraun. Mit Beginn der Pubertät, die bei ihm früher einsetzte als bei seinen Mitschülern, trat der nächste Horror in sein Leben, eine ausgeprägte Körperbehaarung. Außerdem war er dick. Vor zweihundert Jahren, bei den Buschmännern Afrikas oder bei den Aborigines, hätte man ihn wahrscheinlich für einen Menschen gehalten, der mit einem besonders starken Totemtier gesegnet war, einer, der ausersehen war, Großes zu vollbringen. Aber Oscar Vincenti war in Farchant geboren und in Garmisch-Partenkirchen aufs Gymnasium gegangen, und hier wie da hieß es nur: »Schau hi, der schaut grod aus wia a Aff.«

Wahrscheinlich hat er sich deshalb schon in jungen Jahren eine Ruppigkeit angewöhnt, die ihn nicht unbedingt sympathisch machte, aber bei seinen Klienten gut ankam.

Oscar und Lufti waren anders als die anderen. Der eine war etwas zu dunkel geraten, woher, das wusste kein Mensch, Lufti neigte zu Extremen. Oscar, der Grobe, hatte früh gelernt, mit seiner offensichtlichen Andersartigkeit fertig zu werden, Lufti hingegen hatte lange nicht einmal gewusst, gegen was er ankämpfte. Als er es erkannte, brachte es ihn fast um.

Mitten im Schuljahr hatten sie einen neuen Religionslehrer bekommen. Ein junger Pfarrer, von dem ihm nur sein holländischer Akzent und seine wässrigen Augen in Erinnerung geblieben waren – und dass seine Vorträge, die nur mehr am Rande mit Religion zu tun hatten, keiner verstand und dass er sie gerne mit einem Zitat beendete. Zum Beispiel mit dem von der Spreu und dem Weizen, der Lufti jedes Mal einen unerklärlichen Schauer über den Rücken jagte. Eines Tages wählte der Pfarrer eine Stelle, die er nie vergessen würde. Von da an wusste er immer, um was es ging, und auch, wer gemeint war.

»Desgleichen gaben die Männer den natürlichen Umgang mit der Frau auf und entbrannten in ihrer Gier zueinander, sodass Männer mit Männern Unzucht trieben und den gebührenden Lohn für ihre Verirrung erhielten. Wer hat das gesagt?« Der Lehrer warf einen Blick ins Schülerrund, das seine Unterrichtsstunden hinnahm wie das Wetter und so gut es eben ging für Wichtigeres nutzte, döste, sich auf die nächste Matheschulaufgabe vorbereitete. »Natürlich von unserem hoch verehrten Kirchenvater, dem heiligen Apostel Paulus«, gab er sich selbst die Antwort, schob noch schnell ein »Gelobt sei Jesus Christus« hinterher und verschwand wie immer mit dem unbestimmten Gefühl, dass wieder einmal keiner verstanden hatte, um was es gegangen war. Aber anders konnte und wollte er nicht, entweder sie verstanden oder eben nicht, und besonders dieses Thema war peinlich genug.

Aber auch Lufti fand schließlich einen Weg, mit seiner Andersartigkeit umzugehen. Von der sinnlosen Hoffnung getrieben, durch besonders männliches Verhalten seinen Makel zu besiegen, sein erwachendes Schwulsein auszureißen mit Stumpf und Stiel, warf er sich in die Schlacht. Oscar war's recht. Raufen war seine Welt, und die drei anderen, Wolfram Summer, Erwin Zimmerl und Joseph Neuner, hatten keinen Grund, das anders zu sehen. Zusammen nannten sie sich die Enzianbrüder. Damals, Ende der Fünfziger-, Anfang der Sechzigerjahre, ging es bei Weitem nicht mehr so zur Sache wie noch zwanzig, dreißig Jahre zuvor, als zwischen verfeindeten Gemeinden noch regelmäßig die Messer gezogen wurden. Trotzdem waren die Wirthausschlägereien, die die fünf anzettelten, immer etwas ganz Besonderes gewesen im an Kurzweil dieser Art so reich gesegneten Werdenfelser Land.

Begonnen hatte es in der Regel damit, dass sie sich unauffällig im Raum verteilten. Erwin blieb dabei stets in der Nähe vom Ausgang. Fasziniert beobachtete er von dort aus das Geschehen. Manchmal kam es vor, dass er sich vor lauter Aufregung einnässte. Er schob es dann immer darauf, dass er sich wo hineingesetzt hätte. Lufti fing an herumzustänkern, am liebsten bei den Holzknechten, die sich verwundert ansahen und meinten, ob er sich etwa verlaufen habe und ob sie erst den Krankenwagen anrufen sollten oder gleich den Abdecker, sich dann aber nicht lange betteln ließen und ihm erst einmal eine langten. Und er langte zurück. Wie ein blindwütiger Eber warf er sich in den Kampf. Jetzt trat Wolfram auf den Plan. Lautstark beschimpfte er die feigen Holzknechte, schrie, dass man es nicht zulassen würde, dass einer, der hier nur friedlich sein Bier trinken wolle, brutal zusammengeschlagen würde. Oscar war immer der Erste, der dem Ruf folgte und mit einem kernigen »Auf geht's, pack mas« dem Bedrängten zu Hilfe kam und seinen massigen Körper in die Bresche warf. Er war es auch, der dafür sorgte, dass die von Lufti angezettelten Schlägereien nie zu dessen Nachteil ausgingen. Vielleicht weil er fühlte, dass die wahnhafte Wut, zu der der junge Lufti, der damals noch nicht so hieß, neigte, nicht reiner Rauflust entsprang, sondern eine tiefere Ursache hatte. Bei ihm, Oscar, war es das südländische Aussehen, all der Spott, dem er ausgesetzt war als Kind, was ihn trieb zuzuschlagen. Bei Lufti spürte er etwas Ähnliches, aber er hätte nicht sagen können, was. Erst viel später, als Lufti Häusler längst der war, als den ihn alle kannten und schätzten, als auch anderen sein Besonderssein auffiel, die ausgewählte Kleidung, der akkurat gestutzte Schnauzbart, die Art, wie er den Kopf hielt, seine Wortwahl, die Neigung, sich an gewissen Gesprächen nicht zu beteiligen, sich herauszuhalten, wenn es zotig wurde, begriff er. Aber er hätte ihn nie darauf angesprochen.

Aus der Küche klang gedämpfte Zithermusik, eine von Marthas ausgeleierten Musikkassetten, Vroni war im Keller beim Umzapfen. Am Stammtisch saßen zwei Männer über ihrem Bier, die Rücken rund, die massigen Schädel zwischen die Schultern gezwängt, hinter ihnen der schwere Kachelofen – eine Dreifaltigkeit mit dem Verdrängungspotenzial eines mittleren Wals. Wer sich näherte, wusste, was er tat, wer meinte, sich ungefragt dazusetzen zu müssen, eher nicht.

»Der Wolfram wird uns abgehen. Seine Verbindungen beim DSV waren schon Gold wert.« Oscar sah ihm an, dass er litt, trotzdem blieb er bei seinem geschäftsmäßigen Ton. »Also, das reißt schon eine Lücke, dass er jetzt …«

»Ist das wirklich alles, was dir dazu einfällt?«, fuhr Lufti ihn an. »Der Wolfram und der Erwin sind tot, irgendein Wahnsinniger hat sie totgeschlagen, und du denkst ans Geschäft?«

»Entschuldige«, gab Oscar sich zerknirscht. »Natürlich ist das furchtbar. Meinst du, mir geht's anders … Das ist eben meine Art. Ich bin eben nicht so … Vielleicht liegt es am Beruf, was weiß ich …« Er merkte selbst, wie er sich immer weiter hineinritt. Mit fester Hand griff er nach seinem Bier.

»Ja, ich weiß«, schnaufte Lufti. »Verzeih. Jeder geht eben anders mit so etwas um. Warum soll's dir auch anders gehn. Entschuldige, ich wollt dich nicht anschnauzen. Aber das ist alles so … unwirklich.«

Wenn Oscar Vincenti Gefühle zeigen wollte, tat er das am besten, indem er sich ein wenig kleiner machte und erst einmal schwieg.

»Und, was machen wir jetzt?«, schleppte Lufti sich zurück ins Gespräch.

»Ja mei«, Oscar schob unauffällig seinen Hintern nach vorne, was ihn wieder ein Stück wachsen ließ, »was sollen wir schon machen. Das Leben geht weiter, ob uns das jetzt passt oder nicht. Weißt, ich hab das jede Woche in meiner Kanzlei, und glaub mir, wenn ich da nicht immer meine Gefühle im Griff hätt … Aber denen sag ich auch nichts anderes, als dass das Leben einfach weitergeht, egal, ob einem gerade der Sinn danach steht oder nicht, was will man machen. So ist es halt.« Er nahm noch einen Schluck, wischte sich breitflächig über den Mund und gab dann ein seiner Körperfülle angemessenes Schnauben von sich. »Ich würd sagen, jeder macht einfach da weiter, wo er gerade ist, nimmt seine Termine wahr, und die vom Wolfram und vom Erwin teilen wir einfach auf. So viele werden es schon nicht gleich sein.«

»Hm. Ist das nicht gefährlich?« Ohne es zu merken, übernahm Lufti Oscars sachlichen Tonfall. »Ich meine, dann werden vielleicht, wie soll ich sagen, Verbindungen offenbar …«

»Hast du eine bessere Idee?«

»Nein … Aber …«

»Ich würd sagen, wir warten erst einmal ab, was der Joseph meint. Obwohl ich mir nicht vorstellen kann, dass er da anders denkt. Ich hab auch schon die Firma informiert. Der Pelzer sieht das genauso. Er meint, dass wir immer noch am besten wüssten, was zu tun sei. Auf jeden Fall keine Hektik verbreiten.« Er senkte seine Stimme zu einem bedrohlichen Murmeln. »Mich interessiert vor allem, wer das war. Den wenn ich erwisch, den schlag ich tot wie einen Ratz. Und dann auch noch den Erwin. Der hat doch wirklich keiner Fliege was zuleide tun können. Ich sag dir, den wenn ich in die Finger krieg.« Er ballte die Faust, beugte sich dann zu Lufti und sagte leise: »Dass wir uns da einig sind, also wegen gestern. Ich mein, dass wir uns da vielleicht abstimmen. Also nur, damit das keine überflüssigen Diskussionen gibt vonseiten der ermittelnden Beamten.« Bevor er weiterredete, schaute er sich unauffällig um. Sie waren nicht mehr alleine im Stüberl. Der Bürgermeister bei seinem zweiten Frühstück und der Morgenzeitung, ein Tisch Bauern, die sich nach dem Markt hier verabredet hatten, und die Tankwartin von gegenüber. »Also«, fuhr er fort, »wegen der Kommissare aus München. Die werden schnell heraus haben, dass wir gestern Abend zusammen waren.«

»Das wissen die schon. Ich hab's ihnen gesagt.«

»Ah so …? Ja, logisch. Du hast sie ja getroffen. Aber gut … Nein, ganz gut. Dann ist das wenigstens schon vom Tisch. Du hast ihnen doch nicht erzählt, über was wir geredet haben?«

»Natürlich nicht. Also bitte. Das haben die aber auch gar nicht nachgefragt.«

»Gut. Wir treffen uns wegen der alten Zeiten, ganz einfach. So hab ich das auch schon mit dem Joseph besprochen. Wir haben übrigens schon einen Termin. Um fünf sollen wir unsere Aussagen machen. Ich hoff, das passt dir.«

»Ja, passt … Aber was anderes, was mir nimmer aus dem Kopf gehen will …«

»Was?«

»Ja, denkst du dir das nicht?«

»Was?«

»Was, wenn der weitermacht?«

»Wer?«

»Ja, der halt. Der den Erwin und den …?«

»So ein Schmarrn. Wie kommst denn auf so was?«

»Wenn's nur der Erwin g'wesen wär«, sinnierte Häusler. »Aber so … Und dann, dass der noch einmal los ist, mitten in der Nacht.«

»Ja, das stimmt. Dass der Erwin in der Nacht da herumhatscht, versteh ich auch nicht. Noch dazu mit seinem Haxen. Aber was in dem seinem Kopf vorgeht, war mir immer schon ein Rätsel. Andererseits, allein daran sieht man, dass das ein Zufall sein muss. Dass der noch mal losmarschiert, noch dazu bei dem Schnee, auf so etwas rechnet doch wirklich keiner.«

Tische und Bänke schimmerten im konturlosen Glanz patinierter Oberflächen, sogar das Chrom der Zapfanlage wirkte wie in Honig getaucht, auch die Gläser, ihr Inhalt sowieso. Nur vereinzelte Stuhllehnen trugen helle, kalte Sicheln, farblos, leblos. Analogholz, von kalter Maschinenhand in Form gebogen, für die Ewigkeit verleimt, kratzfest. Ein Hohn. Niemand würde auch nur auf die Idee kommen, sich in so einem Stuhl zu verewigen, jedes Messer würde schartig werden bei seinem Anblick. Niemals würde sich einer der beiden Männer freiwillig in so eine Obhut begeben. Trotzdem wurden sie immer mehr.

»Trinken wir noch eins?'«

»Kann nicht schaden. Vroni?«

5

Gegen elf Uhr waren die Beamten der Mordkommission in die Stadt zurückgefahren. Paulig saß immer noch mit Neuner in der Polizeidirektion. Ob sie noch einen Tag dranhängen, vielleicht sogar hier übernachten würde, wollte sie auf sich zukommen lassen. Ihre Eltern würden sich auf jeden Fall freuen. Sie lebten in Oberau, einer Nachbargemeinde von Farchant.

Im Beisein des Polizeidirektors befragte Paulig noch einmal Monika Andrä, die Wolfram Summer gefunden hatte. Sie arbeitete als OP-Schwester im Kreiskrankenhaus und hatte ihre Pause geopfert, um ein zweites Mal ihre Aussage zu machen.

»Gut, Frau Andrä«, sagte Paulig zum Ende des Gesprächs. »Ist Ihnen sonst noch etwas aufgefallen?«

»Nein, tut mir leid. Wie ich schon gesagt habe. Nicht einmal die alte Martha hat sich heut früh blicken lassen.

»Wer?«

»Die Martha, die Köchin vom Stüberl. Die geistert da normalerweise herum. Die sammelt Tannenzapfen zum Heizen, altes Holz und was weiß ich alles. Aber wie gesagt, nicht einmal die. Naja, ist ja auch kein Wunder bei der Kälte. Nein, tut mir leid. Wie gesagt, um die Zeit bin ich eigentlich immer alleine am Berg. Außer mir läuft da sonst keiner. Und ich auch nur, wenn ich Frühschicht hab.«

Paulig wandte sich an Neuner. »Was meinen Sie, wollen wir Frau …?«

»Frau Bruckmeier. Aber ob die kommt? Ich glaub, es wär vielleicht besser, ich schick jemanden hin. Aber ich weiß nicht. Dass die bei der Kälte mitten in der Nacht da oben herumturnt? Noch dazu bei dem vielen Schnee. Frau Andrä sagt ja selbst … Naja, Fragen kostet ja nichts.«

Er griff zum Telefon, kam aber nicht dazu abzuheben.

»Wenn Sie mir die Adresse geben, würde ich das gerne selbst übernehmen«, sagte Paulig rasch. »Ich denke, wir haben es dann eh, Frau Andrä. Wenn Ihnen noch etwas einfällt, Sie wissen ja, einfach vorbeikommen. Und: alles ist wichtig. Auch wenn es Ihnen vielleicht völlig unbedeutend vorkommt. Aber ich denke, das hat man Ihnen schon gesagt.«

Paulig erhob sich von ihrem Platz. Die junge Frau stand ebenfalls auf, bewegte sich aber nicht vom Fleck.

Es entstand einer dieser raren Augenblicke, die Paulig als Fenster bezeichnete, Momente des Übergangs, für einen liegen gebliebenen Gedanken oft die einzige Chance, sich noch schnell ins Bewusstsein zu schieben, und oft eingeleitet mit dem kleinen Satz: »Übrigens, bevor ich es vergesse ...« Wenn man die Kommissarin in so einem Moment beobachtete, wenn man sah, wie ihre Pupillen sich weiteten, der Atem flach wurde, ihre Bewegungen sich auf ein Minimum reduzierten, wie sie alles Denken und Trachten ganz und gar auf ihr Gegenüber fokussierte, das vielleicht gerade dabei war, mit einer kleinen Bemerkung den Lauf der Ermittlungen entscheidend zu verändern, musste man unwillkürlich an ein Raubtier denken, ein Raubtier kurz vor dem Sprung.

»Also die Einzigen ...« Den Blick an die Uniformhose des Polizeidirektors geheftet, brach sie ab.

»Ja?«, fragte Paulig.

Ein falsches Wort, eine hektische Bewegung, und das Fenster war zu.

»Wie soll ich sagen ...«

»Wie es Ihnen einfällt«, ermunterte Paulig sie.

»Ja, also«, Monika Andrä strich sich eine Strähne aus der Stirn und sah kurz auf, »der Dr. Summer und der Erwin waren ja eigentlich nie alleine da oben. Die waren da eigentlich immer zu fünft. Da, wo das Wegkreuz ist. Aber das wird Ihnen der Herr...« Erneut brachte sie einen Satz nicht zu Ende. »Es ist nur, weil Sie gesagt haben, dass alles wichtig sei.«

Sie strich sich dieselbe Strähne noch einmal aus der Stirn. Man hätte eine Stecknadel fallen hören können.

»Und wer waren die anderen Männer?«

»Der Herr Häusler, dem das Sägewerk gehört, und ...«

»Reden Sie ruhig, Frau Andrä, die Kommissarin weiß Bescheid«, befreite Neuner die Frau aus der unangenehmen Situation.

»Gut. Wenn das so ist. Also nichts für ungut. Das war's dann auch. Mehr fällt mir jetzt wirklich nicht mehr ...«

Paulig wandte sich Neuner zu. »Hm, ich hab Sie das vorhin nicht gefragt, und Herr Häusler hat sich auch nicht weiter darüber ausgelassen. Aber was machen Sie da eigentlich, an dem Kreuz, Sie und ... die anderen?«

»Wie gesagt, wir reden über die alten Zeiten, die Arbeit, die Familie, und danach gehen wir meistens noch ins Georgistüberl. Aber nicht immer. Gestern zum Beispiel haben wir uns nur getroffen und sind dann wieder auseinander. Eine Art Jour fixe, wenn Sie so wollen.«

Paulig registrierte Art und Länge seiner Pausen, ob er nachdachte zwischen den Sätzen, wie er einen Satz zu Ende brachte, was seine Hände machten.

»Ist das nicht ein komischer Platz für einen Jour fixe? Ich meine, bei dem Wetter?«

»Aber deshalb ist es ja ein Jour fixe. Immer am gleichen Ort, immer zur gleichen Zeit. Und das bisserl Wetter, das macht uns nichts aus. Wissen Sie, schon als wir jung waren, haben wir uns da heroben getroffen. Haben uns überlegt, wie wir unsere Lehrer ärgern können, Streiche ausgeheckt, uns unsere kleinen Geschichten erzählt. Und da hat es auch keinen interessiert, ob es gerade regnet oder schneit.«

Paulig versuchte, sich vorzustellen, welche Streiche er wohl meinte, und landete bei Ludwig Thomas »Lausbubengeschichten«.

»Heute hecken wir natürlich keine Streiche mehr aus. Nur der Treffpunkt ist geblieben.«

»Schön eigentlich.«

»Ja, eigentlich schon. Aber jetzt ...« Neuners Augen hatten sich erneut mit Tränen gefüllt. Die einzige Chance, sie am Überlaufen zu hindern, war, sie möglichst weit aufzureißen.

Monika Andrä räusperte sich und wischte sich erneut eine Strähne aus dem Gesicht. »Muss ich noch mal was unterschreiben?« Man sah ihr an, dass sie jetzt gerne weit weg wäre. »Ich müsste jetzt nämlich langsam, wegen der Geschichte ist eh schon der ganze Dienstplan durcheinandergekommen. Also, wenn ich da jetzt noch einmal warten muss, bis Sie das wieder alles getippt haben …«

»Nein, nein«, antwortete Paulig. »Wenn Sie sagen, dass das so alles stimmt, dann tippen wir die Aufnahme in Ruhe ab und schicken Sie Ihnen zu. Nur noch eins: Der fünfte Mann, kennen Sie den auch?«

»Nein, den nicht. Also nicht persönlich. Nur vom Sehen, also vom Marterl.«

»Gut. Sie können dann gehen. Und danke noch mal für Ihre Zeit. Und wie gesagt, wenn Ihnen noch was einfällt … Oder haben Sie noch was, Herr Neuner?«

»Nein. Wir beide haben uns ja heute Morgen schon ausführlich unterhalten. Sie können ruhig gehen, Frau Andrä. Wiederschaun.«

»Auf Wiedersehen.«

»Wiedersehen, Frau Andrä.«

Paulig sah ihr nach. Ein weißer Anorak mit bunten Tupfen, schwarze Leggins, Moonboots, die blonden Haare erinnerten an Bündel wippender Glasfaserkabel. Dann war sie weg. Paulig verharrte noch eine Weile beim Anblick der Tür und wandte sich dann wieder dem Polizeidirektor zu, der mit ruhigen Schwüngen die Adresse von Martha Bruckmeier auf einen Zettel schrieb. Dabei fragte sie sich, wie man es wohl anstellte, einen Polizeidirektor um ein Alibi zu bitten, holte tief Luft und atmete langsam wieder aus. Während des Ausatmens, und beinahe hätte die Luft nicht mehr gereicht, meinte sie, dass es wohl so aussehe, als wären die drei Herren die Letzten, die Wolfram Summer und Erwin Zimmerl lebend gesehen hätten.

Neuner schrieb in Ruhe zu Ende und hob dann den Kopf.

»Wissen Sie«, sagte er, und Sehnsucht schwang in seiner Stimme mit, »wir fünf, das war schon was, das war ganz was Besonderes. Ja, und wenn wir uns dann treffen, erinnern wir uns daran. Wissen Sie, man glaubt ja gar nicht, an was man sich noch alles erinnert. Was da alles auftaucht. Jaja, schön war die Zeit ... Und wie schnell sie vergeht ... Und jetzt so was ... Ausgerechnet der Wolfram und der Erwin ...«

Paulig folgte seinem Blick, das war ihr lieber, als ihm beim Leiden zuzusehen.

»Was wollte ich sagen. Ja. Wenn ich Sie recht verstanden habe, haben Sie mich nach meinem Alibi gefragt. Ich war zu Hause. Meine Frau wird das bestätigen. Die anderen beiden machen ihre Aussagen übrigens heute um fünf. Passt Ihnen das? Entschuldigen Sie, ich hab die Termine jetzt einfach mal so gelegt. Die Macht der Gewohnheit. Aber ich bin natürlich davon ausgegangen, dass Sie die Befragung führen. Wäre ja auch irgendwie komisch, wenn ich das tun würd.«

Hatte er wirklich daran gedacht, das selbst zu übernehmen? Irgendwie klang es so.

»Das stimmt allerdings. Ein wenig seltsam wäre es schon, wenn ein Zeuge quasi den anderen befragen würde«, sagte Paulig und stand auf. »Ja, die Situation ist nicht gerade alltäglich. Aber jetzt sollte ich wohl erst einmal zu Frau Bruckmeier fahren.«

Neuners Blick verlor sich im Nirgendwo. »Sie werden sie jetzt nicht daheim antreffen. Die ist in der Arbeit im Georgistüberl. So ab drei würde ich es probieren, vorher nicht. Und danach machen wir dann die Aussagen vom Lufti, also von Herrn Häusler, und Herrn Vincenti, einverstanden? Ich meine, Sie natürlich.«

»Ja, gerne. Dann bis später.«

»Bis später, Frau Kollegin.«

Auf dem Weg ins Zentrum fasste sie das Gehörte noch einmal zusammen. Besonders die Nähe zwischen den Ermordeten und Neuner machte ihr zu schaffen. Es gab nichts Unangenehmeres, als im Dunstkreis eines Kollegen ermitteln zu müssen, noch dazu eines Polizeidirektors. Aber er und die beiden anderen waren beste Freunde und die Letzten, die Summer und Zimmerl lebend gesehen hatten. Wenn es kein Raubmord war, und danach sah es aus, kämen sie infrage, zumindest theoretisch.

Jedes Mal, wenn sie in die Stadt musste, die einem ganzen Landkreis ihren Namen gab, aber nicht als Stadt bezeichnet werden durfte, weil man sich als Marktgemeinde besser zu verkaufen glaubte, fragte sie sich, wer eigentlich diese ganzen Bausünden genehmigte, die hier nach und nach entstanden. Das Zentrum von Garmisch war noch nie wirklich zum Vorzeigen gewesen, aber mit jedem Besuch wurde es schlimmer, und Partenkirchen verkam sowieso langsam zur Geisterstadt. Recht so, dachte Paulig, vielleicht wacht ja irgendwann doch noch jemand auf in dieser sich ausbreitenden Wüste der Beliebigkeit. Auch wenn sie wusste, dass das nur ein frommer Wunsch war und dass vermutlich sie es war, die nicht aufwachen wollte, und dass es wahrscheinlich immer schon so gewesen war. Aber dann sollte man bitteschön wenigstens nicht so tun, als sei man ein beschauliches kleines Dorf in den Bergen oder ein gemütlicher Markt. Ein solider Hitzeschub, der nicht allein dem Thema geschuldet sein konnte, loderte bis in die Haarspitzen hinauf. Beinahe zeitgleich kam ihr der entscheidende Gedanke, und der war so hinreißend simpel, dass sie verwundert stehen blieb: Aber wer ist schon so blöd und reißt sich selbst das Feigenblatt vom Leib. Das Sich-klein-Machen, diese nach außen zur Schau gestellte Bescheidenheit, das war nicht nur dem Tourismus geschuldet, das hatte auch nichts mit Nostalgie zu tun, die war quasi nur ein netter Nebeneffekt, es ging um das Aufrechterhalten von Fassade, um dahinter in Ruhe seine Geschäfte abwickeln zu können. Mein Gott, wie einfach. Fassade, Fassade, alles nur Fassade, sang es in ihrem Kopf. Für einen Moment hatte sie das Gefühl, als würde sich der Boden bewegen. Sie blieb noch eine Weile so stehen, an die Hausmauer gelehnt, und wartete darauf, dass Hitze und Schwindel sich langsam wieder zurückzögen. Merkwürdig, dachte sie und wischte sich den Schweiß von der Stirn, das hab ich ja noch nie gehabt.

Hoffentlich wächst sich das nicht aus, eine Grippe wäre das Letzte, was ich jetzt bräuchte.

Im Café Kummer, das wirkte, als wäre es irgendwann in der Mitte des letzten Jahrhunderts stehen geblieben – emotionslos fragte sie sich, wann auch dieser morbide Chic aus der großen Vergangenheit des Orts im Recyclinghof landen würde –, bestellte sie eine Rinderbrühe. Sie sagte kräftig, weil es genauso in der Speisekarte stand und weil es ihr wichtig war, und orderte dazu einen kleinen Salat. Dann griff sie zum Handy.

»Tilman, ich weiß nicht, ob ich nicht doch einen Tag dranhänge hier. Nachmittags werde ich auf jeden Fall erst einmal eine Zeugin befragen, die ich jetzt noch nicht erreicht habe. Eine alte Köchin, die da oben immer Tannenzapfen sammelt … Nein, nicht zum Basteln, zum Heizen … Ja, das gibt's. Das haben wir als Kinder auch gemacht … Ja, gleich nach dem Krieg. Aber jetzt mal im Ernst. Ich hab noch was, aber äußerste Diskretion. Bevor ich es vergesse, fragst du mal vorsichtig bei Frau Summer nach dem Handy ihres Mannes? … Gut, dann haben wir das auch. Aber jetzt hör zu. Ich möchte, dass du drei Namen überprüfst. Der eine ist der Neuner … Ja, genau der … Eben … Und der andere ist der Notar Oscar Vincenti aus Garmisch … Genau. Und der andere … Häusler, genau. Ah, hast du schon. Die drei sind immerhin ziemlich sicher die Letzten, die Summer lebend gesehen haben, und seine besten Freunde … Ja, natürlich. Ich weiß, dass das heikel ist … Genau, um nichts anderes geht es. Nur, dass wir das abhaken können … Genau. Nicht dass es heißt, wir hätten nicht richtig hingeschaut, nur weil der Neuner … Genau. Ach ja, kannst du bei seiner Frau anrufen, dass die ihm sein Alibi bestätigt. Ich geb dir ihre Nummer.«

Die restliche Zeit bis zu ihrem Termin verbrachte Paulig damit, in Schaufenster zu schauen. Mitten im Ort hatte vor einigen Jahren ein ansässiger Sportartikelhändler seine beiden Läden zu einem großen, gesichtslosen Glasklotz zusammengefasst. So nichtssagend er von außen war, so angenehm, beinahe anheimelnd fand sie es drinnen. Die Wände waren tapeziert mit überlebensgroßen Schwarzweißbildern von bereits in die Ewigkeit eingegangenen Wintersporthelden, nichts Neues, aber immer wieder schön. Nur die Angestellten waren ihr zu arrogant, standen herum, legten irgendwelche Kleidungsstücke zusammen, aber keiner machte Anstalten, sie zu bedienen. Vermutlich, sagte sie sich und schaute unauffällig in einen Spiegel, bin ich nicht sportiv genug angezogen. Sie musste lächeln, was eine ältere Verkäuferin, die sie vom Sehen her kannte, veranlasste, spontan zu erröten und auf sie zuzugehen.

Die Barockkirche St. Andreas ist eine Dorfkirche, wie es sich gehört, mit einem Turm, der sich nicht über Gebühr erhebt, einem ordentlichen Patronatsheiligen, den üblichen Gedenktafeln mit den seltsam vertraut wirkenden Namen, die das Land einst hervorbrachte und nun Stück für Stück wieder einsammelt – andere treten an ihre Stelle, kurze bedeutungslose –, dazu den Jahreszahlen von Kriegen, in der Regel zwei, einer Handvoll Gräber, drum herum eine Mauer mit einem kleinen schmiedeeisernen Tor. Man kennt sich aus, ohne jemals dort gewesen zu sein. Genauso wie man sich in ihrem himmelwärts strebenden Inneren zurechtfindet, ohne es je vorher betreten zu haben. Ein Hochaltar, zwei Seitenaltäre, die Kanzel, gegenüber auf ihrem Sims eine Schmerzhafte Mutter Gottes und ihr zu Füßen eine betende Bäuerin, die längst keinen Unterschied mehr macht zwischen sich und ihr, auch keine Wünsche mehr hat, und wenn sie doch einmal versucht, mit der da oben ins Geschäft zu kommen, dann nicht für sich.

Martha Bruckmeier, die ganz in der Nähe wohnte und deren Wege sie regelmäßig an der Kirche vorbeiführten, suchte man hier allerdings vergebens. Nur am Sonntag ging sie hin, weil es üblich war und weil man sich schließlich nicht sicher sein konnte, ob der Herrgott es einem nicht doch übel nehmen würde. Den Rest der Woche kam sie gut ohne ihn zurecht. Es änderte auch nichts, dass das ewig her war, und vielleicht wusste er nicht einmal etwas davon, denn eigentlich war es der Herr Pfarrer gewesen, der behauptet hatte, mit der Firmung würde der Heilige Geist über sie kommen. Und was war? Nichts. Und das, wo sie sich so darauf gefreut hatte, ein anderer Mensch zu werden, einer, über dem ein Lichtlein brannte, das den anderen Kindern sagte, schau, hier ist jemand, den man gern haben kann. So aber wurde sie kein anderer Mensch, blieb die sauertöpfische Martha, blieb allein. Der Herr Pfarrer war natürlich untendurch und der Heiland gleich mit. Später söhnte sie sich dann wieder einigermaßen mit ihm aus, soweit das eben ging, so von Mensch zu Gott. Schließlich konnte man sich seinen Glauben ja nicht aussuchen. Und außerdem, und damit war die Entscheidung getroffen, ehe sie weiter drüber nachdachte, liebte sie nichts mehr als die Geschichten aus dem Alten Testament. Zum Beispiel die von Abraham, der seinen Sohn geopfert hätte für seinen Herrgott. Dass man so standhaft sein konnte, das hatte sie beeindruckt. Auch wenn sie sich nie sicher war, ob er wirklich zugeschlagen hätte. Aber zugetraut hätte sie es ihm. Oder David und der Philister Goliat. Dass der sich das getraut hat, nur mit einer billigen Steinschleuder. Einmal daneben, und aus wär's gewesen.

Paulig parkte den Wagen und schaute hinüber zum Friedhof. Drei Jugendfreunde lagen hier. Einer hatte sich mit dem Motorrad totgefahren, der zweite war unter eine Lawine gekommen, die dritte war letztes Jahr an Krebs gestorben. Sie drehte sich um und klingelte.

»Ja, bitte?«, krähte eine Stimme.

Paulig zögerte.

»Ja, bitte?«, wiederholte die Stimme, jetzt direkt an der Tür.

»Nicht erschrecken, Frau Bruckmeier. Die Kriminalpolizei. Mein Name ist Paulig. Würden Sie mich bitte reinlassen?«

Abgesehen von der Körpergröße entsprach die alte Magd dem Bild, das die Kommissarin sich von ihr gemacht hatte. Alt, zäh, knochig, das Gesicht von Falten durchzogen, aber keine, die eine Geschichte erzählten, die wenigen Haare in ein Netz gestopft, das an einen Meisenknödel erinnerte, vielleicht sogar von einem stammte. Ihr alterskrummer Körper steckte in einer Kittelschürze, die nackten Beine endeten in knöchelhohen Filzpantoffeln. Es roch nach Holzleim. Sie hatte Schlimmeres befürchtet.

Paulig stellte ihre Fragen, Martha Bruckmeier antwortete, unfreundlich, abweisend. Aber erst einmal sagte sie nichts. Sie saß am Küchentisch, der übersät war mit Bastelkram, einer schartigen Haushaltsschere, Streichhölzern, Tannenzapfen, einem zerrupften Adventskranz, mittendrin eine kalt gewordene Tasse Kaffee, daneben ein offenes Glas Honig. Paulig hatte noch nie gesehen, dass jemand Honig in seinen Kaffee tat. Neben dem Tisch, auf einem Podest aus alten Zeitungen, thronte ein Vogelhäuschen, das sie bereits zur Hälfte mit den Zweigen des Adventskranzes beklebt hatte – eine Arbeit, die sie bis zum Ende des Gesprächs nicht unterbrach.

Sie dachte erst, Frau Bruckmeier sei einfach nur schwerhörig. Bereits zum dritten Mal fragte sie, ob sie wisse, was gestern Nacht oben im Wald passiert sei.

»Was schauns mich denn so an?«, kam die Antwort, ebenso giftig wie unerwartet. Paulig fragte sich, wie Frau Bruckmeier das überhaupt wissen konnte, denn die alte Frau hatte die Kommissarin bisher nicht eines Blickes gewürdigt. »Ich mag's nicht, wenn man mich so anschaut.«

»Kein Problem. Wenn Ihnen das lieber ist, ich kann auch woanders hinschauen.«

Sie drehte sich betont auffällig zur Seite und wiederholte die Frage. Frau Bruckmeier antwortete sofort. Sie hatte sie also verstanden. Auch die nächste Frage beantwortete sie ohne Umschweife. Von da an ging es.

Zur fraglichen Zeit sei sie weder oben im Wald noch in der Nähe gewesen. Im Moment hätte es viel zu viel Schnee, um freiwillig da oben herumzutappen, sie sei schließlich keine zwanzig mehr. Und überhaupt, keifte sie, sei es ja nicht so, dass sie es nötig hätte, Tannenzapfen zu sammeln. Sie täte es nur, weil sie es nicht leiden könne, dass etwas herumläge und verfaule, obwohl man es nur aufzuklauben bräuchte. Nächste Woche vielleicht oder in vierzehn Tagen. Aber jetzt, kam sie übergangslos zum Ende, sei sie müde von der Arbeit und froh, wenn sie endlich weitermachen könne, das Futterhäusl würde sich schließlich nicht von alleine reparieren. Und außerdem müsse sie noch zum Bürgermeister, sie hätte einen Termin. Das nur, damit sie, die Frau Kommissar, nicht meine, sie hätte ihre Zeit gestohlen.

Christine Paulig wunderte sich ein letztes Mal, dankte für die Hilfe und legte ihr Kärtchen auf den Tisch. Sie könne ruhig sitzen bleiben, sie finde alleine hinaus.

Erst jetzt, da sie sicher sein konnte, dass die Frau endlich verschwinden würde, hob Martha Bruckmeier den Kopf und versuchte sogar, ein Lächeln hinzubekommen.

»Auf Wiederschaun, und kommens gut heim, Frau Pauli. Und wenn's ein Futterhäusl wollen, sagens einfach Bescheid. Das Holz müssens aber schon selber mitbringen. Für so was hab ich nämlich keine Zeit.«

»Danke. Ein andermal vielleicht. Wiederschaun.« Vor der Tür blieb sie kurz stehen. Das hätten die mir aber auch sagen können, dachte sie, dass die nicht mehr ganz richtig ist im Kopf.

Ohne noch einmal zum Friedhof hinüberzuschauen, stieg sie in ihren Wagen und griff zum Handy. Statt Neuner meldete sich Oberwachtmeister Schieder. Sie bat auszurichten, dass das Gespräch mit Frau Bruckmeier nichts gebracht hätte und sie jetzt zurückkommen würde. Der Kollege antwortete, der Polizeidirektor lasse grüßen, aber das sei nicht mehr nötig, die Befragung von Häusler und Vincenti habe bereits stattgefunden. Sie solle sich nichts denken, sie hätte nichts versäumt. Die beiden hätten nichts gewusst.

Es dauerte einen Moment, bis sie begriff.

Wenn es etwas Neues gebe, antwortete sie steif, möge man sie bitte anrufen. Sie würde hier übernachten und könne in wenigen

Minuten im Revier sein. Ansonsten würde man sich am nächsten Morgen wiedersehen.

»Ach ja, und sorgen Sie dafür, dass die Herren Vincenti und Häusler morgen noch einmal ins Revier kommen. Ich würde sie nämlich gerne selbst befragen.«

»Selbstverständlich. Kein Problem.«

»Danke. Ist noch was?«

»Ich wollt nur sagen, dass das nicht die Idee vom Chef war, die beiden sind einfach gekommen.«

»Aha. Ist das so. Tja, selbst schuld, würd ich sagen. Dann kommen sie eben jetzt noch einmal. War's das?«

»Ja, das war's. Ich wollte nur nicht, dass Sie das in den falschen Hals bekommen, weil der Chef, also wie soll ich sagen, also den hat's ganz schön zerlegt. Der ist im Moment nicht mehr er selbst. Weil sonst …«

»Danke, Kollege Schieder. Waren Sie dabei?«

»Bei der Einvernahme? Ja.«

»Und? Wie war Ihr Eindruck?«

»Die sind auch völlig geplättet. Dass die was damit zu tun haben, das kann ich mir beim besten Willen nicht vorstellen. Gut, reinschauen kann man freilich in keinen …«

»Eben. Und deshalb nehmen wir uns die beiden morgen noch einmal vor. Also dann, bis morgen. Schönen Abend noch.«

»Bis morgen dann. Und bitte …«

»Ist schon klar, bleibt unter uns.«

Erst jetzt registrierte sie, dass sie sich eigentlich noch gar nicht entschieden, ja, noch nicht einmal darüber nachgedacht hatte. Trotzdem war klar, dass sie jetzt zu ihren Eltern fahren würde. Warum hätte sie sonst den Blinker gesetzt? Warum wäre sie sonst links abgebogen? Spontan fielen ihr die neuesten Erkenntnisse der Neurobiologie ein. Aber für was denke ich dann überhaupt noch, wenn alles immer schon entschieden ist? Und wer entscheidet eigentlich? Bin ich eine Art Rechner, der aus allen Informationen, die ihm vorliegen, endlose Gleichungen macht und mir dann die Ergebnisse ins Hirn spuckt? Und mich dann auch noch in dem Glauben lässt, ich hätte mir das selbst erarbeitet? Da glaub ich ja noch lieber an Gott!

In Oberau angekommen, bog sie mit etwas zu viel Schwung in Richtung Loisachauen. Das ABS tat, was es konnte. Trotzdem gelang es Paulig nur mit viel Glück, den Wagen gerade noch so in der Spur zu halten. Zwei Kurven später stand ihr Vater, auf eine Schneeschaufel gestützt, in der Einfahrt. Als er sie sah, nahm er den Zigarillo aus dem Mund und vollführte eine Armbewegung, als wollte er zum Tanz bitten.

Mein Gott, wie er sich freut, dachte sie gerührt.

Nach dem Abendessen beim Italiener – ihre Mutter bestand schon lange nicht mehr darauf, zu kochen, wenn sie kam – fiel ihr wieder die Geschichte mit der verzögerten Eigenwahrnehmung ein. Sie war gespannt, was ihr Vater dazu sagen würde.

»Nenn es Intuition, mehr ist das nicht«, antwortete er nach kurzem Nachdenken. »Ich denk, dann hast du die Antwort. Aber innerer Rechner ist auch nicht schlecht. Und das mit der Zeitverzögerung, das würde ich nicht überbewerten. Ich denk, das liegt einfach daran, dass der Mensch in freier Wildbahn keine Zeit gehabt hat, erst einmal nachzudenken, bevor er gehandelt hat. Wenn ein Säbelzahntiger hinter dir her ist, hast du keine Zeit, dir erst eine Strategie auszudenken, da heißt es, rauf auf den nächsten Baum oder gefressen werden. Entweder das Programm sitzt, oder Pech gehabt. Mehr ist das nicht. Das heißt, war. Weil irgendwann hat irgendeiner unserer Vorfahren begonnen zu reflektieren, also ein echter Mensch zu werden. Was ja im Grunde nicht verkehrt ist. Nur dass er seitdem meint, er sei die Krone der Schöpfung und jeder Furz, der ihm auskommt, eine Offenbarung.«

»Musst du immer gleich so drastisch werden.«

Auf ihre Mutter war Verlass.

»Was ich meine, ist«, redete er einfach weiter, »dass bestimmt neunundneunzig Prozent, von dem, was wir tun, automatisch passiert. Oder hast du schon einmal zwei Sachen zugleich gedacht? Das beste Beispiel, wie wir funktionieren, ist doch das

Autofahren. Was man da alles gleichzeitig macht. Jetzt telefonieren wir sogar noch dazu. Wie soll das sonst gehen? Also, wie gesagt, mehr …«

»Ja, das weiß ich doch, das ist es nicht. Was ich meine …«

»Jetzt lass mich doch mal ausreden. Darauf komme ich schon noch …«

Er war über achtzig und hatte auf alles eine Antwort. Aber mitunter dauerte es, bis er auf den Punkt kam.

Gegen Abend hatte es wieder zu schneien begonnen. Eine einzelne Schneeflocke machte den Anfang. Sie fiel direkt vor die Füße eines kleinen Mädchens, das neben der Piste stand und verwundert den Kopf hob. Eine zweite folgte. Eine dritte, eine vierte. Bis die Luft voll war von Schnee und die ersten Skifahrer begannen, sich gegenseitig über den Haufen zu fahren. Zurück blieben Lufti Häusler, Oscar Vincenti, Joseph Neuner und ein Wegkreuz mit einer beeindruckenden Haube aus gefrorenem Schnee und seinem Baum.

Neuner fror, Häusler zupfte an seinem Schnauzer, und Vincenti drückte alle paar Minuten seinen Rücken durch. Sie hatten bereits alles besprochen.

»Also, Joseph, dann bleibt's dabei. Wenn du die Unterlagen durchgesehen hast, sagst du uns Bescheid. Hast du eigentlich schon eine Idee, wann die Beerdigung sein wird?«

»Nein. Im Moment sind die beiden in der Gerichtsmedizin. Aber ich denke, die werden nicht lange brauchen.«

»Gehen wir noch ins Stüberl? Lufti?«

»Von mir aus, aber nicht zu lange.«

»Joseph?«

»Ach, ich weiß nicht. Ich bin ganz schön fertig.«

»Aber das sind wir doch alle. Jetzt komm schon. Wir können doch nicht einfach auseinandergehen. Gerade heute. Also, ich denk, es wär in ihrem …«

»Aber nur kurz. Bei dem Schnee gibt's bestimmt wieder jede

Menge Unfälle, da möcht ich ausgeschlafen sein. Und außerdem, die Kollegen aus München. Und überhaupt … Ach, Scheiße alles … Ich weiß nicht, das macht alles keinen Sinn mehr ohne die zwei. Das ist alles so …«

»Ich weiß, was du meinst«, brummte Häusler und strich sich den Schnauzer glatt, »ich kann's auch immer noch nicht fassen. Es ist furchtbar. Ich mein, wir waren immer zu fünft. Dass einer fehlt, das ist wie, wie soll ich sagen, wie amputiert, das ist einfach nicht richtig. Auf jeden Fall jetzt noch nicht. Aber dass ihr noch gar keine Idee habt, wer das gewesen sein könnt. Gibt's denn gar keine Spuren? Ich mein, im Schnee, besser könnt's doch eigentlich gar nicht sein – würd man jedenfalls meinen.« Er brach ab, räusperte sich und schwieg. Kriminalistik war nun wirklich nicht sein Fach, und er wollte nicht anmaßend erscheinen.

Neuner schüttelte den Kopf und starrte über die Köpfe der beiden hinweg zum Lifthäuschen, von dem nur mehr Umrisse zu erkennen waren.

»Ich hoff nur, dass diese Frau Paulig da schnell weiterkommt.« Es klang, als würde er laut denken. »Die ist wirklich gut. Wie die rangeht, schon beeindruckend. Das ist keine, die hier nur ihren Job macht, die will's wirklich wissen. Aber die haben auch ganz andere Möglichkeiten bei der Mordkommission. Kein Wunder, dass die eine Aufklärungsquote von zum Teil über hundert Prozent haben.«

»Geh, wie soll denn das gehn, über hundert Prozent«, reagierte Vincenti unwirsch.

»Das geht schon«, ereiferte sich Neuner. »Es gibt eben Jahre …«

»Mein Gott, ist doch egal«, ging Häusler dazwischen. Er hatte keine Lust auf die üblichen Hakeleien zwischen den beiden. »Das Einzige, was mich beschäftigt, ist, dass es gerade die zwei …«

»Jetzt fängst du schon wieder damit an«, muffelte Vincenti.

»Mit was?«, fragte Neuner dazwischen.

»Er meint, dass das kein Zufall ist.«

»Was denn sonst?«

»Das ist eigentlich nur noch«, wand sich Häusler, »weil der Erwin, also dass der in der Nacht da oben herumtappt, das find ich schon merkwürdig.«

»Nein, das ist nicht merkwürdig. Mir hat er erzählt, er macht das andauernd. Weil er nicht einschlafen kann, weil ihm der Rücken so wehtut. Und das von Jahr zu Jahr mehr. Er hat es mir so erklärt, dass er sein ganzes Leben versucht hat, gerade zu gehen, also gegen seine Rückgratverkrümmung. Dass das irgendwann auf die Bandscheiben geht, kann man sich vorstellen. Ich mein, geht's mir ja schon so vom vielen Sitzen. Nur in der Nacht hat er sich getraut, so zu gehen, wie er gewachsen ist. Wenn man sich's recht überlegt«, Neuner zupfte an seiner Nase, »eigentlich war er ein armer Hund.«

»Du meinst, er kann froh sein, dass er's hinter sich hat«, stichelte Vincenti.

»Und Lufti«, Neuner ging nicht darauf ein, »mach dir da mal bitte keine Sorgen, die kriegen den schon. Wie gesagt, hundert Prozent …«

»Wenn du das sagst. Aber was mich wundert, was du alles weißt. Ich hab gar nicht g'wusst, dass ihr euch so nahe gestanden seid, du und der Erwin.«

»Hundert Prozent«, schnaufte Vincenti und ging voran.

Er wurde es einfach nicht los. Immer wenn ihm etwas nicht passte, reagierte er so. Sei es, dass es ihm zu gefühlig wurde, so wie heute Morgen im Stüberl und bereits davor am Telefon, oder dass jemand eine Meinung vertrat, die sich ihm nicht sofort erschloss. Entweder beleidigte Leberwurst oder Trampeltier. Am besten gleich beides. Wie jetzt zum Beispiel. Warum hatte er Joseph denn nicht einfach ausreden lassen? Aus Angst, dass er recht haben könnte? Und wenn schon. Was war denn dabei, wenn ein anderer auch einmal etwas wusste. Der Joseph war schließlich nicht irgendwer. Es würde schon so sein, wenn er das sagte mit den hundert Prozent. Wer sollte es denn sonst wissen, wenn nicht er. Und wenn nicht, war doch wurscht, waren doch nur Zahlen. Und dann seine blöde Bemerkung wegen dem, was der Neuner über den Erwin gesagt hat, das war ja wohl eindeutig unterhalb der Gürtellinie. Immer wieder machte er so etwas, und immer ohne Not. Es gelang ihm einfach nicht, das abzustellen. Vielleicht war das der Grund, weshalb er Jurist geworden war, um sich einzubremsen, sich Regeln aufzustellen, ein bisschen mehr zu werden wie die anderen, abgeklärter, gleichmütiger, unaufgeregter, einfach ruhiger. Aber wenn das wirklich der Plan gewesen war – aufgegangen ist er nicht. Vielleicht lag es aber auch daran, dass er irgendwie immer noch das Gefühl hatte, nicht dazuzugehören. Nicht dass er das so empfunden hätte, es steckte einfach in ihm drin.

Dass die anderen miteinander befreundet gewesen waren, folgte bestimmten Gesetzmäßigkeiten, ungeschriebenen zwar, unausgesprochenen sowieso. Diese Freundschaft wurde von niemandem infrage gestellt, weder von den Nachbarn noch von der Schule oder im Lebensmittelgeschäft, wo die Frau Doktor Summer selbstverständlich zuerst bedient wurde, oder beim Metzger, der genau wusste, wem in der Gemeinde das feinste Stück gebührte. Niemand nahm Anstoß, niemand fühlte sich zurückgesetzt, das war in Ordnung, das war die Ordnung. Genauso, dass unerwünschte Freundschaften nicht gefördert, sondern am besten gleich am Gartenzaun abgefertigt wurden, mit warmen Worten zwar, aber doch so, dass Klarheit geschaffen sein sollte. Im ungünstigsten Fall musste die eine Mutter die andere bitten – nicht von oben herab, versteht sich, da war Feingefühl gefordert, aber schon so, dass es verstanden wurde –, dass sie ihren Sohn doch bitte von dem ihrigen fernhalten solle, es sei in seinem eigenen Interesse, es habe ja doch keine Zukunft, mit dem Übertritt ins Gymnasium würden die Wege sich ohnehin trennen, da sei es doch besser, diese Kontakte gar nicht erst zu fördern, verlorene Zeit, das könnte man den beiden doch ersparen. Und bitte nicht falsch verstehen, es sei nur gut gemeint, für beide, wir verstehen uns, wunderbar, einen schönen Tag noch, Frau Vincenti. Die Größere, die nie ohne Handschuhe aus dem Haus ging und es gewohnt war, mit Frau Doktor angesprochen zu werden, legte der nicht unbedingt kleineren, aber in ihrer Demutshaltung leicht nach vorne gebeugten eine Hand auf den Unterarm – ein Vertrauensbeweis, eine Geste, die die höher Gestellte der anderen zuteilwerden ließ. Damit war es abgemacht. Zwei Verschwörerinnen, die einmal in ihrem Leben auf Augenhöhe verhandelt hatten, die sich noch kurz zulächelten. Ach ja, selbstverständlich würde man auch weiterhin die Näharbeiten bringen, auch das keine Kleinigkeit und von der anderen wohl verstanden als das, was es war. Noch einmal »Auf Wiedersehen, Frau Vincenti, schön, dass wir uns einmal ausgesprochen haben, so von Frau zu Frau, wann hat man das schon«.

Lufti war der Sohn eines reichen Sägewerksbesitzers, Joseph der eines Studiendirektors, Wolfram der des Doktors und Erwin das Hätschelkind der Witwe des Münchner Architekten und Stadtbaumeisters Conrad Zimmerl. Es war nicht nötig, den vier Buben zu erklären, dass ihr Leben in anderen Bahnen verlaufen würde als das der anderen Kinder im Dorf, sie wuchsen damit auf. Sie wussten, wer dazugehörte und wer nicht, auch wenn sie sich noch nicht daran hielten. Oscar gehörte definitiv nicht dazu. Seine Mutter betrieb eine kleine Änderungsschneiderei, der Vater war Forstarbeiter, und beide verschwendeten keinen Gedanken daran, eines ihrer Kinder aufs Gymnasium zu schicken.

Der Einzige, mit dem Oscar schon damals Probleme gehabt hatte, war Joseph. Sein Vater war Sozialdemokrat, also eigentlich auch einer, der anders war, aber der war Studiendirektor. Der Großvater hatte sein vermutliches Ende in einem Strafbataillon gefunden. Verdient, sagten einige. Hauptsache auf der richtigen Seite, sagte Joseph, was ihn selbstverständlich mit einschloss. Auf seine Familie ließ er nichts kommen. Mit Oscars unbändiger Energie, die nichts anderem galt, als nach oben zu kommen, konnte er nichts anfangen, er fand das eher beunruhigend. Erst als Oscar zum Notar bestellt worden war, beruhigte sich ihr Verhältnis. Trotzdem, immer wieder musste der eine dem anderen zeigen, dass er der Bessere war. Karl-Friedrich war es gewohnt, doch manchmal nervte es.

6

Christine Paulig genoss die frühen Stunden. Zu keiner Zeit des Tages konnte man so viel in so kurzer Zeit wegarbeiten. Als es auch draußen endlich Tag geworden war, saß sie bereits seit zwei Stunden in der Dienststelle und studierte die Aussagen der Nachbarn. Keiner hatte etwas gesehen oder gehört, keiner konnte sich einen Grund für diese anscheinend völlig sinnlose Tat vorstellen.

Bei der zweiten Tasse Kaffee fiel ihr ein, dass ihre Eltern jetzt wohl gerade beim Frühstück saßen. Der Gedanke hinterließ einen feinen Schmerz, vergleichbar mit einem extrem hohen Ton, der jeden Moment lauter werden konnte. Darunter lagerten die Träume von gestern Nacht. Sie waren voll düsterer Anspielungen gewesen. Wenn sie bei ihren Eltern übernachtete, träumte sie oft so intensiv, dass sie nach dem Aufwachen erst einmal ein paar Sekunden brauchte, bis sie sich zurechtfand. Nur den Weg ins Bad, den fand sie sogar im Schlaf.

»Ist was?«, fragte Neuner.

»Nein, warum?«

»Ich dachte nur, ich hätte Sie stöhnen hören.«

»Mich? Nein. Mir geht's gut.«

»Wahrscheinlich der Kaffeeautomat.«

»Wahrscheinlich.«

Es war immer wieder aufs Neue eine Herausforderung. Jeder Fall war anders, nur der Ausgangspunkt war derselbe, ein Mensch hatte sein Leben verloren, weil ein anderer das so entschieden hatte. Die Gründe, die sie für ihre Taten nannten, waren so vielfältig wie die Menschen, ließen sich aber auf ein paar Hauptmotive zusammenfassen. Faszinierend der Gedanke, dass es keinen Menschen gab, der nicht zu so einer Tat fähig war. Sie lugte über den Tisch. War Neuner zu so etwas fähig? Und was wäre sein Motiv? Eigentlich müsste sie ihn offiziell vorladen, in die Mangel nehmen, sie mochte diesen Vergleich, er war so schön bildhaft, dazu sein Umfeld durchleuchten. Warum hatte er zum Beispiel nicht von Anfang an gesagt, dass sie kurz zuvor noch zusammen waren? Warum hatte er gestern die Befragung seiner beiden Freunde so hingebogen, dass sie nicht dabei sein konnte? Und warum sagte er nichts dazu, dass sie Häusler und Vincenti noch einmal vorladen ließ? Weil es ihm peinlich war? Weil es ihm egal war, weil sie sowieso nichts damit zu tun hatten? Aber warum ging sie dann davon aus, dass es anders war? Weil das Gehirn automatisch nach dem Nächstliegenden sucht, sozusagen nach der Synapse ums Eck? War das vielleicht auch wieder so ein oberschlaues Erbe unserer steinzeitlichen Vorfahren, wie ihr Vater sagen würde? Aber was wäre, wenn sie keine Steinzeitmenschen mehr wären, wenn sie irgendwann wirklich nur mehr der Vernunft folgende Wesen wären? Was wäre das dann? Das Paradies? Und was wäre da ihr Job? Grenzschutz?

Sie schüttelte den Kopf. Es musste schön sein, so alt zu sein und nur noch tun und lassen zu können, was man wollte, zum Beispiel sinnfreien Gedanken nachzuhängen.

»Herr Neuner? Haben wir eigentlich noch jemand draußen, der nach weiteren Leichen sucht?«

»Nein, ich denke nicht, dass das noch nötig ist. Da waren genug Leute unterwegs gestern. Und Vermisstenmeldungen liegen auch keine vor.«

»Haben wir eigentlich schon einen neuen Termin mit den Herren Häusler und Vincenti?«

»Ja, heute Nachmittag, hab ich mir gedacht. Natürlich nur, wenn Sie dann noch da sind?«

»Klar bin ich da. Ich bleib hier, bis der Fall gelöst ist.«

So schnell wirst du mich nicht los, dachte sie.

»Wie ich gehört habe, wohnen Ihre Eltern in Oberau?«

»Ja, warum?«

Aha, Themawechsel.

»Nur so. Ich meine, ist doch praktisch.«

»Ja, kann man so sagen.«

»Und, geht es ihnen gut, Ihren Eltern?«

»Ja, gesund und munter.«

»Das ist schön, wenn man noch seine Eltern hat. War es nicht Fellini, der einmal gesagt hat, man sei erst richtig erwachsen, wenn seine Eltern nicht mehr leben?«

»Wenn das so ist, dann hätte ich nichts dagegen, nie erwachsen zu werden.«

»Ist auch wieder wahr.«

»Und Sie? Sind Sie dann erwachsen?«

»Sie meinen laut Fellini? Ja, leider.«

»Das tut mir leid.«

»Danke. Aber wie heißt es so schön: Die Zeit heilt alle Wunden.«

»Ist das auch von Fellini?«, sagte sie und lächelte über den Tisch.

»Nein, sicher nicht«, gab er gequält zurück. »Ich glaube, er war mehr der Pessimist. Zumindest machen mich seine Filme immer irgendwie traurig, obwohl sie das eigentlich nicht sind, zumindest nicht vordergründig. Kennen Sie seine Filme?«

»Ja, ein paar.«

»Und welche?«

»Müsste ich nachdenken. Es ist schon länger her, dass ich einen gesehen habe. *La Strada*?«

Gegen halb neun rief die Notargehilfin Gstattenbauer bei Familie Vincenti an und erkundigte sich nach dem Verbleib ihres Chefs. Es kam so gut wie nie vor, dass er sich verspätete. Frau Vincenti, die davon ausgegangen war, dass ihr Mann in der Kanzlei übernachtet hatte, legte auf und wählte Neuners Durchwahl bei der Polizei. Noch war sie nicht beunruhigt. Sie spürte nur ein leichtes Ziehen an ihren Nerven. Aber die Zeit der Affären war längst vorbei, es würde schon eine Erklärung geben. Er wird doch nicht rückfällig geworden sein, dachte sie und horchte in sich hinein. Ein Wunder wär's keins. Zwei seiner besten Freunde, einfach totgeschlagen. Vielleicht hat ihn das so durcheinandergebracht, dass er wieder schwach geworden ist. Aber statt Eifersucht fand sie Sorge. In seinem Alter. Und vielleicht noch mit einer halb so Jungen. Bei seinem Blutdruck. Armes Bärchen. Gesund ist das jedenfalls nicht.

»Joseph? Agnes hier.« Von einem Moment auf den anderen begann ihr Herz zu rasen, ihre Stimme zitterte. Sie war froh, dass es etwas dauerte, bis er antwortete. Es gab ihr Zeit, durchzuatmen und sich zu beruhigen. Er lachte. Warum lachte er, über was? Sollte er nicht am Boden zerstört sein wegen des Verlusts der Freunde? Gestern war er es noch gewesen. Andererseits beruhigend. Es wird schon nichts passiert sein. Aber was soll denn passiert sein, dachte sie erschrocken. Einmal nicht auf seine Gedanken aufgepasst. Oscar war Notar, drückte sie den Gedanken gleich wieder zurück, wer sollte denn dem was wollen? Vielleicht, kramte sie schnell eine Geschichte hervor, die von vorneherein nur dafür gedacht war, diese Idee umgehend ad absurdum zu führen, diese blonde Ex-Rennläuferin, für die er kurz entflammt war, die ihn dann aber schnell gelangweilt hatte, während sie sich mittlerweile ernsthaft in ihn verliebt hatte. Die hätte ein Motiv. Wenn sie nicht seit mindestens zehn Jahren verheiratet wäre, in Kitzbühel. Und glücklich, wie man hörte. Oder der eine Mandant, der meinte, Oscar hätte gemeinsam mit seinem Bruder das Testament der Eltern gefälscht, sicher die schlimmste Krise seiner Laufbahn. Aber das war noch länger her. Wie alt mochte der sein? Auf jeden Fall zu alt, um jemanden totzuschlagen. Nein, nein, da war nichts, und außerdem, was hatte der mit Wolfram zu tun, und erst recht mit Erwin. Die Skifahrerin schon eher. War es nicht Wolfram gewesen, der sie angeschleppt hatte?

»Sag mal, hast du eine Ahnung, wo der Oscar sein könnte?«, fragte sie. »Ich hab gedacht, er hat in der Kanzlei übernachtet, hat er aber nicht. Ihr wart doch gestern Abend noch zusammen.«

Fast schon wehmütig erinnerte sie sich an beinahe wortgleiche Telefonate, die sie früher öfter geführt hatten. Dabei hatte sie immer gewusst, dass Joseph Oscars Eskapaden deckte, die Antworten der beiden waren sich einfach zu ähnlich. Sie hatte dann einfach Lufti angerufen, der tat sich schwer mit Lügen. Nur Wolfram hatte sie aus dem Spiel gelassen, dafür schätzte sie ihn zu sehr. Ihn vor die Alternative zu stellen, entweder seinen Freund zu verraten oder sich vor ihr zu erniedrigen, wäre unvorstellbar gewesen. Auch Erich hätte sie nie angerufen. Er war ihr zu schmierig.

Es dauerte. Die Pause, die sich hinter ihrem letzten Satz aufgetan hatte, gefiel ihr nicht. Auch hätte sie es jetzt schön gefunden, wenn das Lachen nicht gar so abrupt geendet hätte.

»Ja, schon. Aber nicht lange. Um zehn war ich daheim. Lass mich kurz nachdenken. Der Oscar. Wir haben bezahlt, dann sind wir gegangen. Aber ob er danach noch wohin wollte? Gesagt hat er jedenfalls nichts. Ich schick gleich mal jemand zum Stüberl. Mal schaun, ob sein Auto noch da steht. Gibt es sonst noch jemand, bei dem er sein könnte?«

»Ich weiß nicht«, antwortete sie wahrheitsgemäß, und jede Geliebte wäre ihr jetzt tausendmal lieber als dieses Eingeständnis. »Eigentlich nicht. Rufst du mich an?«

»Logisch. Aber jetzt mach dir mal keine Sorgen. Du weißt ja, Unkraut vergeht nicht.«

Noch einmal horchte sie der eigenen Stimme hinterher. Ach was, bis Mittag würde er schon wieder da sein, jeden Augenblick würde er mit schuldbewusster Miene in der Tür stehen, oder Frau Gstattenbauer würde anrufen und beiläufig mitteilen, dass er jetzt wieder da sei oder dass er von unterwegs angerufen hätte. Ach was, wird schon nichts sein. Zu viel getrunken, abgestürzt. Irgendwo würde er schon sein.

Noch ehe er aufgelegt hatte, war Paulig aufgesprungen.

»Seine Frau?«

»Ja.«

»Ich fahr schon mal voraus.«

Neuner griff nach seiner Dienstmütze und rief: »Zuber, Leitl, Czarnotta. Wir müssen. Auf geht's.«

Unterwegs trafen sie Häusler, der sich ohne zu fragen anschloss. Schweigend stapften sie zum Wegkreuz, vorbei Richtung Wald, weiter bis zu Wolfram Summers Sterbeort. Dort blieben sie stehen und starrten auf den Schauplatz des Verbrechens von vorgestern Nacht. Wie zum Hohn blies seit dem frühen Morgen ein steter Wind und glättete letzte Unebenheiten. Auch der zweite Tatort war komplett zugeschneit.

»Und jetzt?«, fragte Neuner.

Paulig war immer noch fasziniert von dem Gedanken, dass beide Tatorte einfach verschwunden waren. Falsch, verbesserte sie sich, nicht verschwunden. Konserviert, perfekt konserviert. Aber keine Spur von Vincenti.

»Vielleicht sollten wir erst noch einmal ausführlich mit seiner Frau und seiner Kanzlei telefonieren, bevor wir ernst machen.« Es war ihr unangenehm, einem Polizeidirektor, noch dazu vor seinen Untergebenen, sagen zu müssen, was er tun sollte. »Aber gesetzt den Fall, dass ihm etwas zugestoßen ist, dann sollten wir uns langsam fragen, um was es hier eigentlich geht.«

»Keine Ahnung«, murmelte Neuner. »Vielleicht hat er ja eine Freundin, bei der er ist.«

»Geh, heut doch nimmer«, brummte Lufti Häusler. Seine Stimme zitterte.

»Okay.« Paulig übernahm nun endgültig die Leitung. »Ich bleib noch ein wenig hier oben und schau dann mal im Stüberl vorbei. Wenn die Kollegen vielleicht schon mal die Nachbarn übernehmen?«

»Ja.« Es schien Neuner keine Probleme zu bereiten, sich unterzuordnen. »Ich denke, so machen wir's.« Fast schien es, als sei er erleichtert. »Also dann. Auf geht's. Ich fahr derweil zurück ins Büro und schau, wen ich zum Suchen schicken kann.«

Sie fühlte, wie es sie immer weiter in eine Richtung drängte. Aber noch widerstand sie. Wenn man sich einmal festgelegt hatte, war es schwer, wieder herauszukommen, den Tunnelblick wieder abzulegen. Aber sollte auch Vincenti ermordet worden sein, wollte sie zumindest in den Startlöchern stehen. Sie sah sich noch einmal um, wusste aber nicht, nach was. Die Welt um sie herum war einfach zu schön, zu glatt, zu perfekt. Winterwunderland. Die reinste Nussknackeridylle. Sich hier einen Mord vorzustellen, fiel schwer. Abgesehen davon, es hatte um die zwanzig Grad minus in der Nacht. Und dass der Schnee jedes noch so geringe Licht reflektierte, war auch nicht unbedingt hilfreich bei einem Mord. Entweder eine Beziehungstat oder ein Geistesgestörter. Auf jeden Fall jemand, der verrückt genug war, sich bei diesen Temperaturen im Wald zu verstecken und jemandem aufzulauern. Verrückte waren selten, zumindest freilaufende, und es gab auch keine Hinweise auf irgendwelche Abnormitäten im Tatverlauf. Hier waren einfach nur zwei Morde geschehen, ohne irgendwelche Zutaten, ohne Folterungen oder sexuelle Zwangshandlungen, ohne postmortale Verstümmelungen oder hinterlassene Botschaften, sei es politischer oder religiöser Art. Hier war es schlicht und einfach darum gegangen, zwei Menschenleben vorzeitig zu beenden. Je länger sie darüber nachdachte, umso unmöglicher erschien es ihr, sich die Morde als zufällig zu denken. Die ältesten und engsten Freunde waren die Letzten, die beide Männer lebend gesehen hatten. Von denen hätte sich auch keiner lange dort oben am Marterl verstecken müssen. Sie hätten Summer nur nachgehen müssen, jeder von ihnen wusste, wohin er wollte. Nicht so bei Erwin Zimmerl. Dass der noch einmal in die Nacht hinausgehen würde, konnte niemand wissen. Außer jemand hatte ihn rausgelockt …

Am Rand der Lichtung rutschte ein Häufchen Schnee von einem Zweig, der daraufhin befreit nach oben schnellte. Verärgert über die Unruhe, begann eine Krähe ein kurzes Kreischkonzert, hüpfte ein wenig auf und ab, schlug ein paarmal unentschlossen mit den Flügeln, entschied sich dann aber doch, lieber noch ein wenig herumzukrakeelen, als überstürzt abzuheben. Ganz im Gegensatz zu dem Specht, der den kleinen Schneesturz ausgelöst hatte. Er flog ein paar kurze, holprige Runden, wobei er die Krähe keine Sekunde aus den Augen ließ, und bewegte sich dann durch die Luft hüpfend zurück an seine Baustelle. Oben am Himmel, nur als winzige rote und gelbe Sicheln zu erkennen, zog eine Handvoll Paraglider ihre Bahnen. Wie kalt mochte es da wohl sein? Auf jeden Fall zu kalt. Christine Paulig drehte sich um, suchte nach der passenden Spur eines Kollegen und folgte ihr hinunter Richtung Parkplatz.

… und immer wieder Neuner. Heute Morgen, bei der Frage, wann sie Häusler und Vincenti erneut befragen wollten, kam er mit ihren Eltern, dann waren sie plötzlich bei Fellini. Und gestern der Alleingang, noch dazu so dilettantisch, dass man eigentlich nur darüber lachen konnte. Hatte er wirklich gedacht, damit durchzukommen? Meinte er wirklich, die beiden außen vor lassen zu können, und sich selbst dazu? Als Leitender Polizeidirektor, mit drei goldenen Sternen auf jeder Schulter? Schon möglich. So jemand bat man nicht einfach mal zum Gespräch. Und jetzt? Stellte sich an, als könnte er nicht bis drei zählen, überließ ihr die Leitung. Das hatte doch nichts mehr mit Zurückhaltung zu tun. Das war doch … das stank doch … Oder die hatten wirklich keine Ahnung.

7

Tilman? Hallo. Ich bin gerade am Tatort. Stell dir vor, der Notar ist verschwunden. Oscar Vincenti.«

»Wie … verschwunden? Du meinst doch nicht, dass der…?

»Ich hab ein ungutes Gefühl.«

»Kann ich verstehen. Das heißt aber nicht, dass wir …?«

»Nein, nein, keine Sorge. Ich meld mich dann schon, wenn ich Verstärkung brauche. Vielleicht taucht er ja wieder auf. Hast du was rausgefunden?«

»Und ob. Pass auf. Hast du einen Moment? Kannst du reden?«

»Ja, schieß los. Ich bin allein.«

»Also, ich hab einfach mal die fünf Namen gegoogelt, und zwar alle auf einmal. Und stell dir vor, da gibt es tatsächlich was, das sich wie ein roter Faden durchs gesamte Netz zieht … Also nicht nur ein paar Einträge. Seitenweise.«

»Ja?«

»Überall dort, wo in den letzten Jahren Schneekanonen im großen Stil verkauft worden sind, tauchen immer wieder dieselben Namen auf: Vincenti, Neuner, Häusler, Summer. Zimmerl eher weniger, aber schon auch.«

»Wie, Schneekanonen?«

»Ja, Schneekanonen eben.«

»Aber was haben die denn mit Schneekanonen zu tun?«

»Das ist es ja. Nichts. Ich erklär's dir mal. Es scheint so zu sein, dass die fünf, nach außen hin scheinbar völlig unabhängig voneinander, als Berater für eine Schneekanonenfirma arbeiten. Konkret gesagt grasen sie seit Jahrzehnten für *TP Snowmaster*, so heißt die Firma, sämtliche Skigebiete ab und verkaufen Schneekanonen, oder Beschneiungsanlagen, wie es korrekt heißt. Aber nie gemeinsam. Du weißt ja, wer die fünf sind?«

»Was meinst du?«

»Der Häusler hat ein Sägewerk und ist Ehrenoffizier bei den Gebirgsschützen, der Neuner ist Polizeidirektor, der Vincenti Mitglied beim Bund für Umwelt und Naturschutz, ausgerechnet. Dann ist er ja auch noch Notar. Also auch wieder jemand, dem man alles glaubt. Und der Summer ist, besser war, Berater beim DSV und Promidoktor. Und der Zimmerl war Vertreter für Skiklamotten.«

»Ich versteh nicht.«

»Eben! Das ist es ja! Das ist einfach perfekt. Offiziell haben die nichts mit dieser Schneekanonenfirma oder überhaupt mit Schneekanonen zu tun. Die tauchen nirgends auf, nicht im Impressum, nicht auf der Kontaktseite, nirgends. Und wenn man nur einzelne Namen eingibt, kommt man da auch nicht drauf. Aber insgesamt gesehen ergibt das ein klares Muster. Die fahren herum und referieren über die Vor- und Nachteile von Kunstschnee, natürlich hauptsächlich über Vorteile. Logisch. Bei Gewerbeschauen, Regionalmessen, Tourismusmessen, überall, wo es in irgendeiner Weise um Wintersport geht, Wettbewerbsfähigkeit, Strukturprogramme, Förderhilfen, ländlicher Raum, alles Mögliche. Sogar in wissenschaftlichen Abhandlungen kommen die vor. Und irgendwann kommen dann die Bestellungen.«

»Und das bringt so viel Geld, dass die sich auf so was einlassen?«

»Das hab ich mich auch gefragt. Weil Kohle haben die eigentlich alle. Da ist der Polizeidirektor mit seinem A16 noch der Ärmste.«

»A16? Was verdient man denn da so?«

»Minimum fünftausend. Ich hab nachgeschaut. Aber wenn man sich vorstellt, was diese Anlagen kosten. Da geht's nicht unter Millionen. Pro Anlage! Du machst dir keine Vorstellungen, was da alles dranhängt. Weißt du zum Beispiel, dass für zwei bis zweieinhalb Kubikmeter Schnee eintausend Liter Wasser benötigt werden? Ich hab da einen alten Hintergrundbericht gefunden, da steht das drin, und auch, dass schon 2004 für die Beschneiung der Alpen fünfundneunzig Millionen Liter Wasser benötigt wurden. Da müssen ganze Grundwasserströme angezapft werden. Und das muss ja auch irgendwo gespeichert werden, da werden richtige Seen angelegt. Und das sind Zahlen von 2004. Was meinst du, wie die von heute aussehen. Und erst der Stromverbrauch. Ich sag dir, das ist eine richtige Industrie … Bist du noch dran?«

»Ja, klar. Ich hör dir zu.«

»Auf jeden Fall, die waren überall. Im gesamten Alpenraum. Die haben nichts ausgelassen. Du kannst davon ausgehen, dass locker die Hälfte aller Beschneiungsanlagen, die die letzten zwanzig, dreißig Jahre in Deutschland, Österreich und der Schweiz verkauft wurden, über ihren Tisch gegangen sind. Gib nur mal *TP Snowmaster* ein. Einträge ohne Ende. Und auf deren Homepage findest du dann fein säuberlich aufgelistet alle Skigebiete, die sie ausgestattet haben. Und die passen wiederum genau, also zumindest im Großen und Ganzen, nein, genau, also bis auf ein paar wenige, auf die Orte, in denen die fünf vorher Aufklärungsarbeit geleistet haben. So läuft das ab.«

»Gratuliere. Da bist du ja auf eine richtige Goldader gestoßen. Aber was hat das mit unseren Morden zu tun? Es wird ja wohl kaum ein durchgeknallter Umweltschützer die beiden erschlagen haben. Und noch etwas: Kannst du ihre Tätigkeit für diese Schneekanonenfirma auch beweisen?«

»Wie … beweisen? Das ist doch offensichtlich.«

»Ja, schon. Aber Beweise sind das nicht. Oder stehen die fünf auch auf der Homepage von TP Dingsmaster?«

»Nein, natürlich nicht, hab ich doch gesagt. Das ist es ja. Deshalb ist das ja auch so genial.«

»Hm.«

»Was heißt hm?«

»Hm heißt hm.«

»Ich weiß, was du schon wieder denkst … Ach weißt du, du schaffst es immer wieder, einen so richtig zu motivieren. Aber glaub mir, das ist so viel, was ich gefunden habe. Alleine die schiere Menge an Einträgen im Internet … Also wenn das nicht reicht …«

»Wie gesagt, Beweise, Tilman, Beweise. Du sagst ja selber, dass sie aufgepasst haben. Und außerdem … Ich sag mal so, was ein

Polizeidirektor in seiner Freizeit macht, ist ganz alleine seine Angelegenheit. Ich glaube nicht einmal, dass das dienstrechtlich relevant ist. Strafrechtlich schon gar nicht. Weder fallen Schneekanonen unter das Kriegswaffenkontrollgesetz noch … Es sei denn, die kassieren das schwarz.«

»Davon geh ich aus. Aber ob wir Einsicht in ihre Konten bekommen?«

»Ich denk, deine Beweise …«

»Sag mal, ziehst du mich gerade auf?

»Aber, Tilman, ich doch nicht.«

»Na, ich weiß nicht.«

»Aber ich. Und, kümmerst du dich drum?«

»Um was?«

»Um Einsicht in die Konten der beiden.«

»Mach ich. Und was machst du?«

»Nach dem, was du mir gerade erzählt hast? Sag mal, wir haben doch im Moment nichts Dringendes auf dem Tisch. Also, bis auf die beiden Alten. Und um die kann sich der Erich kümmern, der war da eh schon dran. Meinst du, du könntest vielleicht doch wieder rauskommen? Und nimm den Ötzi und den Manzoni mit, die sollen den Häusler im Auge behalten. Wir beide halten uns an Neuner. Ruf mich an, wenn du in der Gegend bist. Komm aber nicht zur Dienststelle. Ich sag dir dann noch, wo wir uns treffen.«

»Wie? Jetzt gleich?«

»Ja, klar.«

»Ich weiß nicht recht, meinst du nicht, dass das jetzt doch ein bisschen voreilig ist?«

»Wieso? Nach allem, was du bis jetzt ermittelt hast?«

»Hm.«

»Du meinst wegen Neuner. Aber stell dir vor, der Vincenti ist auch tot, nur mal angenommen. Und stell dir vor, du hast recht mit deinen Vermutungen. Du sagst ja selbst … Nein, nein, wer weiß, auf was wir … auf was du da gestoßen bist. Und wer da vielleicht noch mit drinsteckt. Und außerdem ist das bis jetzt unsere einzige Spur.«

»Na gut. Wenn's sein muss. Rufst du den Bernhauer an oder ich?«
»Ist der heute nicht bei Gericht?«
»Stimmt.«
»Ist die Yasmin da?«
»Ja, die ist da.«
»Irgendwas wollte ich dich noch fragen. Sind die beiden Handys schon aufgetaucht?«
»Nein, noch nicht. Aber wir sind dran.«
»Und kümmer dich bitte um die Verbindungsnachweise. Gibst du mir jetzt bitte die Yasmin? Und zieh dich warm am.«
»So schlimm?«
»Ja, stell dir vor, es ist immer noch Winter. Und jetzt leg mich bitte rüber. Bis gleich.«

Nachdem sie aufgelegt hatte, meldete sich ihr Gewissen. Ja, sie hatte Yasmin ausgetrickst. Ja, sie waren befreundet, sehr gut sogar. Naja, vielleicht nicht gerade ausgetrickst, aber es war auch nicht gerade die feine Art, jemanden wie an einem unsichtbaren Nasenring durchs Gespräch zu ziehen. Andererseits gehörten da immer noch zwei dazu. Und überhaupt, war es vielleicht ihre Schuld, dass Yasmin Schäfer-Kaan noch nicht die Erfahrung hatte wie zum Beispiel ein Oberstaatsanwalt Bernhauer? Man könnte es aber auch anders sehen: Das Recht ist eine ernste Angelegenheit, eine unglaublich komplizierte dazu. Es ist eine Sache, damit den ganzen Tag unterm Arm durch die Gegend zu laufen, eine ganz andere aber, damit auf Verbrecherjagd zu gehen. Und manchmal ist es eben besser, wenn der Kopf nicht weiß, was die Hand tut, und zwar für beide, für die Hand und den Kopf. Das war zumindest Pauligs Meinung.

Sie setzte sich ins Auto, legte das Handy neben sich und startete.
Tilman war wirklich fix gewesen. Früher hätte man ewig gebraucht, um so etwas herauszufinden, da hätte man nicht einmal gewusst, nach was man suchen sollte. Im Polizeicomputer hätte man jedenfalls nichts gefunden. Heute googelte man ein-

fach. Aber was hieß das jetzt? Eigentlich nichts. Geschäfte, die wahrscheinlich nicht einmal illegal waren, die vielleicht ein Geschmäckle hatten und die sicher nicht offenbar werden sollten. Aber wo war die Verbindung zu den Morden? Sie schloss die Augen und versuchte, sich treiben zu lassen.

Lange würde sie es eh nicht durchhalten. Die Gedanken sind nicht frei. Sie machen zwar, was sie wollen, aber um wirklich frei zu sein, sind sie viel zu anhänglich. Es würde sicher keine Minute dauern, und sie würde wieder bei ihren Fällen gelandet sein.

Sie öffnete die Augen und schaute hinauf auf die Alpspitze. Schön, dachte sie, dass die Garmischer sie zu ihrem Hausberg erkoren haben und nicht die Zugspitze, der man jeden Zahn gezogen hat, die alles mit sich machen lässt. Auf die Alpspitze führt weder eine Bahn noch ein Lift. Wer sie besuchen will, weiß, dass er einer echten Diva nicht in Badelatschen unter die Augen treten darf. Und trotzdem kann er sich nicht sicher sein, dass er eine Begegnung mit ihr überleben wird.

Mit einem Knacken, als wären es Walnüsse, griffen die Reifen in den gefrorenen Schnee. Ihr Blick streifte noch einmal die Alpspitze. Die Schneefahne an ihrem Gipfel stieg jetzt steil nach oben. Es sah aus, als würde der Berg rauchen. Vielleicht versuchte er aber auch nur, eine der bunten Sicheln, die seinen Gipfel umkreisten, unauffällig vom Himmel zu pflücken.

Das Georgistüberl war noch dunkel, der Platz davor ungeräumt. Auch Vincentis Geländewagen hatte sich nicht vom Fleck bewegt. Das hier war Farchant, die Möglichkeiten, wo er sein könnte, überschaubar. Neuners Leute waren sicher schon dabei, im Ort herumzutelefonieren. Und jemand sollte den Zweitschlüssel für seinen Wagen besorgen. Ohne auszusteigen, rief sie Neuner an und fuhr zurück.

Die Fahrstrecke war zu kurz gewesen, um länger an einem Gedanken zu stricken, geschweige denn, eine Strategie zu entwickeln. Sie ließ ihn erst einmal reden. Dann schlug sie zu.

»Sagen Sie, Herr Kollege, was halten Sie eigentlich davon, wenn wir uns mal die Konten von den beiden anschauen?«

»Die Konten. Sie meinen ...«

Sie sah, wie es in ihn im arbeitete.

»Irgendwo müssen wir ja ansetzen«, fügte sie achselzuckend hinzu.

»Ja, irgendwo müssen wir ja ansetzen«, wiederholte er. »Aber ich kann mir ehrlich gesagt nicht vorstellen ...« Er ballte seine Hände, aber bevor er wieder zu poltern begann, entspannte er sich und winkte ab. »Wenn Sie meinen.«

Nur sein linker Fuß hörte nicht auf zu zucken.

»Tja.« Betont locker erhob Paulig sich von ihrem Stuhl. »Hab ich noch gar nicht gesagt, ich muss zurück nach München. Da geht's um einen Mord an einem alten Ehepaar. Es gibt ein paar neue Entwicklungen. Aber ich denke, morgen bin ich wieder da. Falls Sie Vincenti in der Zwischenzeit finden, wäre es nett, wenn Sie mich gleich anrufen könnten. Ansonsten sehe ich im Moment nichts, was Sie und Ihre Kollegen nicht genauso gut hinbekommen oder vielleicht sogar besser. Ich mein, Sie kennen sich hier schließlich aus. Auf dem Weg schau ich schnell noch mal im Stüberl vorbei. Jetzt müssten die ja eigentlich langsam aufmachen. Ich ruf Sie an, wenn wir was haben.« Als Neuner nicht reagierte, schob sie nach: »Wegen der Konten, meine ich.«

»Jaja, klar, wegen der Konten. Und was machen wir mit der Befragung? Sie wollten doch heute noch mal mit Häusler und Vincenti reden.«

»Das holen wir nach. Vincenti ist ja erst einmal verschwunden, und Häusler wird uns schon nicht davonlaufen. Oder?«

»Nein, natürlich nicht. Warum sollte der denn davonlaufen.«

»Eben. Also, Herr Kollege, ich meld mich dann vom Wagen aus.«

»Warum?«

»Ich denke, Sie wollen doch sicher wissen, was die Wirtin gesagt hat.«

»Unbedingt.«

»Und noch einmal: Sie rufen mich bitte umgehend an, wenn sie was von Vincenti hören. Ich hab ein ungutes Gefühl.«

Sein linker Fuß hörte auf zu zucken.

»Sie nicht?«

»Nein, eigentlich nicht.«

»Ich mein nur, Vincentis Wagen steht immer noch …«

»Jaja, ich weiß.« Neuner versank noch ein wenig tiefer in seinem Sessel. »Aber dass wir ihn nicht gefunden haben, muss doch noch lange nichts heißen. Im Gegenteil. Irgendwo wird er schon sein. Der taucht schon wieder auf.«

»Hoffen wir's. Also, Auf Wiedersehn, Herr Neuner. Wir telefonieren.«

Auf dem Weg nach Farchant rief sie Tilman Würfel an und bat ihn, am Ortseingang von Oberau auf sie zu warten, in der Parkbucht, direkt am Ortsschild. Sie wolle nur noch schnell wo vorbeischauen.

Vor der Tür des Georgistüberls stand eine Frau. Trotz der Kälte trug sie keine Kopfbedeckung. Das Zweite, was Paulig auffiel, war der aus mehreren Lagen gearbeitete Rock, Grundfarbe grün, eine der Lagen aus Spitze. Sie kannte die Marke, irgendetwas Russisches. Die Frau schien Schwierigkeiten mit dem Öffnen der Tür zu haben. Vermutlich vereist. Paulig wartete, bis sie es geschafft hatte. Dann stieg sie aus.

»Grüß Gott.«

»Hallo.« Die Frau warf Paulig einen kurzen, kontrollierten Blick zu, den diese mit einem Lächeln erwiderte. »Ich sperr zwar gerade erst auf, aber wenn Sie nur was zum Trinken wollen? Ein Kaffee geht immer.«

Sie sah müde aus. Vermutlich die Chefin, dachte Paulig, eine Angestellte würde anders reagieren.

»Sehr freundlich. Ich bin übrigens von der Polizei. Mein Name ist Paulig, Christine Paulig, Hauptkommissarin aus München. Ich bin hier wegen der beiden Morde.«

»Ja, schlimme Sache. Aber ob ich Ihnen da weiterhelfen kann? Kommen Sie.«

Sie winkte Paulig an sich vorbei in den unbeleuchteten Gastraum.

»Danke. Sie sind die Wirtin?«

»Ja, bin ich, Veronica Fischer mein Name.«

Das vom Schnee reflektierte Licht füllte die Fenster. Ein blindes Gleißen, das das Innere des Lokals nicht erreichte. Frau Fischer ging hinter die Theke, drückte ein paar Schalter und begann dann, die Stühle mit geübtem Griff auf den Boden zu stellen. Anheben, Drehen, Hinstellen.

»Die beiden waren doch bei Ihnen Stammgäste …«

Wenn es eine Frage hätte werden sollen, hätte sie den Satz anders formulieren müssen, außerdem fehlte das Fragezeichen. Frau Fischer antwortete ohne zu zögern.

»Ja. Nein. Stammgäste ist zu viel gesagt. Die kamen eigentlich immer nur, wenn sie mit ihren Freunden unterwegs waren. Alleine waren die nie da, also so gut wie nie, also wenn überhaupt. Einen Moment dauert's noch, die Maschine heizt noch.«

»Könnte ich eigentlich auch einen Espresso haben?«

»Selbstverständlich.«

»Danke. Sagen Sie, ist Ihnen an den beiden mal irgendwas aufgefallen? Hatte einer von denen vielleicht mal Streit mit irgendjemandem?«

»Der Summer und der Zimmerl? Streit? Nein, der Summer ist gar nicht der Typ für so was. Und der Erwin … Ich nehm an, Sie haben ihn gesehen. Nein, sicher nicht. Gut, hineinschauen kann man in keinen.« Sie hielt kurz inne, wie um nachzudenken, wischte einen Brösel von der Bank und fuhr fort: »Das kann eigentlich nur ein Verrückter gewesen sein. Anders kann ich mir das nicht erklären. Ich mein, so was soll's ja geben, dass einer durch die Gegend läuft und einfach Leute erschlägt.«

»Schon möglich, es ist zumindest nicht auszuschließen. Kennen Sie so jemanden?«

»Ich? So jemanden? Nein. Beim besten Willen nicht. Wir haben auch keinen Dorfdeppen, wenn Sie das meinen.«

»Hab ich ehrlich gesagt auch nicht erwartet. Der Herr Vincenti, sagen Sie, der war doch auch immer mit dabei. Wie ist der eigentlich so?«

»Der Oscar? Ich sag mal so, mein Fall ist er nicht.«

»Wie darf ich das verstehen?« Paulig hatte die Wirtin keinen Moment aus den Augen gelassen. Jetzt stand sie hinter der Theke und befüllte einen der beiden Siebträger der Espressomaschine.

»Ach so«, besann sich Fischer. »Bitte entschuldigen Sie. Das ist mir nur so herausgerutscht, das wollte ich eigentlich gar nicht sagen. Es ist nur, wie soll ich sagen, der ist mir einfach zu grob. Seine ganze Art ... Das ist auf jeden Fall mein Eindruck.«

»Sie halten ihn also eher für einen aggressiven Typ.«

»Das kann man so nicht sagen. Das ist nur, weil wir gerade vom Erwin und vom Summer geredet haben. Im Gegensatz zu denen quasi. So war das gemeint. Noch einen kleinen Spritzer Schaum auf Ihren Espresso?«

»Nein, danke. Obwohl, warum nicht. Ja, doch. Wissen Sie, ich frage deshalb, weil Herr Vincenti seit gestern verschwunden ist.« Es sollte möglichst beiläufig klingen.

»Verschwunden? Der Oscar?«

Der kleine Spritzer Schaum verpasste die Tasse um mehrere Millimeter, erst der zweite traf ins Schwarze.

»Ja. Und Sie sind anscheinend die Letzte, die ihn lebend gesehen hat.«

»Ah, daher weht der Wind.« Veronica Fischer befüllte das Sieb für einen zweiten Espresso. Während er lief, bekam Paulig schon mal den ihren. »Aber da muss ich Sie leider enttäuschen. Er hat bezahlt und ist gegangen. Und wo der dann hin ist, keine Ahnung.«

»Er hat nicht noch irgendetwas gesagt? Dass er noch was vorhat, irgendeinen Termin? Oder dass er noch schnell was erledigen will, bevor er heimfährt? Hat er vielleicht mit irgendjemandem telefoniert? Vielleicht hat ja eine Ihrer Angestellten was mitbekommen?«

»Nein, ich hab nichts Derartiges gehört, und Angestellte habe ich keine, nur meine Köchin. Und mit wem der telefoniert hat, keine Ahnung. Und dass er sich abmeldet, wenn er geht, so weit geht die Liebe dann doch nicht.«

»Die Liebe?«, hakte Paulig nach und lächelte von der Seite.

»Wie? Ach so. Um Gottes willen. Ich mein die Liebe zu meinen Gästen. Wie man das halt so sagt.«

»War er irgendwie anders als sonst? Schien er irgendwie bedrückt? Oder war er, im Gegenteil, besonders euphorisch?«

»Nein, nichts. Ich meine, dass er sich in letzter Zeit wieder öfter hier blicken hat lassen, aber sonst … Nein, der war wie immer. Bedrückt hab ich den überhaupt noch nie erlebt. Euphorisch schon eher.«

»Was heißt das?«

»Ich weiß auch nicht, wie ich das besser ausdrücken soll. Ein echter Energiebolzen eben.«

Aus der Unterhaltung war unversehens eine Befragung geworden.

»So ein echter Power-Typ? Immer wichtig, immer toll?«

»Ich sag mal so«, begann Fischer. Es war ihr anzusehen, dass ihr das Thema unangenehm war, dass sie es möglichst schnell beenden wollte. »Wenn ein Weiberrock auftaucht, der es ihm angetan hat, dann ist der aber hellwach.«

»Und gestern? War er da auch hellwach?«

»Nein, gestern war nichts. Ich will da auch nichts in die Welt setzen. Ich glaub sowieso nicht, dass der fremdgeht, also nicht mehr. Ich mein, in seinem Alter. Ich hab da auf jeden Fall noch nie was beobachtet, also was Konkretes. Er ist nur … also wenn ihm eine gefällt …«

»Hellwach«, sagte Paulig.

»Ja. Nicht mehr, aber auch nicht weniger.« Frau Fischers Stimme klang frostig.

»Und gestern? War er da mehr oder weniger?« Durch ein nachgeschobenes Lächeln versuchte Paulig, das Drängende aus der Frage zu nehmen. Vergeblich. Festgebissen, dachte sie, blieb ihrem Lächeln aber treu.

»Gesten war der natürlich fix und fertig. Genauso wie die anderen auch. Ist doch klar. Mein Gott, das waren Freunde, seit ich denken kann … Sie meinen doch nicht …« Die Gesichtsfarbe der Wirtin näherte sich der ihres roten Zopfs.

»Noch ist nichts gesagt.« Paulig schüttelte den Kopf. »Aber noch einmal zurück. Sonst ist er aber eher schon …« Sie überließ es der Wirtin, den Satz zu vollenden.

»Ich glaub, ich sag jetzt lieber nichts mehr. Ich weiß eh nichts.«

»Entschuldigen Sie, dass ich so hartnäckig bin. Aber oft sind es Details, die einem erst nicht auffallen. Erst wenn man drüber nachdenkt. Und ich denke, Sie in Ihrem Job haben ein besseres Auge als die meisten anderen. Sie sind ja quasi angewiesen darauf.«

»Auf was?«

»Dass Sie Ihre Gäste einschätzen können. Zum Beispiel wenn einer genug hat. Oder wenn einer bedrückt ist und vielleicht etwas Aufmunterung vertragen kann.«

»Das stimmt allerdings. Dafür kriegt man schon ein Gefühl mit der Zeit. Trotzdem, tut mir leid. Ich würde Ihnen gerne helfen …«

Sie zuckte mit den Schultern und brach ab.

»Dann will ich Sie nicht länger aufhalten. Hier ist meine Karte, falls Ihnen noch was einfällt. Und danke für den Espresso. Der war wirklich gut.«

»Ich weiß.«

Paulig stutzte.

»Ich hab lange in Italien gelebt«, erklärte Veronica Fischer, die jetzt wieder wirkte wie zu Anfang. »Und was ich nicht mag, das servier ich auch nicht meinen Gästen.«

»Eine sympathische Einstellung.«

»Die einzige, die geht für mich.«

»Was bin ich schuldig?«

»Nichts. Ich hab Sie schließlich eingeladen. Wollen Sie noch einen auf den Weg?«

»Nein, leider. Ich muss los. Aber ich komm gern wieder. Und entschuldigen Sie, dass ich so insistiert habe.«

»Kein Problem. Ich denke, das müssen Sie wohl. Und kommen Sie ruhig wieder vorbei.«

Auf der Fahrt zum Treffpunkt informierte Paulig Polizeidirektor Neuner über ihr Gespräch. Auch er hatte nichts wirklich Neues. Ein Kollege sei eben mit dem Zweitschlüssel zu Vincentis Pkw aufgebrochen, zwei andere telefonierten immer noch die infrage kommenden Kneipen, Restaurants und Beherbergungsbetriebe ab, es seien mehr als gedacht.

Die Sonne nervte. Sie bog den Blendschutz nach unten, der war zu kurz, sie warf die Haare nach vorne, aber die blieben nicht, wo sie sollten, sie drückte die Sonnenbrille noch tiefer ins Gesicht, aber das half auch nichts.

Am Treffpunkt angekommen, wendete sie und fuhr in die hinter Sträuchern versteckte, etwas erhöht gelegene Parkbucht. Manzoni und Özokan vertraten sich die Beine, Würfel saß im Wagen und telefonierte.

Typisch Tilman, dachte Paulig, bloß keine frische Luft.

»Er hat gemeint, es sei ihm zu kalt«, lachte Manzoni, der ihre Gedanken zu erraten schien. »Derweil ist es so schön heut. Ein richtiger Traumtag.«

»Das sagst ausgerechnet du? Ich hab gedacht, du hasst Kälte.«

»Das kann man so nicht sagen. Ich mag nur nicht dieses nasskalte Sauwetter, wenn's monatelang um die null Grad herumeitert und eigentlich könnt's schon längst Frühling sein. Ein kurzer, knackiger Winter, dagegen sag ich nichts, im Gegenteil. Gut, wenn's nach mir ginge, könnte der Winter auch komplett ausfallen. Aber wenn schon …«

»Wem sagst du das«, lächelte Paulig und wandte sich demonstrativ Özokan zu. Wenn Manzoni erst in Fahrt gekommen war, war er kaum mehr zu bremsen. Er war groß und schlank, hatte blaue Augen, die zuckten, wenn er sich aufregte, und blonde Haare, die er dekorativ ungekämmt ließ. Manchmal stellte sie sich vor, er wäre ein Pfau. Sie war sich sicher, niemand würde sich groß darüber wundern, wenn er plötzlich ein Rad schlagen würde.

»Servus, Ötzi.«

»Grüß dich, Christine«, antwortete Kollege Özokan und wies mit dem Kopf in Richtung Würfel. »Der soll mal im Winter nach Anatolien fahren. Dann weiß er, was kalt ist.«

»Eine richtige Pussy«, legte Manzoni nach.

Blödmann, dachte Paulig, aber was soll man von einem Pfau schon anderes erwarten.

»Das hab ich gehört!«, rief Tilman nach draußen. Einer seiner Vorzüge war, dass er so schnell nichts übel nahm. Er steckte sein Handy in die Jacke, schaltete den Motor ab und stieg aus.

»Ja, bist du gelähmt! Ist das kalt!«

»Ich denke, wir machen es so«, begann Paulig, »Ötzi und Manzoni kümmern sich um den Sägewerksbesitzer, aber unauffällig. Und schaut euch ein wenig um. Aber bleibt im Wagen. Tilman und ich hängen uns an den Polizeidirektor.«

»Und was ist mit Vincenti?«, fragte Özokan.

»Immer noch verschwunden. Die Garmischer Kollegen sind dran.«

»Was meinst du? Lebt er noch?«

»Keine Ahnung. Aber ich hab ein blödes Gefühl. Vor allem nach dem, was Tilman recherchiert hat.« Wenn sich die Möglichkeit ergab, zu loben, dachte sie nicht lange nach. »Tilman, kommst du? Und, Ötzi, ich weiß nicht, ob der Häusler sich an dich erinnert. Also bleib in Deckung.«

»Ist klar. Aber findest du das nicht ein wenig übertrieben?«

»Möglich. Aber was machen wir, wenn doch was ist. Stellen wir uns dann hin und sagen, wir haben es zwar geahnt, wollten aber nichts übertreiben?«

»Stimmt. So betrachtet …«

»Gut. Wir bleiben in Verbindung.« Sie wandte sich an Würfel. »Und wir zwei Hübschen fahren jetzt erst einmal zu meinen Eltern.«

»Und was machen wir da?«
»Auto tauschen und …«
»Und?«
»Wart's ab. Überraschung.«

Vor dem Haus ihrer Eltern bat sie Tilman, einen Moment zu warten. Als er sich bereits fragte, ob sie ihn vielleicht vergessen hatte, öffnete sich die Garage.

»Entschuldige, aber ich musste noch schnell auf den Speicher.«

»Was hast du denn da in der Plastiktüte?«

»Tätää! Komm, zieh das auf.«

»Was ist das?«

»Nach was schaut's denn aus?«

»Nach Kinderfasching?«

»Ich hab auf die Schnelle nichts Besseres gefunden.«

Paulig hielt ihm abwechselnd ihre alte Blondhaarperücke und eine rosafarbene Zipfelmütze vor die Nase. Tilman entschied sich für die Mütze. Sie spannte.

»Du schaust zum Anbeißen aus.«

»Findest du?«

»Unbedingt. Jetzt noch schnell die Brillen ins Gesicht, welche willst du? So, auf geht's, fahren wir. Tust du mir den Gefallen und rufst den Neuner an? Frag ihn, ob ich schon weggefahren bin. Wenn er nicht mehr da ist, frag, wo er hin ist.«

»Ich will ja nicht dagegenreden, aber wie kommst du eigentlich darauf, dass der jetzt was unternimmt?«

»Ich hoffe es. Und außerdem geht er davon aus, dass ich auf dem Weg nach München bin und erst morgen zurückkomme. Also wenn nicht jetzt …«

»Aber das heißt noch lange nicht, dass …«

»Das weiß ich selber. Hast du eine bessere Idee?«

»Sein Telefon abhören lassen?«

»Tilman.«

»Sollte ein Witz sein. Ich weiß, dass wir das nicht genehmigt bekommen.«

»Falsch. Nicht nicht, sondern nie! Wir hätten ja nicht einmal diese Observierung durchbekommen, wenn ich nicht ...«

»Wie? Jetzt sag bloß nicht ...«

»Naja, ich hab gesagt, wir wollen uns einen Überblick verschaffen, also was er so macht, mehr so allgemein.«

»Heißt das, die Observierung ist gar nicht genehmigt?«

»Ich sag mal so, ich hab nicht direkt um eine Observation nachgefragt, die Anfrage war mehr allgemeiner Natur. Aber schon so, dass es klar ist, dass es um eine Recherche im direkten Umfeld des Toten geht, und da gehört Neuner schließlich dazu. Und jetzt auch noch der vermisste Vincenti. Yasmin hat nicht gefragt, um wen konkret es geht, und ich hab nur gesagt, ich bräuchte drei Mann. Ist doch klar, dass wir uns nicht zu viert vors Haus vom Häusler stellen.«

»Aber es ist auch klar, dass sie uns nie erlaubt hätte, einen Polizeidirektor zu observieren.«

»Das sagst du.«

»Das sagt dir jeder«, schnaufte er.

»Also ich hab das anders verstanden. Schließlich gehört der Neuner ja auch zum Umfeld. Und Umfeld ist Umfeld. Aber lassen wir das. Es erfährt eh keiner. Wer soll dich schon erkennen, so goldig, wie du ausschaust.«

»Dann tu ich jetzt wohl besser so, als würde ich von nichts wissen.«

»Das wird das Beste sein.«

»Übrigens, die Mütze riecht.«

»Ja, nach Mottenkugeln. Sei froh, sonst wären da jetzt Viecher drin. Willst du tauschen? Aber ich muss dich warnen, die Perücke riecht auch nicht besser.«

In sicherer Entfernung, aber mit einem bequemen Blick auf das grüne Stahltor des Garmischer Polizeireviers, einem Gebäude mit unvergitterten Fenstern, Satteldächern, Fensterläden und Holzgiebeln, brachte Paulig den Wagen ihrer Eltern zum Stehen.

»Guten Morgen, Herr Neuner. Oberkommissar Würfel hier. Sagen Sie, ist Frau Paulig noch bei Ihnen?«

»Nein, die ist unterwegs nach München. Können Sie sie nicht erreichen?«

»Das hab ich ehrlich gesagt noch gar nicht versucht. Ich dachte, sie sei noch bei Ihnen in der Dienststelle.«

»Nein, nein, die ist schon länger weg. Probieren Sie es doch mal mobil«

»Mach ich, danke. Auf Wiederhören, Herr Polizeidirektor.«

Paulig wartete, bis Tilman sein Handy weggesteckt hatte.

»Und, wie hat er geklungen?«

»Gestresst, würde ich sagen. Aber das muss nichts heißen. Schließlich hat er gerade zwei Freunde verloren, und jetzt ist auch noch ...«

»Danke, Tilman. Ich weiß, dass das nichts heißen muss. Wir warten jetzt erst einmal eine halbe Stunde, und dann rufst du noch einmal an.«

»Und was frag ich ihn dann?«

»Das denken wir uns jetzt aus. Irgendwas, was ihn nervös macht. Lass mich nachdenken ... Tilman, da fällt mir ein, wegen der Sache mit den beiden Alten von der Waltherstraße, die mit dem zubetonierten Kamin ...«

»Was ist mit denen?«

»Ich hab noch mal drüber nachgedacht.«

Ein Gefühl, als hätte jemand an der Dioptrienzahl ihrer Augen gedreht, als wäre die Welt plötzlich ein ganzes Stück klarer geworden, so klar wie die Szene mit dem älteren Ehepaar, er im Rollstuhl und die Frau, die ihn schob.

»Nur mal angenommen. Was, wenn die das selbst gemacht haben?«

»Du meinst, dass sie versucht haben, den Eigentümer in den Knast zu bekommen, indem sie ihm einen Mordversuch anhängen? Und dabei sind sie dann erstickt?« Er schüttelte den Kopf, der Bommel der Mütze wackelte bedenklich. »Ich denke, der Fall ist klar. Der Einzige, der einen Vorteil von dem Tod der beiden hat, ist der Eigentümer. Er hat ein Motiv und die Möglichkeit, es zu tun. Ich meine, der hätte die doch nie hinaus bekommen.

Warum sollten die sich also auf so was einlassen. Dazu das Risiko, dass sie dabei sterben … Nein, das ist mir zu hypothetisch.«

»Vielleicht, weil das kein Leben ist? Denk doch mal nach, der hätte die so lange schikaniert, bis sie irgendwann doch noch aufgegeben hätten. Genau das war doch sein Plan. Glaub mir, das hält auf Dauer keiner aus. Stell dir doch mal vor, wie das ist. Du bist Gefangener in deiner eigenen Wohnung, du bist dem komplett ausgeliefert. Einmal ist das Wasser abgestellt, dann die Heizung. Wenn du zum Briefkasten gehst, weißt du nicht, ob da nicht eine tote Ratte drin liegt. Wenn du am Morgen die Tür aufmachst, hat jemand auf den Fußabstreifer geschissen. So läuft das ab, steht doch immer wieder in der Zeitung. Und wie alt waren die? Über achtzig?«

»Siebenundachtzig, glaub ich.«

»Siebenundachtzig. Ich mein, wie viele Jahre hatten die noch? Zwei, drei? Fünf? Warte, ich ruf mal schnell die Yasmin an und frag sie, ob sie Barbiturate gefunden haben in den Leichen.«

»Du meinst, die haben Selbstmord begangen? Und zwar so, dass es ausschaut als wäre es Mord …? Wahnsinn … Gut, immerhin eine Möglichkeit. Aber warte. Bevor du anrufst, schick ihr lieber eine SMS. Nicht dass sie dich fragt, was wir gerade machen.«

»Tilman«, staunte Paulig, »du denkst ja mit.«

»Muss ich ja wohl. Ich sag nur, mitgefangen, mitgehangen.«

Paulig lachte. »Hängen werden sie uns schon nicht gleich.« Sie nahm ihr Handy und schrieb eine SMS an Yasmin Schäfer-Kaan: »Fall Waltherstraße: Verdacht auf Selbstmord.« Sofort klingelte es.

»Wie kommst du denn darauf?«

»Hallo, Yasmin. Ist nur so eine Idee. Habt ihr denn irgendwas gefunden im Blut? Schlaftabletten?«

»Ich weiß nicht, ob die schon so weit sind. Aber ich kann ja mal nachfragen.«

»Und auf dem Nachttisch, im Badschrank? Irgendwelche Schachteln?«

»Nein, soweit ich weiß, nicht.«

»Tust du mir den Gefallen und rufst mich an, wenn ihr was habt?«

»Wenn du meinst.«

»Ja, meine ich. Ich muss dann auch schon wieder. Ach ja, denkst du an die Verbindungsnachweise von den beiden Handys?«

»Ist in Arbeit.«

»Gut. Also dann. Servus. Wir hören uns.«

»Servus.«

Paulig wartete noch ein paar Sekunden und legte dann auf. Sie wollte nicht riskieren, dass die Staatsanwältin auf falsche Gedanken kam, aber auch nicht zu unhöflich sein.

»Christine. Da ist er.«

»Das ging aber schnell.« Paulig zupfte noch einmal an ihrer Perücke und fuhr los. »Na, dann wollen wir mal.«

»Hoffentlich fährt er nicht heim.«

»Ruf doch mal den Ötzi an, ob sich bei denen auch was tut.«

Neuner fuhr nicht besonders schnell. Er telefonierte. Mit der freien Hand zerteilte er die Luft im Fahrerraum. Paulig schaute auf die Uhr. Kurz vor zwölf.

»Und?«

»Nichts. Der Häusler sitzt zu Hause und starrt vor sich hin.«

»Woher wissen die denn das?«

»Der Manzoni ist ein wenig ums Haus geschlichen.«

»Und wer hat ihm das angeschafft?«

Sie passierten eben das Ortsschild von Garmisch-Partenkirchen.

»Sonst noch was?«

»Sonst nichts. Sag mal, wo will der denn hin? Der wird doch nicht …?«

»Was?«

»Die Firma *Snowmaster* sitzt in Mittenwald.«

»Das würde doch passen!«, freute sich Paulig. »Ich hab schon befürchtet, er fährt nur mal schnell zum Tanken über die Grenze.«

»Sag mal, kann es sein, dass hier noch mehr Schnee liegt als in Garmisch? Siehst du, wie viel Schnee es hier hat?

»Ja, sehe ich. Aber ich denke, du machst dir nichts aus Schnee.«

»Doch. Schon. Schon allein wegen meiner Kleinen. Aber muss das immer gleich so kalt sein.«

»Naja, Schnee und Winter gehören nun mal zusammen, auch wenn's dir schwerfällt, das zu akzeptieren. Soll ich vielleicht eine SMS an Frau Holle schicken?«

Sie unterhielten sich noch eine Weile über das Wetter, waren aber schon bald nicht mehr bei der Sache. Keine Sekunde ließen sie den vor ihnen Fahrenden aus den Augen, aufmerksam registrierten sie jeden Schlenker, jede Schneefontäne, die er produzierte. Bis beide nur noch gebannt darauf warteten, dass er endlich den Blinker setzte. Jetzt ... jetzt blink doch endlich! Wenn er jetzt nicht ...

Als Neuner ohne zu blinken abbog, stöhnten sie auf. Würfel zerrte zusätzlich an seiner Haube.

8

Wenn man auf Mittenwald hinunterblickt, fällt einem sofort die völlige Ebenheit des Geländes ins Auge. Als wäre von Anfang an geplant gewesen, hier einmal einen Ort entstehen zu lassen. Umso grandioser wirken die Erhebungen des Wetterstein- und Karwendelgebirges, die ihn umschließen. Unglaublich, dass die Berge bis zu zwölftausend Meter hoch sein könnten, hätte die Zeit sie nicht auf ein aushaltbares Maß zurechtgestutzt. Andererseits, wenn man sich vorstellt, dass das Gebiet der heutigen Alpen mit einer Breite von ungefähr einhundert Kilometern einmal ein tausend Kilometer breiter Ozean war, mit Kontinentalrändern, Tiefseebecken, also mit allem Drum und Dran, kann man sich auch das vorstellen.

Vor einem langgestreckten Bau mit einer Front aus Holz und Glas parkte Neuner seinen jägergrünen Geländewagen. Das Dach des Gebäudes war einer Skipiste nachempfunden und gekrönt von einer überdimensionalen Schneekanone.

»Wie einfallsreich«, sagte Paulig.

»Wenigstens müssen wir nicht nach der Hausnummer fragen«, sagte Würfel grinsend.

»Auch wieder wahr. Ich ruf jetzt doch mal den Bernhauer an. Ich weiß nicht, irgendwie wird mir das jetzt doch langsam zu heiß.«

»Nicht lieber die Yasmin?« Würfel zwinkerte.

»Nein«, antwortete Paulig gereizt. Sie fand es nicht lustig, sich das noch einmal aufs Brot schmieren lassen zu müssen. »Ich weiß selber, was die sagt, wenn die erfährt, was wir wirklich machen.«

»Ich hab gleich ge…«

»Ich weiß«, schnitt sie ihm das Wort ab und presste ihr Handy ans Ohr.

»Maximilian Bernhauer«, schnarrte die Stimme des Oberstaatsanwalts. »Ich bin gerade in einer Besprechung. Bitte hinterlassen Sie Ihre … Ja? Christine? Was gibt's?«

»Hallo Max. Gut, dass ich dich erreiche. Hast du einen Moment?«

»Kurz.«

In dürren Worten fasste Paulig ihre Erkenntnisse zusammen. Sie endete mit der Bitte, weiter an Neuner dranbleiben zu dürfen.

»Mit nichts in der Hand, und das bei einem Polizeidirektor? Vergiss es, und zwar schnell. Und was du unter dranbleiben verstehst, weiß ich. Dir gibt man den kleinen Finger, und dann …« Er atmete hörbar ein und wieder aus und fuhr dann mit gedämpfter Stimme fort: »Nur weil der einen Schneekanonenhersteller kennt, von mir aus auch noch für ihn arbeitet. Das ist doch kein Grund. Ich bitte dich. Einen Polizeidirektor verfolgen – auf die Idee muss man erst einmal kommen.«

»Und?«, fragte Paulig in die entstandene Stille. Sie hatte keine Lust, zu betteln, warum auch, dass sie ihre Arbeit machen durfte? Sie war selbst überrascht von der Bestimmtheit in ihrem Ton. Ihr kam wieder die Geschichte mit dem inneren Autopiloten in den Sinn. Unglaublich. Und tatsächlich …

»Naja, wenn ihr schon mal da seid. Aber offiziell weiß ich von nichts. Ich hau euch zwar raus, wenn's sein muss, aber wissen tu ich von nichts. Lasst euch einfach nicht erwischen. Und haltet mich auf dem Laufenden.«

Während Würfel kurze Zeit später nach seiner Brotzeitdose griff, schlich Paulig zum Dönerstand. Sie spürte die Sonne im Rücken und beschloss, den Döner gleich an Ort und Stelle zu essen. Genau in der Sichtachse stand ihr Observationsfahrzeug. Sollte Neuner plötzlich wegfahren, würde es ihr nicht entgehen. Vielleicht ein bisschen zu viel Tarnung, dachte sie, der einzige Wagen auf dem ganzen Parkplatz, der älter als zwanzig Jahre alt ist und der einzige mit einer klar zu benennenden Farbe – Blau, Himmelblau, blau wie der Himmel. Ein Auto aus einer Zeit, als Autos noch keine fahrbaren Datenträger waren und der Spritverbrauch kein Thema. Aber eine Standheizung hätte er sich ruhig gönnen können, Tilman hätte es ihm gedankt.

Der Budenbesitzer deutete auf ihre Perücke, dann auf sein kleines Angebot an Hochprozentigem.

»Fasching, was will man machen«, lachte Paulig, ging zurück zum Wagen und stieg ein.

»Und, was sagt er?«

»Der Dönermann? Ich hab ihn nichts gefragt. Es war nur wegen der Verkleidung.«

»Ach so.«

Sie nahm einen Schluck aus der angebotenen Thermoskanne und lehnte sich zurück. »Ah. Tut das gut. Vielleicht sollte ich öfter Tee trinken. Radio?«

»Von mir aus, aber bitte keinen Sprechfunk.«

»Bayern 4?«

»Auch keine Klassik, wenn's geht.«

»Ich schau mal, ob ich was finde, was wir beide aushalten.«

»Christine, gib dir keine Mühe. Lange halt ich das sowieso nicht mehr aus, mit oder ohne Radio. Wirf lieber den Motor an. Es ist wirklich saukalt.«

»Ein bisschen noch. Ich möchte nur nicht, dass wir auffallen. Der kommt bestimmt jede Minute. Irgendwann muss er ja auch mal wieder zurück zur Dienststelle.«

»Oder zum Essen.«

»Eben.«

Ein Sattelzug mit dem Schriftzug *TP-Sports* fuhr langsam vom Hof. Im Erdgeschoss ging ein Fenster auf. Eine Angestellte winkte hektisch mit einer Handvoll Papieren. Der Fahrer hielt an, griff sich die Unterlagen und kletterte zurück auf seinen Thron. Er tippte ein paarmal aufs Gaspedal, ließ die Kupplung kommen, die Zugmaschine schob und drückte, der Auflieger ruckelte, dann starb der Motor ab. Bevor er einen zweiten Versuch startete, löste er die Feststellbremse. Entschlossen pressten sich die Antriebsräder in den Schnee, drehten durch. Der Fahrer schaltete schnell ein paar Gänge höher, ein Ruck ging durch das Gespann, genau so, wie man es sich vorstellt – ein metallenes Geräusch, hart, männlich, bestimmt –, und zog langsam vom Hof.

»Du, Tilman, fährst du eigentlich Ski?«

»Weißt du, was das kostet, zu viert? Und außerdem geht's immer so zu am Wochenende. Es geht mir aber auch nicht ab. Und du?«

»Ab und zu fahr ich noch. Aber mir kommt das Ganze immer mehr vor wie ein gewaltiger Laufsteg. Ich hab eigentlich auch keine Lust mehr, mir das noch anzutun. Und wenn, dann nur während der Woche. Aber wann hat unsereins da schon ... Achtung. Er kommt.«

»Gott sei Dank.«

Neuners Start war nicht weniger eindrucksvoll als der des Lkws. Paulig wartete einen Moment, drehte den Schlüssel und kam erst einmal nicht vom Fleck. Der Schnee unter den Hinterrädern war aufgetaut und dann zu Eis gefroren. Als sie endlich auf die Bundesstraße bogen, war Neuner weg.

»Hm«, sinnierte Würfel, »wahrscheinlich fährt er heim zum Essen.«

»Oder ins Büro«, knurrte Paulig. »Scheiß Schnee.«

Pauligs Handy vibrierte. »Jetzt wird's interessant«, sagte sie und nahm ab. »Herr Neuner? ... Gott sei Dank. Und wo war er? ... Na toll. Und warum geht der dann nicht an sein Handy? ... Akku leer. Aha ... Und wie, ich meine, sein Wagen ... Mit dem Zug. Ja, dann ist ja alles klar ... Ja, denke ich auch ... Also dann. Bis morgen ... Ja? .... Natürlich. Gleich in der Früh. Auf Wiederhören.«

Sie legte ihr Handy zurück in die Ablage.

»Mein Gott«, stöhnte Würfel, »und ich hab schon gedacht, er hat uns bemerkt.«

»Was meinst du, was ich gedacht hab.«

»Und? Was ist?«

»Der Vincenti hat sich gemeldet. Der ist versumpft, in Innsbruck.«

»Und sein Wagen?«

»Hat er vorm Stüberl gelassen. Neuner meint, das macht er immer so, wenn er meint, dass es feucht wird.«

»Versumpft. Und jetzt?«

»Nichts. Es hat sich ja nichts verändert. Die Verbindung zu der Schneemacherfirma ist jetzt auf jeden Fall amtlich. Und genau da haken wir ein …« Erneute läutete ihr Handy. »Was will er denn jetzt noch?«

»Nicht dass er uns doch noch entdeckt hat.«

»Glaub ich nicht. Der ist doch schon längst über alle Berge.«

Sie nahm ab.

»Paulig? … Auf der Autobahn, warum? … Äh, Höhe Seeshaupt, also zwischen … Warum, ich hab es ja nicht eilig … Genau. Ich war vorher noch bei meinen Eltern, und jetzt fahre ich gerade hinter einem Schneepflug her … Jaja, macht im Moment wirklich keinen Spaß … Was? Wer? Aber das macht doch … aber das ist doch … Bin gleich da … Egal. Das hat Priorität. Ich kehr sofort um.«

Diesmal behielt sie ihr Handy in der Hand.

»Und? Ist er jetzt doch tot?«

»Ich versteh's nicht«, murmelte sie abwesend. »Das macht doch überhaupt keinen Sinn. Das würde ja heißen, dass …«

»Was macht keinen Sinn? Was hat er denn gesagt?«

»Nicht den Vincenti hat's erwischt, sondern die Köchin vom Stüberl. Von der ich dir erzählt habe. Die nicht ganz richtig ist im Kopf. Martha Bruckmeier … Jemand …«

»Auch da oben?«

»Ja. Fast. Unten am Lifthäusl. Das ist es ja.«

»Und wie?«

»Wissen wir noch nicht. Diesmal haben sie nichts angelangt. Aber verstehst du, was das heißt? Ich mein, wie passt denn das zusammen?«

»Vielleicht hat sie was mitbekommen? Oder sie hat was beobachtet? Vielleicht einen der beiden Morde. Oder gleich beide?«

»Meinst du? Hm, wär immerhin eine Möglichkeit. Weißt du,

Tilman«, sein Optimismus schien eine klärende Wirkung auf sie zu haben, »ich hab einfach keine Lust, an einen Verrückten zu glauben. Ein Verrückter ist, ich weiß nicht, wie ich das sagen soll. Das ist einfach …«

»Unpraktisch?«

Es dauerte einen Moment, bis sie reagierte.

»Unpraktisch. Ja, warum nicht. Das bringt's eigentlich ziemlich genau auf den Punkt. Das ist einfach nur unpraktisch.« Sie steckte ihr Handy weg und fasste mit beiden Händen ans Lenkrad. »Gut. Rufst du den Ötzi an? Der soll so in zehn Minuten rüberkommen, mit dem Auto. Aber nicht eher, nicht dass der Neuner doch noch auf falsche Gedanken kommt.«

Wenn Waldemar Perchtold Schnee schaufelte, tat er das immer in der gleichen Routine. Mit der Terrasse fing er an. Dann rechts ums Haus, dann den mit losen Platten belegten Weg zum Gartentor – eine unangenehme Partie, blieb man hängen, rammte man sich unweigerlich den Stiel in den Bauch –, danach den Platz vor den Garagen. Nach getaner Arbeit stapfte er hinauf auf die Straße und zündete sich eine Zigarette an. Wenn ihm einer begegnete, den er kannte, und irgendeiner aus seiner Alterskohorte fand immer den Weg zum Berg, zündete er sich gerne auch noch eine zweite an und, wenn es sein musste, auch eine dritte, und zwar so unauffällig, dass es selbst ihm entging. War er alleine, führte er Selbstgespräche, auch das, ohne dass es seinem Bewusstsein allzu nahe kam, aber es klang freundlich. Auf was er allerdings immer achtete, war, dass er ein gewisses Zeitmaß nicht unterschritt und dass er fest schnaufte, wenn er zurückkam. Das vertrieb den Nikotingeruch aus seinem Atem und bewies, dass er hart gearbeitet hatte. Strategisches Handeln, nannte er das, in seinen Augen das A und O einer funktionierenden Ehe.

Auf der Suche nach einem befreundeten Gesicht hatte sein Blick bereits dreimal das Lifthäusl gestreift. Es dauerte noch ein paar Augenblicke, bis er begriff. Das war kein Ast, das war ein Arm, der da aus der Schneewehe ragte.

So schnell er konnte, lief er zurück zum Haus.

»Mama!«

»Waldemar?« Sie ignorierte die Zigarette zwischen seinen Fingern, beschloss aber, darauf zurückzukommen. »Geht's dir nicht gut? Du schaust ja aus, als hättest ein Gespenst gesehen.«

Erst jetzt bemerkte er den Fehler.

»Scheiße.«

»Darüber reden wir später«, sagte sie ruhig. »Jetzt sag erst einmal, was los ist.«

»Schon wieder! Eine Leich«, ächzte er, »eine richtige Leich!«

»Wo?«

»Am Lifthäusl.«

»Geh, Schmarrn, wie soll denn die da hinkommen?«

»Doch, komm mit, wennst mir nicht glaubst.«

Polizeidirektor Neuner schien nicht überrascht, Paulig in Begleitung eines Kollegen mit rosa Zipfelmütze zu sehen.

»Und?«

»Nichts. Wir haben sie erst einmal nur ein wenig freigelegt. Ihre Kollegen sind auch gerade gekommen. Und Sie sind anscheinend auch geflogen.«

Mit wenigen Sprüngen war Manzoni am Lift. Regt der mich schon wieder auf, dachte Paulig. Ötzi schien ähnlich zu empfinden.

»Die läuft uns schon nicht davon«, rief er seinem Kollegen kopfschüttelnd hinterher.

»Sagen Sie, sind die immer so flott?«, staunte Neuner.

»Die waren zufällig in der Nähe«, sagte Paulig schnell. »So, dann wollen wir mal wieder.«

»Ja«, antwortete Özokan. »Aber sag mal, was hast du eigentlich für eine komische Mütze auf?«

Wenn Tilman Würfel jemals eine schnelle Bewegung vollführt hat in seinem Leben, dann in diesem Augenblick.

Aus Martha Bruckmeiers geöffnetem Mund quoll roter

Schaum, ihr Kopf hing verdreht am Rumpf. Ansonsten sah sie aus, als würde sie schlafen. Vorsichtig öffnete Özokan Jacke und Pullover. Dann zerschnitt er das Unterhemd der Toten und deutete auf den Längsstriemen am Bauch.

»Toni, hebst du sie mal kurz an?«

»Klar … Mein Gott, ist die leicht.«

»Das Genick ist definitiv ab«, brummte Würfel mit Blick auf den Nacken. »Dieselbe Handschrift.«

»Hat eigentlich schon jemand den Leichenwagen bestellt?«, fragte Paulig.

»Ja, ist unterwegs. Die Sabine wollt sich drum kümmern. Soll ich noch mal anrufen?«

»Nein, nein, ich wollt's nur wissen … Und Sie sind also der Nachbar, der ihn gefunden hat.« Paulig wandte sich an den um einen Kopf kleineren, etwas abseits stehenden Waldemar Perchtold.

Er hatte die übliche Altmännerfigur, an jeder Ecke ein paar Pfund zu viel. Alkoholmissbrauch, dachte sie beim Anblick der geplatzten Äderchen auf Nase und Wangen. Sie wartete darauf, dass er zu pumpen aufhörte und endlich antwortete.

»Ja, mein Name ist Perchtold. Ich wohn hier, gleich da unten. Jaja, ich hab sie gefunden.«

»Haben Sie sie gekannt?«

»Ja, freilich.« Vor lauter Aufregung vergaß er zu atmen. »Das ist die Martha«, stieß er hervor. »Vom Stüberl. Das ist da vorn.«

»Kannten Sie sie gut?«

»Ja, freilich. Das heißt …« Langsam beruhigte sich sein Atem. »Nein. Also so richtig eigentlich nicht. Nur vom Stüberl. Genau gesagt, nur vom Stüberl, nur vom Stüberl.«

Sein Atem roch nach Alkohol.

Als sie ihre Fragen gestellt hatte, forderte Neuner Perchtold auf, wenn möglich noch heute in die Dienststelle zu kommen.

»Fahren Sie gleich zurück?«, fragte Paulig.

»Nein«, sagte er und nickte der Leiche zu. »Ich muss erst noch schnell zum Bürgermeister. Nach Verwandten fragen.«

»Gut, ich komm dann nach.« Sie wandte sich an ihre Kollegen. »Ich schau mich noch ein wenig um und fahr anschließend zur Dienststelle. Die Sabine ist unterwegs?«

»Ja«, antwortete Würfel ohne aufzusehen, »die ist gleich losgefahren.

Ein gutes Dutzend Neugieriger hatte sich entlang der Absperrung aufgereiht, weitere Schaulustige gruppierten sich am Loisachufer. Auch oben am Marterl standen Leute, stumm, bewegungslos, mit hochgeklappten Mantelkrägen, die Skimützen tief ins Gesicht gezogen. Hin und wieder ergatterte einer einen Blick auf ein Bein, eine Hand oder den Kopf der Toten. Unwillkürlich ergriff ihn dann ein Schauder, und er zog den Reißverschluss schnell noch ein wenig höher, die Mütze tiefer. Vielleicht nicht einmal so sehr der Vorstellung des Todes als der bohrenden Kälte wegen. Denn was es heißt, nackt im Schnee zu liegen, konnte man sich vorstellen. Aber wie das wohl war, wenn man tot war? Wenn man einfach gar nichts mehr spürte, wenn man vielleicht zum ersten Mal im Leben einfach nur seine Ruhe hatte? Und während er so darüber nachdachte, drängte sich ungefragt der Gedanke dazwischen, ob das Altwerden, also das wirklich Altwerden, noch dazu bei all den Krankheiten, die es heutzutage gab, wirklich so erstrebenswert war. Wenn man mit denen sprach, die es wissen mussten, konnten einem da durchaus so seine Zweifel überkommen. Aber es deshalb einfach auslassen? Es könnte ja sein, dass man Glück hatte, dass man unbeschadet durchkam, und dann, Zack, Herzschlag, oder einfach im Schlaf. Ja, das wär's, das wär perfekt … Die alte Martha, wer hätte das gedacht. Wie alt mochte die geworden sein …? Wie sie sich wohl anfühlt? Vielleicht wie die tiefgekühlte Weihnachtsgans, die immer noch in der Tiefkühltruhe lag, die war auch nicht gerade das, was man fett nennt. Kein Wunder, dass die die Feststage überlebt hat. Ja, so würde sich das wohl anfühlen. Auch die Haut müsste ähnlich sein. Und wenn er ab jetzt in die Tiefkühltruhe greift, hat er eine konkrete Erinnerung, und schon hat sich's gelohnt, dabei gewesen zu sein.

Nachhaltigkeit, eine feine Sache, besonders wenn man plötzlich eine ganz andere Beziehung zum Essen hat. Auch wenn man dann vielleicht kein Geflügel mehr mag.

»Toni, kommst du mal?«

»Ja?«

Paulig ging voraus Richtung Volvo. »Steigst du bitte ein?«

»Ja?«

»Sag mal, warum bist du nicht an deinem Platz? Ich mein, du kannst doch nicht einfach …«

»Wieso? Hat Tilman dir nichts gesagt? Der Ötzi hat doch mit ihm telefoniert.«

»Was interessiert mich, was der Ötzi mit Tilman telefoniert. Wenn ich will, dass du dableibst, dann will ich, dass du das verdammt noch mal machst. Ist das klar?«

»Ich hab gedacht, du könntest jeden Mann brauchen.«

»Gedacht, gedacht, gedacht! Ist doch scheiße, Toni. Und dann läufst du auch noch einem von Neuners Leuten in die Arme. Ich tu alles, damit keiner was spitzkriegt, und du gehst hin und machst so was. Da kannst du ihn ja gleich direkt anrufen und ihm alles erzählen.«

»Aber das hat der Ötzi doch erklärt. Der Kollege ist aus Farchant, der wohnt gleich ums Eck. Wer konnte denn ahnen, dass der heut seinen freien Tag hat. Das ist einfach blöd gelaufen.«

»Was heißt hier, blöd gelaufen? Hier geht's um Menschenleben, das muss ich dir doch nicht erklären. Ich mein, so geht das doch nicht. Toni! Dass du dich hast erwischen lassen, ist die eine Sache, aber dass du ihn dann auch noch deine Arbeit machen lässt. Du kannst doch nicht irgendeinem x-beliebigen Dorfschulzen deinen Job überlassen.«

»Ja, ich seh's ja ein, war blöd.«

»Und ob! Und überhaupt, da sagst du dem gleich, was du hier machst, oder wie?«

»Nein, natürlich nicht. Der hat mich irgendwie … also ich bin gerade um Häuslers Haus geschlichen, da stand der plötzlich vor mir. Was sollte ich machen. Dann ist er mit mir zum Wagen, da hat er dann den Ötzi gesehen, und dann war dem natürlich alles klar. Da hat der nicht lange raten müssen.«

»Warum schleichst du auch um Häuslers Haus herum!«

»Ja, Entschuldigung, war blöd. Aber ich wollt doch nur ... Tut mir leid.«

»Toni, ich versteh dich doch. Die ganze Zeit im Auto... War gut gemeint.« Sie fand, dass es jetzt genug war. »Und ihr seid euch sicher, dass der dichthält?«

»Ja, absolut. Er hat gesagt, er kennt dich.«

»Er kennt mich?«

»Ja, du hast ihm versprochen, dass du ihn nicht verrätst, keine Ahnung, was er gemeint hat, irgendwas mit im Auto sitzen anstatt Posten schieben. Schieder heißt er. Sagt dir das was?«

»Ja, sagt mir was. Und du hast ihm eingeschärft, dass er den Häusler nicht aus den Augen lassen darf?«

»Ja, logisch, ich bin ja nicht nur blöd. Der war richtig scharf drauf mitzumachen. Er hat gemeint, dass er frei hat und uns da gerne helfen würde.«

»Und wie hast du ihm klargemacht, dass er dichthalten muss?«

»Ich hab ihm gesagt, dass das eine geheime Aktion ist, von der keiner wissen darf, dass wir dem Täter bereits auf der Spur sind und dass wir auf keinen Fall den Neuner mit einbeziehen wollen, weil es schließlich um sein Umfeld geht und wir ihn auf jeden Fall raushalten wollen.«

»Von Neuner weiß er also nichts.«

»Nein, natürlich nicht.«

»Und das hat er dir abgekauft?«

»Klar. Je geheimnisvoller, desto besser.«

»Toni, Toni, du machst mich echt fertig. Du nimmst jetzt den Wagen und machst deinen Job. Den Ötzi schick ich dir dann, sobald er hier fertig ist. Klar?«

»Klar. Mach ich. Und danke.«

»Und mach deinem neuen Kollegen klar, dass er auf jeden Fall den Mund hält. Mach ihm klar, dass das ein Dienstgeheimnis ist, und wenn er es auch nur seinem Hund erzählt, hat er ein Disziplinarverfahren am Hals, dass es nur so kracht.«

»Ja, mach ich. Aber das wird gar nicht nötig sein, glaub mir, der ist in Ordnung. Der ist ganz gierig darauf, uns zu supporten. Der möchte sowieso hier weg, er hat mich sogar gefragt, ob er bei uns anfangen könnte, also wenn er mit der Fortbildung fertig ist. Im Moment macht er allerdings gerade erst sein Abi nach. Ich hab ihm gesagt, er soll sich melden …«

»Dann soll er das mal machen. Und wenn mich jemand fragt, warum du gegangen bist, sag ich, du hast heute noch nichts gegessen und dass ich dich deshalb weggeschickt habe. Nur damit wir uns da einig sind.«

»Ja, alles klar. War's das dann für mich?«

»Ja, damit ist der Fall für mich erledigt. Es sei denn, es geht doch noch was schief. Also dann, bis später.«

Sie sah Manzoni zu, wie er zu seinem Wagen ging. Als er losfuhr, hob Özokan den Kopf und machte ein schuldbewusstes Gesicht. Ohne ihn weiter zu beachten, stieg sie aus und ging nach hinten Richtung Waldbad. Sie hatte sich bereits während der Fahrt ausführlich mit Tilman unterhalten und nur darauf gewartet, sich Manzoni zur Brust zu nehmen. Weil es nicht das erste Mal war, dass er aus der Reihe tanzte, aber auch, weil er es gegenüber den Kollegen wieder so hingedreht hatte, dass schon alles in Ordnung gehen würde. Auf jeden Fall schlau, hatte Tilman gemeint, Oberwachtmeister Schieder in die Arbeit einzubeziehen, ihn quasi zum Mittäter zu machen. Wobei das sicher nicht Manzonis Intention gewesen war, hatte sie entgegnet. Vielleicht gar nicht so schlecht, beharrte Tilman, jemanden in Neuners Nähe zu haben, der vielleicht entscheidende Hinweise liefern könnte. Aber diesen Gedanken traute sie ihm noch weniger zu. Auf so etwas kam Tilman, nicht Manzoni, dieses wandelnde Bravo-Poster. Vielleicht noch Özokan, wenn er einen guten Tag hatte.

Sie spürte, wie es immer noch in ihr arbeitete. Bisher war nie etwas passiert, aber irgendwann würde etwas passieren, und dann?

Die entscheidende Frage war, ob Manzoni sich noch einmal ändern würde. Sie kannte die Antwort.

Gleich nach Neuners niederschmetternder Nachricht vom Mord an der Stüberlköchin hatte Tilmans Handy geklingelt. Während Ötzi ihn über die veränderte Situation vor Häuslers Haus aufklärte und er ihn über den frischen Mord, rief sie erneut beim Oberstaatsanwalt an. Diesmal gab er sofort grünes Licht. Nur beim Polizeidirektor forderte er weiterhin äußerste Zurückhaltung. Wie das zusammengehen sollte, erklärte er nicht. Typisch, hatte Paulig gedacht, immer schön raushalten, immer schön vage bleiben.

Während sie darüber nachdachte, wie es weitergehen sollte, und Tilman noch telefonierte, entschied sie spontan, ihm die Sonderkommission zu überlassen, die sie in Gedanken gerade zusammenstellte. Dann hätte sie den Kopf frei und er das, was ihm Spaß machte. Er war der geborene Kommunikator. Sie brauchte ihm ja nur zuzuhören. Außerdem, sollte er sich doch mit Manzoni herumärgern, wenn er schon so große Stücke auf ihn hielt.

Am zusätzlich mit einer Eisenkette gesicherten Eingang blieb sie stehen. Es war ewig her, aber die Erinnerungen hatten die Zeiten unbeschadet überstanden. Das überschäumende Gekreische der Kleinen, die bunten Fetzen ihrer Badeanzüge, die überall hingen, nur nicht da, wo sie hingehörten, die von sorgenden Müttern bis zum Zerplatzen aufgepumpten Schwimmflügel, erstaunlich leichtfüßig kamen die Bilder, zum Verweilen schön.

Während Paulig noch überlegte, ob es Sinn machte, den Teil des Wegs, dessen oberes Ende sie bereits abgegangen war und der direkt hier entsprang, noch einmal abzugehen, drängten sich verschiedene Fragen auf. Was wollte Martha Bruckmeier am Lift? Bei dem Wetter, wie sie gestern selbst noch meinte. Hatte jemand sie herbestellt? Oder wurde sie gar nicht hier erschlagen? Und warum musste sie überhaupt sterben? Weil sie einen der beiden Morde beobachtet hatte? Weil sie etwas mitbekommen hatte, was nicht für ihre Ohren bestimmt war? Aber warum hatte der Täter dann nicht gleich zugeschlagen? Warum einen Tag verstreichen lassen? Dreimal die gleiche Art des Tötens, das konnte auf einen Profikiller hindeuten. Aber ein Killer mit einer Eisenstange? Gut, warum nicht. Kein Projektil, kein Stichkanal, nichts, was bestimmte Rückschlüsse zuließ. Aber das würde bedeuten, dass die fünf noch tiefer in dieser Schneemaschinensache drinsteckten. Und das vielleicht nicht einmal wussten. Jedenfalls ging Neuner immer noch felsenfest davon aus, dass es sich um einen Zufall handelte. Doch warum fuhr er dann nach Mittenwald? Auch das musste nichts bedeuten.

Schon seit einiger Zeit hatte sie das Gefühl, dass Kollege Özokan versuchte, ihren Arbeitsstil zu imitieren. Sie war sich nur noch nicht sicher, was sie davon halten sollte. Als sie wieder zurück am Wagen war, stand er oben am Marterl und drehte sich langsam von links nach rechts. Sein Gesichtsausdruck zeigte Ratlosigkeit. Auch die hängenden Schultern machten nicht gerade den Eindruck, als ob er wüsste, was er tat. Als er sie sah, kratzte er sich verlegen am Kopf.

»Und«, schnaufte sie, als sie bei ihm war, und schüttelte sich den Schnee von den Schuhen. »Was denkst du?«

»Ich weiß nicht. Ich steh hier oben und schau.«

Er klang, wie er aussah.

»Und?«

»Keine Ahnung.«

»Was siehst du?«

Sie stellte sich neben ihn und folgte seinem Blick. Den Hang hinunter, über das Dorf, dahinter die unspektakulären Gipfel der Kramergruppe, links davon Zugspitze, Alpspitze, das Wettersteingebirge, Österreich.

»Ehrlich gesagt, nichts.«

»Was hast du erwartet? Lass es einfach wirken. Mehr intuitiv, verstehst?«

»Aha. Und dann?«

»Nichts und dann. Du musst dir jeden Fall wie ein riesiges Puzzle aus Bildern, Eindrücken und Gefühlen vorstellen. Das speichert man ab und nimmt sich dann, was man eben gerade braucht.«

»Klingt kompliziert.«

»Ja, weil du es kompliziert machst. Mach einfach mal nichts. Lass es einfach wirken – und fertig.«

»Das sagst du so einfach.«

»Es ist so einfach. Schau drüber, ohne was zu wollen, und plötzlich, während du so schaust, fällt dir vielleicht was auf, irgendetwas, das dich stört, das dich vielleicht schon die ganze Zeit gestört hat, ohne dass es dir groß aufgefallen wäre. Das holst du dir dann raus und untersuchst es genauer, aber auch wieder ohne Erwartungen. Versuch, neutral zu bleiben, unvoreingenommen. Auch wenn du schon eine Meinung hast, versuch sie wegzudrücken. Aber das klingt schon wieder alles viel zu verkopft. Am besten, du vergisst das alles gleich wieder. Lehn dich einfach zurück und versuche, das Große und Ganze zu sehen. Das klingt zwar auch schon wieder nach Selbsterfahrungsgruppe, aber das trifft es noch am besten. Einfach Hirn ausschalten und wirken lassen. Das ist alles. Ach was, du machst das schon. Aber bitte nicht zu lange. Sonst meinen die Kollegen noch, du spinnst. Also, ich lass dich dann wieder, bis später.«

»Ja, bis später. Ich komm dann auch gleich.«

»Und wie gesagt, locker bleiben. Aber du machst das schon …«

Während sie noch sprach, fragte sie sich, ob Özokan auch nur ansatzweise verstand, was sie ihm zu erklären versuchte, und ob das bei einer Frau anders wäre.

»Ist noch was?«

»Ja, das mit Manzoni.«

»Ich hab ihn wieder auf seinen Posten geschickt, das ist alles.«

»Und jetzt? Du hast ziemlich sauer dreingeschaut, vorhin im Wagen.«

»Wundert dich das?«

»Ja, eigentlich schon.«

»Lass es mich so formulieren. Es geht einfach nicht, dass hier jeder macht, was er will. Der Manzoni hat einfach …«

»Das war nicht nur der Manzoni …«

»Unterbrich mich bitte nicht. Ich weiß, dass du ihn schützen willst, ist aber nicht nötig, ich weiß, wie er tickt. Und mach dir keine Sorgen, das wird keine Konsequenzen haben. Lass dich bitte nur nicht noch mal auf so was ein. Du weißt, ich schätze dich, und ich helf dir, wo ich kann. Du kannst mich alles fragen, jederzeit. Aber bitte keine Alleingänge mehr. Verstanden?«

»Ja, aber …«

»Verstanden?«

»Ja, aber ich kann das nicht so stehen lassen. Wir haben das gemeinsam beschlossen. Ich kann's dir erklären.«

»Ötzi, das interessiert mich nicht, um das geht es auch nicht. Wenn man will, findet man für alles eine Erklärung. Ihr hattet eine Aufgabe. Ihr könnt die nicht einfach abgeben ohne Rücksprache.«

»Ja, aber haben wir doch.«

»Das nennst du eine Rücksprache? Ihr habt Tilman eure Entscheidung mitgeteilt, eine Entscheidung, die ihr nicht zu treffen hattet. Und das in so einer Situation.«

»Ja, aber was hätten wir denn tun sollen?«

»Ganz einfach, mir vorher mitteilen, was passiert ist, gleich nachdem er euch auf die Schliche gekommen ist. Dann hätten wir gemeinsam entschieden, was wir machen. Und wenn du schon unbedingt auch an etwas schuld sein willst, an dir wäre es gewesen, Manzoni davon abzuhalten, um Häuslers Anwesen zu schleichen.«

»Ja, und wie? Der lässt sich doch von mir nichts sagen.«

»Mir schon klar. Deshalb wollte ich auch nicht drüber reden. Aber jetzt ist es wenigstens raus. Das war's jetzt aber auch. Lässt du dich dann von Sabine rüberfahren, wenn ihr hier fertig seid? Und mach diesem Schieder noch mal klar, dass er nichts rauslässt. Und einer von euch beiden könnte zu Frau Bruckmeier gehen, schauen, ob es da vielleicht Kampfspuren gibt. Tilman gibt dir die Schlüssel.«

Auf dem Weg hinunter zum Parkplatz bedachte sie Würfel mit einem fragenden Blick. Er antwortete mit einem kurzen Heben der Augenbrauen. Es war nicht zu erkennen, wie er sich fühlte, und sie würde ihn auch nicht danach fragen. Was sie sah, war der stoische Blick eines Polizeibeamten, zu dessen Tagwerk der Anblick verkohlter Gliedmaßen, herumliegender Gedärme und ausgeräumter Augenhöhlen ebenso gehört wie die Suche nach abgetrennten Köpfen und das Auffinden halbverwester Leichen in irgendwelchen Kellerlöchern – und die Fähigkeit, dem allem möglichst emotionslos gegenüberzutreten. Weil er seine Arbeit machen und dabei irgendwie versuchen muss, all diesen Eindrücken den Weg zu seiner Seele zu versperren, will er nicht jede Nacht mit einer anderen Leiche im Bett aufwachen, in Schweiß gebadet, wild um sich schlagend. Nur nichts anmerken lassen, nur nichts heranlassen, vor allem keine toten Kinderaugen, die sich hinter die Augen seiner beiden Töchter schieben, sodass er wegschauen muss, oder hinter die der Hinterbliebenen, während er anfängt zu zählen, wie lange es wohl diesmal dauert, bis sie begriffen haben, dass er, sie, nicht mehr ist, nie mehr nach Hause kommt, nie mehr lustlos den Schulranzen in die Ecke knallt und erst einmal eine Stunde in Ruhe gelassen werden muss, bevor man gefahrlos fragen kann, wie war die Schule, wie war dein Tag. Und dann sagt er irgendetwas Tröstendes, der Herr Würfel, irgendwas, von dem er weiß, dass es eh für den Arsch ist, aber es hilft ja nichts, irgendwas muss er schließlich sagen, und dann ist er froh, wenn er endlich gehen kann. »Wenn wir sonst noch etwas für Sie tun können?«

Aber dieser Fall? Vergleichsweise harmlos, erfrischend beinahe. Kein Kind, eine alte Frau, kein Gestank, alles schön tiefgefroren, nichts Ausgelaufenes, eine ruhige, eigentlich eine schöne Leiche, und um die Hinterbliebenen, wenn es überhaupt welche gibt, kümmert sich ein anderer, einer von hier. Deshalb hebt er auch nur kurz seine Augenbrauen, als ihn seine Chefin so anschaut. Soll heißen, alles in Ordnung, keine besonderen Vorkommnisse, alles bestens. Aber wenn er schlau ist, der Herr Würfel, schließt er trotzdem eine Dienstunfähigkeitsversicherung ab, damit er nicht im Regen steht, wenn es vielleicht doch einmal nicht mehr passt, wenn er einmal nicht mehr alles im Griff hat, wenn irgendein Fall ihn zerlegt, vielleicht so einer wie der Amoklauf in Winnenden, da sind ganz andere aus den Latschen gekippt. Aber wenn, dann macht er das heimlich, nicht dass jemand meint, er hätte ein Problem, was er nicht hat, definitiv nicht. Und wenn, über alles kann man reden, aber da den Deckel wegzunehmen? Nein. Einmal den Teufel aus der Flasche zu lassen, hieße, ihn nie wieder ganz hineinzubekommen. Und mit jemandem einen Einsatz zu fahren, von dem man annehmen muss, dass er in bestimmten Situationen zu Angstattacken neigt, wer wollte sich das antun. Und was war mit der Karriere? Wenn da etwas durchsickerte. Mein lieber Mann.

»Ich fahr dann jetzt mal«, rief sie ihm zu. »Zu der Wirtin. Der müsste ihre Köchin doch eigentlich auch langsam abgehen. Und lass dir bitte von den Kollegen einen Wagen geben.«

Auch Neuner hatte diesen maskenhaften Blick. In seine Seele hätte sie jetzt gerne geblickt. Für einen Moment befolgte sie ihren eigenen Rat und lehnte sich innerlich zurück. Was, wenn er überhaupt nichts mit der Geschichte zu tun hatte, wenn er genauso fassungslos war, wie er wirkte?

Sie nickten sich zu. Dann stieg sie ein und fuhr vor zum Stüberl.

»Hallo?«

Es dauerte einen Moment, bis Veronica Fischer reagierte.

»Ah, die Kommissarin aus der Stadt. Wieder einen Espresso?«

Die Frau, mit der sich die Wirtin eben unterhalten hatte, sah sie von der Seite an. Paulig kannte diesen Blick. Neugier, gepaart mit dem schlechten Gewissen eines ganz normalen Durchschnittsbürgers.

»Ja, gerne. Einen doppelten.«

»Was zum Essen auch?«

»Nur eine Kleinigkeit. So einen Salat vielleicht.«

Sie bedachte die Frau, die nicht den Eindruck machte, als wäre sie von hier – zu edel die Bekleidung, zu perfekt lackiert die Fingernägel – mit einem kurzen Nicken und setzte sich dann etwas abseits auf die Bank.

»Ich hab grad einen Döner gegessen. Der könnt einen Salat vertragen. Gibt es den auch in klein? Geht das? Guten Appetit übrigens.«

»Danke«, antwortete die Frau – zu dezent der Dialekt.

»Kein Problem. Machen wir. Aber sagen Sie mal«, Frau Fischer stand auf und verschwand hinter die Theke, »was ist denn da los, da hinten? Ist es wegen dem Vincenti Oscar?«

Paulig fühlte die Unruhe.

»Nein, der ist wieder aufgetaucht. Es ist Ihre Köchin, die wir gefunden haben.«

Eine Hand von Veronica Fischer umklammerte den Siebhalter der Espressomaschine, die andere krampfte sich um die Tasse. Langsam wandte sich die Wirtin um.

»Die Martha? Aber … aber doch nicht …« Nur zögernd löste sich ihre Erstarrung. »Nein.«

»Erschlagen. Genau wie die beiden anderen.«

»Das ist ja furchtbar«, hauchte Veronica Fischer und setzte sich an Pauligs Tisch. »Und ich hab mich schon gewundert, wo sie bleibt. Sie sind sich sicher … Ich mein, dass es Martha …« Sie brach ab.

»Leider«, sagte Paulig. »Wenn Sie irgendwas wissen … Haben Sie vielleicht irgendwelche Beobachtungen gemacht? War sie irgendwie anders die letzten Tage?«

»Beobachtungen? Also seien Sie mir nicht böse, aber Beobachtungen. Welche Beobachtungen? Ich mein, das ist die Martha …« Sie stand abrupt auf, ging wieder hinter die Theke, befüllte das Espressosieb und drückte den entsprechenden Knopf, wartete einen Moment und drückte erneut. »Also, das muss ich erst einmal verdauen … Sie sind gut, schneien hier herein, sagen mir, dass die Martha tot ist, und ich soll … Was soll ich denn beobachtet haben?«

Paulig kannte alle Reaktionsmuster. Von Passanten, Freunden, Sexualpartnern, Familienangehörigen, Arbeitgebern, Kollegen, Tätern, gewieften und solchen, die im Grunde nur darauf warteten, endlich alles zugeben zu können. Frau Fischer verhielt sich eindeutig innerhalb der Norm.

»Ja gut, also wenn man so will ….« Erfreulich schnell hatte sie ihre Gefühle wieder im Griff. »Schon seit ein paar Tagen ist sie irgendwie nicht mehr so ganz bei der Sache. Nicht dass sie anders gewesen wäre, also dass sie sich verändert hätte. Mein Gott, sie ist ja nun auch nicht mehr gerade die Jüngste, war… Ich hab mir halt gedacht, jetzt geht's eben langsam bergab mit ihr.«

»Und wie hat sich das geäußert?«

»Sie hat angefangen, Fehler zu machen, hat Bestellungen verwechselt, oder auch einmal eine Beilage vergessen. Nichts Dramatisches. So Kleinigkeiten eben. Und geschmeckt hat's auch nicht mehr so, nicht mehr durchgehend, wenn Sie verstehen, was ich meine. Es hat sogar Beschwerden gegeben. Vorher hat sich nie jemand beschwert. Die ganzen Jahre nicht. Im Gegenteil. Und vorgestern hat sie sich krankgemeldet, auch zum ersten Mal, seit ich sie hab. Ich hab mir da nicht groß weiter was gedacht. Wie gesagt, irgendwann geht's halt nicht mehr so, wie man will. Ich hab mich sogar schon nach einem Ersatz umgehört. Es hilft ja nichts, es muss ja weitergehen.« Sie drehte sich eine Locke aus dem Gesicht. »Bloß gut, dass ich noch meine Mama hab. Aber auf Dauer … Hilft ja nichts… Mama!«, rief sie in die Küche. »Machst du mir einen kleinen Griechen, bitte.«

»Haben Sie eigentlich auch Brezen?«

»Und einen Korb Brezen! Entschuldigen Sie, sie ist schon ein wenig schwerhörig. Ich geh ihr schnell zur Hand, dann geht's schneller. Bin gleich wieder da.«

Paulig goss zu viel Zucker in ihren Espresso. Ohne umzurühren, nahm sie einen Schluck und sah dabei unauffällig zu der Frau, die tat, als würde sie lesen. Ihr Kopf war klein, das Gesicht schmal, die Haare extrem kurz geschnitten, der Mund nicht viel breiter als ein Strich. Auffällig waren ihre Augen, extrem dunkel, beinahe schwarz, vor allem groß. Man hätte sie für eine Südländerin halten können. Eine Schönheit, durchaus.

Als die Wirtin den Salat brachte, bat Paulig sie, sich noch einmal zu ihr zu setzen. Veronica Fischer setzte sich und begann ihre Finger zu kneten.

»Gut, Sie sagen, dass Frau Bruckmeier sich verändert hat. Und was war mit Zimmerl und Summer? Und mit Häusler, Neuner, Vincenti? Waren die auch verändert?«

»Nein. Wie gesagt, der Tod vom Summer und vom Zimmerl, der hat die natürlich mitgenommen. Aber ansonsten …«

»Ich meine die Tage davor? Und auch die beiden Toten.«

»Nein, nicht dass ich wüsste. Die sind ja auch nicht jeden Tag bei mir – eigentlich eher selten. Bis auf den Häusler, der kommt jeden Tag. Aber wenn die hier waren, dann waren die eigentlich immer gleich, ganz normal. Bis auf gestern natürlich.«

»Apropos gestern: Sind sie einzeln gekommen oder zusammen?«

»Zusammen.«

»Und gegangen?«

»Auch, denke ich. Warum?«

»Es könnte immerhin sein, dass die Morde zusammenhängen.«

Veronica Fischer überlegte kurz.

»Doch, alle zusammen. Wie gesagt, die Stimmung gestern, das war nichts. Nein, die drei sind gemeinsam weg. Daran erinnere ich mich genau. Am Schluss war nur noch der Walde da. Das ist der, der hinten am Lift wohnt. Perchtold schreibt er sich. Aber der bleibt immer bis zum bitteren Ende.«

»War sonst noch jemand bei ihnen, jemand, der vielleicht mit den dreien das Lokal verlassen hat? Oder kurz danach oder davor? Der vielleicht mit ihnen geredet hat? Vielleicht jemand, den Sie noch nie hier gesehen haben.«

»Puh. Sie stellen Fragen. Also wer da noch mit hinaus ist, keine Ahnung. Ich hab ja meine Augen nicht überall. Ich bin schließlich allein im Lokal. Aber ein Fremder wär mir aufgefallen. Wie gesagt, gestern … Und überhaupt, die waren nicht so, wie soll ich sagen, speziell mit jedem. Und gestern sowieso nicht. Wer da mit wem gekommen oder gegangen ist … nein, tut mir leid.« Sie hörte auf, ihre Fingerkuppen zu massieren, und sah Paulig groß an. »Sie sagen, Sie können sich vorstellen, dass die Taten zusammenhängen. Aber wie passt die Martha da hinein? Das sind doch zwei ganz verschiedene, also wie soll ich sagen … Welten. Wie soll da …«

»Naja, so mein ich das auch nicht. Eher so, dass Frau Bruckmeier vielleicht in irgendwas hineingeraten ist, dass sie vielleicht etwas beobachtet hat, vielleicht einen der beiden Morde. Sie sagten, Frau Bruckmeier war bereits seit einigen Tagen auffällig – können Sie das präzisieren? War da vielleicht irgendwas?«

»Nein. Also mir ist jedenfalls nichts erinnerlich. Nein, nicht dass ich wüsste.« Frau Fischer stand auf, wischte sich über die Schürze und deutete mit dem Kinn auf drei frische Gäste, die sie erwartungsvoll ansahen. »So, jetzt muss ich aber wieder. Tut mir leid, wenn ich Ihnen nicht helfen konnte.«

»Kann man so nicht sagen. Das war schon sehr aufschlussreich. Und wenn Ihnen noch was einfällt, speziell, was es war, was Frau Bruckmeier so aus der Fassung gebracht haben könnte, Sie wissen ja …«

»Ja, mach ich.«

Während ihrer Unterhaltung hatte Frau Fischer immer wieder zu der Frau mit den kurzen Haaren hinübergesehen. Nicht ostentativ, aber doch so, dass es auffiel.

»Einen Moment noch. Frau Fischer, wissen Sie, ob Frau Bruckmeier Verwandte hatte?«

»Nein, das ist mir nicht bekannt. Sie hat mal was von einer Schwester erzählt. Aber die ist schon lange tot. Und sonst … Bitte seien Sie mir nicht böse«, Frau Fischer nickte noch einmal zu den neuen Gästen, »ich muss. Hilft ja nichts.«

»Hilft ja nichts«, wiederholte Paulig schulterzuckend und stand ebenfalls auf. »Ich muss dann auch wieder. Rufen Sie mich an, jederzeit. Wie gesagt, alles ist wichtig. Kann ich schnell noch zahlen?«

Seltsam berührt, aber ohne dieses Gefühl an irgendetwas festmachen zu können, verließ Paulig das Stüberl. Wusste Frau Fischer mehr, als sie zugab? Möglich wäre es. Oder war sie einfach nur geschockt vom Tod ihrer Köchin, was wiederum verständlich wäre? Oder überlegte sie nur schon, wie sie die freie Stelle besetzen sollte? Wie hatte sie gesagt? Hilft ja nichts.

Als Paulig die Dienststelle betrat, pickte Neuner Leberkässtückchen aus einer Styroporschüssel. Daneben stand ein offenes Glas Essiggurken. Eine dampfende Thermoskanne komplettierte das Stillleben. Irgendetwas schien ihn zu beunruhigen.

»Suchen Sie was?«, fragte Paulig.

»Ah, Sie sind's. Ja, die Tasse.«

»Hier.«

Er hatte sie hinter einen Ordner gestellt. Oder den Ordner davor.

»Haben Ihre Leute schon eine Spur?«

»Nein. Und Ihre?«

Sie schüttelte den Kopf.

»Wollen Sie auch einen Schluck? Der ist gut. Ich weiß jetzt nur nicht, wie er heißt. Kennen Sie *Andreas Teeladen*?«

»Sie meinen den in der Chamonixstraße? Ja, kenne ich.«

Neuner stand auf und holte eine weitere Tasse. An der einzig freien Wand klebten Kinderzeichnungen, vermutlich von seinen Enkeln oder den Schülern einer Grundschulklasse. Alle mit Polizeiauto, Blaulicht und den obligatorischen grünen Männlein, darüber eine Sonne und Wolken. Zwischen den Bildern hing ein Comic-Polizeikalender, der laut einer Direktive des Innenministeriums schon vor Jahren hätte abgehängt werden sollen. Mittlerweile besaß er Kultstatus. Sie hatte ihn gar nicht erst aufgehängt. Das Gedankengut, das er transportierte, war genau das, gegen das sie kämpfte.

»Tja, jetzt ist also passiert, was ich befürchtet habe. Wir haben einen erneuten Toten.«

»Aber Sie denken doch nicht, dass es da einen Zusammenhang gibt.«

»Was denn sonst?«, fragte sie überrascht. »Das liegt doch auf der Hand. Schon alleine die Handschrift. Aber das ist noch nicht alles. Frau Fischer meinte, dass Frau Bruckmeier schon seit Tagen nicht mehr sie selbst war, einmal ist sie sogar einfach gegangen, und das während der Arbeit, und noch ein paar andere Geschichten. Gerade so, als würde sie etwas belasten. Sie hat sich sogar schon überlegt, ihr zu kündigen.« Sie hätte jetzt sagen können, dass das natürlich nichts heißen müsse, dass das genauso gut ihrem fortschreitenden Alter geschuldet sein könne. Dann wäre es dem Herrn Polizeidirektor überlassen, die richtigen Schlüsse zu ziehen, aber sie hatte keine Lust auf Höflichkeitsspielchen. »Ich denke, sie hat etwas beobachtet oder gehört, war vielleicht sogar Zeugin bei einem der beiden Morde, und deshalb musste sie weg.«

»Ja, das mit der Handschrift sehe ich natürlich genauso, daran ist wohl nichts zu deuteln. Aber Ihre Schlussfolgerungen teile ich nicht. Jeder wird doch mal krank, und dass man mal nicht so funktioniert, mein Gott, das haben wir doch alle mal. Und wie alt war die Martha? Ich bitte Sie, das sind doch keine Indizien. Ich meine, dass die überhaupt noch in die Arbeit gegangen ist … Nein, nein. Wie gesagt …«

»Ich weiß, der große Unbekannte.« Sie wusste nicht, über was sie sich mehr wundern sollte, über den Inhalt oder den Ton, den er anschlug. Vielleicht antwortete sie deshalb so ruhig. »Und solange wir nichts wissen, folge ich der einzigen Spur, die wir haben. Wenn wir die Morde an Wolfram Summer und Erwin Zimmerl aufklären, haben wir auch den Mörder von Frau Bruckmeier.«

»Oder umgekehrt.«

»Hm. Nein. Eigentlich nicht. Der Schlüssel für alle drei Morde liegt meines Erachtens eindeutig bei Summer und Zimmerl.«

»Ich weiß nicht. Ich finde, Sie machen sich das zu einfach.«

»Haben Sie eine bessere Idee?«

»Hm.«

»Eben. Und solange konzentriere ich mich auf das, was wir haben.« Sie empfand keinen Genuss bei seinem Anblick. »Ihr gemeinsames Engagement für *TP Snowmaster*.«

Neuner verzog seinen Mund zu einem hilflosen Grinsen. »Kurz hab ich mich gefragt, woher Sie das wissen. Aber das herauszufinden, ist schließlich Ihr Job.«

Paulig ließ ihm Zeit, sich zu sammeln.

»Sie müssen nicht meinen, dass ich nicht schon auch in diese Richtung gedacht hab.« Mühsam klaubte er sich die Worte zusammen. »Ich war heute sogar schon in der Firma.« Falls er für einen Moment daran gedacht hatte, sich in eine Art Vorwärtsverteidigung flüchten zu müssen, genügte ein Blick in Pauligs Augen, um zu wissen, dass das nichts bringen würde. »Aber ich nehme an, das wissen Sie.« Paulig machte weiter keinen Mucks. »Die haben auch keine Ahnung. Es macht ja auch überhaupt keinen Sinn. Wer um Himmels willen sollte denn so was machen? Das macht doch alles überhaupt keinen Sinn ... Aber Sie haben schon recht. Was anderes fällt mir momentan auch nicht ein. Glauben Sie mir, ich hab nicht die geringste Ahnung, wer ein Motiv hätte, den Wolfram und den Erwin umzubringen, und die anderen beiden wissen es auch nicht. Wie gesagt ...«

»Und das ist, wenn man so will, das Problem. Es macht einfach keinen Sinn. Aber tun wir mal so, als würde es diese, Spur ist vielleicht zu gesagt, als würde es diese Verbindung nicht geben.« Sie erwartete einen Einwand, der aber nicht kam. »Was bleibt dann? Was könnten Sie sich vorstellen? Vielleicht liegt der Schlüssel ja in der Vergangenheit? Vielleicht gibt es eine Verbindung zu Martha Bruckmeier, die ich nicht kenne.«

»Eine Verbindung? Zur Martha? Nein, das wüsste ich. Logisch, man kennt sich. Klar, ist ja schließlich ein Dorf. Aber die Martha ... Sie haben sie ja kennengelernt. Nein, das macht ja noch weniger Sinn als ... Und überhaupt, dann müsste der Mörder ja in unserem Alter sein oder sogar in dem von der Martha. Ich bitte Sie, da bringt doch keiner mehr jemanden um.«

»Anscheinend doch.«

»Das muss ein Wahnsinniger sein.« Neuner schüttelte den Kopf. Es sah echt aus. »Ein entlaufener Psychopath vielleicht.«

Nicht schon wieder, dachte Paulig.

»Dann bleibt im Moment nur die Spur zu Ihren gemeinsamen Geschäftsfreunden.«

»Aber so glauben Sie mir doch, da ist nichts.«

»Wollen Sie Polizeischutz?«

»Nein. Um Gottes willen, wie schaut denn das aus. Also, ich meine, so weit sind wir ja nun wirklich nicht.«

»Bitte beauftragen Sie einen Kollegen, dass der Sie unauffällig beschattet.« Sie hatte keine Lust, auch noch auf seine Eitelkeiten Rücksicht zu nehmen. »Und geben Sie ihm bitte meine Handynummer. Ich möchte, dass man mich auf dem Laufenden hält. Was sagt eigentlich Vincenti? Sie sind doch sicher in Kontakt.«

»Der Oscar? Der sieht das so wie ich, also dass das eine nichts mit dem anderen zu tun hat. Oder meinen Sie, einer von uns hat die beiden umgebracht? Und die Martha gleich mit?«

»Sagen Sie es mir.«

Paulig hielt den Atem an. Sie hatte sich hinreißen lassen.

Zu ihrer Enttäuschung überging Neuner ihre Frage, etwas anderes beschäftigte ihn anscheinend mehr. »Sagen Sie, was machen Sie jetzt eigentlich mit der Information, also mit meiner Nebentätigkeit?«

»Nichts. Das ist nicht mein Ressort. Und wenn Sie alles versteuert haben, sollte es da meines Wissens auch kein Problem geben. Aber ich denke, das wissen Sie selbst wohl am besten. Oder von was reden wir?«

»Von nichts! Sie meinen doch nicht, wir haben uns auf irgendwelche Geschichten eingelassen.«

»Keine Ahnung, Sie sagen mir ja nichts.«

»Ja, weil es nichts gibt. Das ist doch nicht die Mafia, das ist ein grundseriöses Unternehmen, für das wir ein bisschen Aufbauarbeit geleistet haben.«

»Haben?«

»Ja, haben. Zumindest im Vergleich zu früher. Oder glauben Sie, wir schlagen uns immer noch die Wochenenden um die Ohren. Ein bisschen halt noch, mehr so aus alter Gewohnheit. So müssen Sie das sehen.«

»Na gut«, sie hatte Mühe, sich zu beherrschen, von wegen ein bisschen, »dann ist ja alles in bester Ordnung.« Sie streckte sich und stand auf. »Stellen Sie bitte auch einen Mann für Vincenti ab. Sicher ist sicher. Herrn Häusler übernehmen wir. Und können Sie bitte aus Weilheim Zivilbeamte anfordern, die unauffällig durch Farchant patrouillieren und leer stehende Scheunen und Hütten kontrollieren?«

»Was meinen Sie, was ich hier mach. Die sind doch schon längst unterwegs, und nicht nur in Farchant. Und jeder, der einen Hörer halten kann, ruft seit gestern die Pensionen und Hüttenwirte an und fragt nach verdächtigen Gästen. Und natürlich unauffällig! Was meinen Sie denn? Meinen Sie, ich will zu allem Überfluss auch noch eine Massenpanik? Ein Kamerateam vom BR war auch schon da. Aber die sind gleich wieder heimgefahren. Ein Anruf beim Innenminister hat genügt. Doch lange ist das nicht durchzuhalten. Ein, zwei Tage vielleicht.«

»Schön. Dann geht ja alles seinen Gang. Ich fahr dann wieder raus und schau mich noch ein wenig um. Hier sind ja schon genug Leute, die über den Akten hängen. Apropos, Oberstaatsanwalt Bernhauer hat mich beauftragt, eine Sonderkommission zu bilden. Kollege Würfel wird sie leiten. Das heißt, wenn Sie nichts dagegen haben.«

»Nein, warum sollte ich. Aber warum leiten Sie die eigentlich nicht selbst?«

»Ich möchte meinen Kopf frei haben, und Kollege Würfel ist perfekt für so etwas. Sie haben ihn ja kennengelernt, der hat das Organisieren sozusagen im Blut. Geben Sie ihm ein gut geheiztes Büro, und er ist glücklich. Ich nehme an, jemand befragt immer noch Angehörige und Nachbarn?«

»Ja, was denken Sie denn. Wir wollen den genauso finden wie Sie.«

»Gut. Sie rufen mich an, wenn ...«

»Ja, sicher, Sie müssen das nicht immer wieder betonen. Ich hoffe, das gilt umgekehrt auch.«

»Selbstverständlich. Ich maße mir hier keine Sonderkompetenzen an. Und ich hätte auch kein Problem damit, wenn Sie den Fall ohne mich lösen würden. Also dann. Herr Polizeidirektor.«

»Sie müssen jetzt nicht beleidigt sein. Es ist nur, also wenn ich mir vorstelle, dass da einer herumläuft, vielleicht sogar einer, den man kennt … Das ist doch ein Albtraum.«

»Keine Sorge. Sie werden sehen, wir kriegen den. Ich hab noch jeden gekriegt.«

»Lassen Sie's gut sein. Ich kenne die Sprüche.«

An der Tür blieb sie noch einmal stehen. »Sagen Sie, gibt es nicht doch vielleicht eine Verbindung? Vielleicht zwischen Zimmerl und Frau Bruckmeier. Beide leben doch in Farchant, und beide sind irgendwie Außenseiter. Vielleicht gibt es da ja was? Wär doch immerhin denkbar. Tja, es wird uns wohl nichts anderes übrig bleiben als …«

»Im Dreck zu wühlen.«

»Wenn es einen gibt, unbedingt.« Sie war froh, dass er selbst den Satz vollendet hatte. »Schließlich sind Sie alle fünf in eine Sache verwickelt, die nicht gerade …«

»Jetzt fangen Sie schon wieder damit an.«

»Tut mir leid, aber wenn mein Kollege das richtig recherchiert hat, bitte unterbrechen Sie mich, wenn ich das falsch sehe, ist es doch so, dass Sie alles tun, um Ihre Tätigkeit für diese Schneekanonenfirma zu verschleiern. Wir haben zum Beispiel kein einziges Foto gefunden, das Sie auf einer dieser Überzeugungsveranstaltungen gemeinsam zeigt – oder wenigstens zu zweit. Oder mit irgendjemandem von dieser Firma. Das hat durchaus etwas Konspiratives. Oder finden Sie das normal?«

»Konspirativ. So ein Schmarrn. Und überhaupt, was heißt das schon. Dann gibt's eben kein Foto, wo wir alle drauf sind. Reiner Zufall. Und außerdem, in meiner Freizeit kann ich machen, was ich will. Sie sagen ja selbst, dass es da kein Problem gibt. Und schließlich bin ich ja nicht in meiner Funktion als Polizeidirektor aufgetreten.«

»Das ist zwar nicht der Punkt, aber es ist trotzdem nicht richtig. Wir haben Fotos, auf denen Sie in Uniform zu sehen sind. Und immer, wenn von Ihnen die Rede ist, heißt es ›Polizeidirektor Joseph Neuner‹.«

»Aber da kann ich doch nichts dafür. Und überhaupt, Sie meinen doch nicht wirklich, dass eine Gemeinde wie St. Anton oder Schruns eine Beschneiungsanlage nur kauft, weil ich das empfohlen habe. So weit geht mein Einfluss …«

»Herr Neuner, bitte! Sie machen das doch nicht zum Spaß … Aber eigentlich wollte ich … Herr Neuner, bitte … Ich wollte dieses Thema nicht vertiefen. Wie gesagt, das interessiert mich nicht. Nur soweit es unseren Fall betrifft. Aber es wirft doch ein gewisses Licht … Bitte lassen Sie mich ausreden, ich bin gleich fertig. Ich will mich hier auch nicht zum Richter aufschwingen. Auf was ich hinaus will, ist, dass wir jetzt schon drei Tote haben und dass wir es uns nicht leisten können, einen möglichen Ansatz einfach links liegen zu lassen, nur weil der gewissen Leuten nicht passt, die Dinge am Laufen haben, die sie lieber unter der Decke halten wollen.«

»Konspirativ, meinen Sie?«

»Genau. Und ich finde nicht, dass Sie das ins Lächerliche ziehen sollten.«

»Glauben Sie mir, mir ist nicht nach Lachen zumute. Aber ich wüsste wirklich nicht, was das wäre …«

»Gut«, beendete sie die Unterhaltung. »Wir halten uns gegenseitig auf dem Laufenden. Bis später also.«

»Ja, bis später. Bleiben Sie hier? Ich meine, wieder über Nacht?«

»Ja. Bei meinen Eltern.«

Sie setzte sich in ihren Wagen, schaute auf die Straße und lauschte den Abrollgeräuschen der vorbeifahrenden Autos. Dann fuhr sie zurück zum Kreuz und seinem Baum. Hier war es ruhig, hier hatte alles begonnen. Sie stellte sich hin und dachte nach.

Wo sind wir?

In Wolfram Summers Haus und Praxis, in der Klinik, ebenso bei Erwin Zimmerl und Frau Bruckmeier. Gut. Häusler, Vincenti und Neuner werden ebenfalls durchleuchtet. Mal schaun. Beamte in Zivil durchstreifen die Gegend, befragen die Hüttenwirte, gehen von Haus zu Haus, der Rest hängt am Telefon oder sucht nach vergleichbaren Fällen.

Was haben wir?

Nichts außer den Geldeingängen von *TP Snowmaster.* Fangen wir eben wieder damit an. Gleich der nächste Gedanke war eine Überraschung. Bisher war sie wie selbstverständlich davon ausgegangen, Neuner hätte ihr gesagt, wenn diese Schneemeister einen Verdacht hegen würden. Was, wenn nicht? Und immer wieder der eine Gedanke, der sich ungefragt zwischen die anderen drängte: Wer würde der Nächste sein? Wenn es überhaupt noch einen Nächsten geben würde. Und wenn doch etwas ganz anderes dahintersteckte? Aber was? Es gab keinerlei Anhaltspunkte. Für nichts. Weder für eine Beziehungstat noch für einen durchreisenden Serientäter.

Ihr Blick fiel auf das himmelblaue Dach des Volvo. Der Gedanke an sein warmes Inneres ließ sie frösteln, und der Hitzeschub von gestern war nicht vergessen. Sie ging zurück.

Und wenn es doch ein Geistesgestörter ist, der sich hier noch irgendwo versteckt hält? Dann müsste ich ganz Farchant unter Beobachtung stellen, Beamte von Haus zu Haus gehen lassen und jeden Einzelnen davor warnen, nach Anbruch der Dunkelheit vor die Tür zu gehen. Und nicht nur Farchant. Mit Schaudern dachte sie daran, wie in ihrer Kindheit einmal ein einsamer Streifenwagen durch die Siedlung gefahren war und über Lautsprecher alle Leute vor einem Serientäter gewarnt hatte. Nachdem alle Bescheid gewusst und sich ausgetauscht hatten, hatte niemand mehr groß darüber geredet. Ob sie ihn jemals gefangen hatten? Egal. Auf jeden Fall werden in Kürze Dutzende von Kamerateams auftauchen und das ganze Tal in Panik versetzen, zumindest die Leute vom Fremdenverkehr.

Die gebürtige Werdenfelserin – in der Stadt ging ihr die Heimat nicht ab, aber wenn sie hier war, ergriff sie eine Sehnsucht, die mit Worten nicht auszudrücken war – drückte sich in den Sitz, drehte ein wenig an der Lehne und griff zum Telefon.

»Sabine? Wo bist du?«

»Auf dem Heimweg. Ich war noch schnell bei Martha Bruckmeier daheim. Aber da war nichts. Der Auffindeort ist zugleich der Tatort.«

»Wie weit seid ihr mit der Tatwaffe? Habt ihr schon eine Idee?«

»Ja, haben wir. Dr. Prinz hat ein paar Golfschläger mitgebracht, und ich hab ein passendes Stahlrohr aufgetrieben und einen Besenstiel. Wir haben festgestellt, dass es mit allen drei Gegenständen möglich gewesen wäre.«

»Na toll.«

»Jetzt wart doch mal ab. Ich sagte, möglich. Der Besen scheidet eigentlich aus. Holz ist zu leicht. Da braucht man schon verdammt viel Kraft, um so eine Spur zu legen. Außer man spielt Golf. Dann hat man die nötige Technik, um das auszugleichen. Ich sprech jetzt erst einmal nur von dem Schlag von vorne in den Bauch. Der Schlag ins Genick ist nicht das Problem. Das schaff ich auch mit dem Besenstil. Also ich nicht, aber der Dr. Prinz hat's geschafft. Der ist aber auch Golfer. Deshalb sind wir auch eher beim Golfschläger als bei der Eisenstange. Obwohl es die Eisenstange natürlich auch gewesen sein kann. Aber da hätte es vielleicht Anhaftungen gegeben. Rost, Schmierfett oder irgendetwas in der Art. Bei einem Golfschläger hast du nichts, der ist glatt wie ein Kinderpopo. Also wenn ich eins und eins zusammenzähle, also die nötige Technik und das richtige Werkzeug, keine Anhaftungen, dann bin ich tatsächlich beim Golfschläger. Dr. Prinz hat gemeint, gleich in der Nähe ist ein Golfplatz.«

»Also ist der Mörder ein Golfspieler.«

»Nein, das kann man so natürlich nicht sagen. Aber ich hab's erst mal so an Yasmin weitergegeben. Vielleicht gibt es ähnliche Fälle in der Kartei. Hast du schon einen Verdächtigen, vielleicht einen, der Golf spielt?«

»Das ist es ja, ich habe überhaupt keinen Verdächtigen. Aber ich geb's weiter. Ich nehme an, dass Frau Bruckmeier …?«

»Ja, ist identisch.«

»Weil du gerade gemeint hast, dass der Dr. Prinz das … An was habt ihr eure Versuche eigentlich gemacht…? Hallo? Sabine…? Bist du noch dran?«

»Sag ich nicht.«

»Aha … Wir bleiben in Verbindung.«

»Klar.«

»Halt, noch was. Hat Yasmin mit dir gesprochen wegen der beiden Alten von der Waltherstraße?«

»Ja, hat sie. Du hast recht gehabt, die beiden haben sich mit Schlaftabletten umgebracht und zur Sicherheit den Kamin abgedichtet. Unter seinen Fingernägeln habe ich Zement gefunden. Die haben nichts dem Zufall überlassen.«

»Eindeutig?«

»Ja, eindeutig. Von mir aus könnt ihr den Fall abschließen.«

»Den Wohnungseigentümer wird's freuen.«

»Unbedingt. Der kann jetzt endlich sanieren. Hast du eigentlich seine Handynummer? Ich such eh grad was. Und die Gegend wäre nicht schlecht.«

»Hast du geerbt?«

»Sagen wir so, ich hab gespart, und meine Eltern legen was drauf. Hast du die Nummer?«

»Schau mal in die Unterlagen, da müsste eine Visitenkarte sein. Habt ihr eigentlich irgendwo Verpackungen gefunden?«

»Nein, nirgends, und die Müllabfuhr war auch schon da. Also ich denke, die wollten den bewusst ins Gefängnis bringen. Ganz schön hart.«

»Wie heißt es so schön: Hüte dich vor den Alten, denn sie haben nichts zu verlieren.«

»Das sind ja schöne Aussichten.«

»Du sagst es. Wohl dem, der im Alter seine eigene Hütte hat.«

»Wie bist du denn heute drauf. Habt ihr vielleicht Föhn?«

»Nein, eigentlich nicht. Aber vielleicht hab ich den nur noch nicht mitbekommen. Also dann, wir hören uns.«

Alles, was nicht Schnee war, versank nach und nach im diffusen Licht der Dämmerung. Unglaublich, dachte Paulig, so ein Wintertag ist weg wie nichts. Sie informierte die Kollegen und ließ sich die Telefonnummer von Familie Häusler geben. Mit Vincenti würde sie morgen telefonieren. Aus der Befragung im Präsidium würde wohl wieder nichts werden. Aber vielleicht hatte es eh mehr Sinn, die beiden zu Hause zu befragen. In der geschützten Atmosphäre seines Heims hatte schon mancher die Kontrolle verloren und sich verraten.

»Häusler hier. Grüß Gott.«

Wären sie sich nicht schon einmal begegnet, hätte sie nicht sagen können, ob sie ihn oder seine Frau am Telefon hatte.

»Grüß Gott, Herr Häusler, Hauptkommissarin Paulig hier. Ich würde mich gerne eine wenig mit Ihnen unterhalten. Haben Sie gerade Zeit?«

»Jetzt gleich? Am Telefon?«

»Nein, bei Ihnen, wenn es Ihnen nichts ausmacht. Ich bin gerade in der Nähe. Das mit Frau Bruckmeier wissen Sie, nehme ich an?«

»Ja. Der Joseph hat mich informiert.«

»Gut.«

»Was heißt gut. Gar nichts ist gut.« Das hohe Dröhnen seiner Stimme konnte die Angst nicht überdecken. »Erst der Wolfram und der Erwin, dann die Martha. Der Joseph hat mir schon gesagt, was Sie denken, dass das eine Handschrift ist und so. Mein Gott, können Sie nicht schauen, dass Sie den schnell fangen? Und dass Sie mir vielleicht auch jemand vor die Tür stellen, also zumindest so lange, bis Sie ihn haben. Der Joseph hat eigentlich gemeint, da wär schon jemand, aber mir ist keiner aufgefallen.«

»Warum denken Sie, dass jemand was von Ihnen will?«

»Er hat gesagt, dass Sie das denken. Wegen unserer Kontakte zu der Firma aus Mittenwald und dass die Martha da irgendwie dazwischengeraten ist.«

»Und?«

»Nichts und. Da ist nichts. Ich weiß jedenfalls von nichts. Aber vielleicht wissen Sie ja mehr. Deshalb sollen Sie mir ja jemand vor die Tür stellen. Nicht, dass da doch was ist.«

»Ehrlich gesagt haben wir da schon jemanden hingestellt. Aber sagen Sie …«

»Mir ist keiner aufgefallen.«

»Das soll es Ihnen auch nicht.«

»Warum?«

»Das will ich Ihnen gerne erklären. Aber nicht am Telefon.«

»Gut, kommen Sie ruhig. Meine Frau macht eh grad Kaffee.«

»Wunderbar. Dann bis gleich.«

Kurz entschlossen ging sie zu Fuß, nahm sogar extra einen kleinen Umweg. Als sie das Georgistüberl passierte, verließ eine Frau, die sie als die Mutter von Frau Fischer identifizierte, das Lokal.

Anstatt Pauligs Gruß zu erwidern, erklärte sie: »Mir ham scho zua. Um fünfe wieder. Und Essen um sechs.«

»Nein, nein. Ich hab schon gegessen. Vorhin Ihren Salat. Der war übrigens ausgezeichnet.«

Sofort veränderte sich der Gesichtsausdruck der Alten.

»Wirklich? Das freut mich aber. Dann kommens nur recht bald wieder, wenn's Ihnen bei uns so gut schmeckt.« Sie drehte sich um und ging.

»Ja, mach ich.«

Bin schon gespannt, dachte sie, wie ich einmal sein werde, wenn ich alt bin. Nach wenigen Schritten fiel ihr auf, dass die alte Frau Fischer einen kleinen Gehfehler hatte. Linksgalopp, dachte Paulig, bei Pferden nennt man das Linksgalopp, sie war sich allerdings nicht sicher.

Bevor sie weiterging, war ihr, als habe sie hinter einem der Fenster die Wirtin und die Frau mit den großen Augen gesehen. Als sie sich umdrehte, waren sie weg.

Auf der dem Besuch zugedachten Seite des Tischs, auf einem Teller mit Pfauenaugendekor, ruhte ein großzügig bemessenes Teil eines Aprikosenkuchens, den Frau Häusler als Torte angekündigt hatte. Die Schnittkanten waren glatt gezogen, kein herabgefallener Brösel störte den Auftritt. Rechts daneben, auf einer Stoffserviette, die nicht den Eindruck machte, als wollte sie benutzt werden, ruhten eine kleine Gabel und ein Kaffeelöffel. In der Mitte des Tischs stand die Kaffeekanne. Ihre Gastgeber hatten nur je eine Tasse Kaffee vor sich. Auf Pauligs Frage meinte Frau Häusler, sie hätten schon gehabt. Hinter ihr tickte eine Kuckucksuhr, in der Küche summte die Spülmaschine. Die Wände waren halb hoch vertäfelt, ebenso die Decke, die einen Großteil des Lichts schluckte. Die sichtbaren Mauerteile waren handverputzt, rund und weich, wie die milde Wärme des Kachelofens, die jeden sofort umschloss wie eine zweite Haut.

So schaut Heimat aus, dachte Paulig. Hier lässt sich's aushalten.

Nach ein paar Bissen legte sie die Kuchengabel zur Seite und fasste zusammen, was bisher geschehen war. Als sie den Schneekanonenhersteller erwähnte – die Verfolgung Neuners ließ sie aus –, machte Häusler ein schuldbewusstes Gesicht. Seine Frau saß regungslos daneben. Erst auf die Frage, ob er sich denn vorstellen könne, wer Wolfram Summer und Erwin Zimmerl und vielleicht sogar Martha Bruckmeier auf dem Gewissen haben könnte und vielleicht noch anderen nach dem Leben trachtete, wurde sie lebendig.

»Wer soll uns denn was wollen?«, antwortete sie weniger verzagt als erwartet. »Wir tun doch niemandem was. Und außerdem, wer sagt denn, dass das zusammengehört. Mein Mann hat's Ihnen doch am Telefon schon gesagt, da ist nichts. Der Joseph, der glaubt das auch nicht, der sagt auch, dass das alles ein Zufall ist. Und der Oscar auch. Ein Verrückter wahrscheinlich. Und was das bisserl Schneekanonenverkaufen angeht, das ist doch nur gut. Damit was vorwärtsgeht mit der Wirtschaft.«

Ihr Mann wand sich, vermied aber jeden Kommentar.

»Hat Ihre Frau davon gewusst, Herr Häusler?«, fragte Paulig.

»Ja, freilich. Was denken Sie denn«, gab er muffig zurück.

»Das ist ja schließlich kein Verbrechen«, erklärte Frau Häusler.

»Wenn man alles korrekt versteuert«, ergänzte Paulig mit einem fragenden Unterton.

»Da brauchens keine Angst haben. Ich hab jedenfalls kein Konto in der Schweiz, wenn Sie das meinen«, sagte Häusler.

Paulig hatte nicht vor, das Thema zu vertiefen. Übergangslos kam sie auf die beiden Beamten zu sprechen, die das Haus beobachteten. Wenn Häuslers wollten, könnte sie einen der beiden bitten, ins Haus zu kommen. Aber eigentlich denke sie nicht, dass der Täter, der bereits dreimal nach demselben Muster gehandelt hatte, seine Vorgehensweise ändern sollte. Wenn also überhaupt Gefahr drohe, dann draußen. Und das hätten sie im Griff, schließlich seien sie gewarnt. Das Problem wäre nur, und da wolle sie ganz offen sein, dass es außer dieser Schneekanonengeschichte im Moment keine andere Spur gebe, der sie folgen könnten. Im Moment könne man nur abwarten und weiter im Nebel stochern.

»Und was heißt das jetzt?«

»Dass ich Sie bitte, nachzudenken, ob es nicht doch etwas gibt. Und wenn es nur deshalb ist, weil sie drei die Letzten sind, die mit Herrn Summer und Herrn Zimmerl zusammen waren und wir sonst keine andere Spur haben, zumindest im Moment.«

Häusler starrte vor sich hin. Es sah nicht aus, als würde er nachdenken, eher wie eine Art Brüten, in das er von einem Moment auf den anderen gefallen war. Sie wollte bereits weiterreden, als er reagierte.

»Mein Gott, das ist doch Wahnsinn!«

Ein kurzer Ausbruch aus der Tiefe seines Seins, dem nichts folgte.

Paulig wartete einen Moment, bevor sie sagte: »Polizeidirektor Neuner hat mir aus Ihrer gemeinsamen Jugend erzählt.«

»Aha. Und was?«

»Naja, dass Sie ziemlich wilde Kerle waren.«

»Sonst nichts?«

»Wieso? Gibt es da was?«

»Nein, eigentlich nicht.«

»Was meinen Sie mit eigentlich?«

»Ich hab nicht eigentlich gesagt.«

»Doch, haben Sie.«

»Nein.«

»Gut, dann eben nicht.«

»Jetzt sekkieren Sie doch meinen Mann nicht so«, schaltete sich Frau Häusler ein. »Was soll denn da schon gewesen sein. Sie meinen doch nicht im Ernst, dass da heute noch wer kommt und was will! Wegen was denn, wegen einer alten Wirtshausschlägerei vielleicht?«

»Das frage ich Sie.« Paulig hatte Häusler keinen Moment aus den Augen gelassen. »Ich weiß das ja nicht. Ich war nicht dabei. Ich versuche nur herauszubekommen, was ein möglicher Grund sein könnte.«

»Vielleicht eine Verwechslung«, sagte er dumpf.

Interessant, dachte Paulig, öfter mal was Neues.

»Die waren doch alle gleich«, ereiferte sich Frau Häusler weiter, »da hat doch keiner dem anderen was geschenkt.«

»Was meinen Sie damit?«

»Ja, gerauft eben, so richtig. Krankenhausreif. Und Weibergeschichten halt.«

»Frau Paulig, bitte seien Sie ihr nicht böse«, Häusler legte eine Hand auf die seiner Frau, »aber das ist alles ein bisschen viel für uns. Ich mein, wir sind hier schließlich in Farchant und nicht in Chicago. Hier hat noch nie einer jemanden umgebracht. Und jetzt gleich drei innerhalb von zwei Tagen. Glauben Sie mir, ich weiß wirklich nichts. Und schon gar nicht, warum irgendwer die Martha umbringen sollte. Ich mein, der Wolfram und der Erwin, ich mein, das waren wenigstens Männer.«

»Tja«, sagte Paulig, »da kann man wohl nichts machen. Da heißt es eben weitersuchen. Ich geb Ihnen auf jeden Fall mal meine Visitenkarte. Auf die Rückseite schreibe ich die Handynummer der Kollegen draußen im Wagen. Wenn Sie das Haus verlassen, rufen Sie die bitte an. Wie gesagt, vielleicht täusche ich mich ja, vielleicht haben Sie recht. Aber so lange …«

»Ja und wie lang?«, fiel Frau Häusler ihr ins Wort. »Ich mein, wie lang sollen die da draußen auf uns aufpassen?«

»Das weiß ich auch nicht. Vermutlich so lange, bis wir ihn haben.«

»Aber das kann ja ewig dauern.«

»Ich hoffe nicht.«

»Aber was ist, wenn Sie ihn nie finden? Sie können doch nicht ewig auf uns aufpassen.«

»Ewig nicht. Immer gesetzt den Fall, der meint tatsächlich ...«

»Und wie lang dann?«

»Wie gesagt, das kommt darauf an.«

Paulig hatte sich mittlerweile daran gewöhnt, von Frau Häusler wie ein besserer Dienstbote behandelt zu werden.

»Sie meinen«, sagte Herr Häusler, und seine Stimme zitterte, »je schneller er weitermacht, umso eher die Chance, dass Sie ihn erwischen, also auf frischer Tat, wie man so sagt.«

»So würd ich das nicht sagen, also nicht zwingend. Aber so könnte es natürlich kommen. Wenn meine Vermutung stimmt.« Irgendetwas arbeitete in ihm. Sie sah es ihm an. »Ich würde es Ihnen also nicht übel nehmen, wenn Sie woanders hingehen würden, solange der Täter frei herumläuft. Oder wenigstens so lange, bis wir ausschließen können, dass er einen von Ihnen meint. Wie gesagt, ich glaub das ja auch nicht. Aber bis wir das hundertprozentig ausschließen können, wäre es vielleicht das Beste.«

»Wir könnten doch wo hinfliegen, Karl-Friedrich.« Frau Häusler sah ihren Mann fragend an. »So lange, bis sie ihn haben, und dann kommen wir wieder zurück? Das halten wir schon eine Zeit lang aus. Wirst sehen. Wir zwei.« Ihre Augen leuchteten. »Der Waldemar und die seine fliegen doch auch alle naselang wohin. Das könnten wir doch auch einmal machen.«

Lufti Häusler schüttelte den Kopf.

»Aber warum denn nicht? Du hast doch gehört, was die Frau Kommissarin gesagt hat.«

Auch ein kleiner Schubs gegen den Oberarm brachte ihn nicht dazu, sich zu bewegen.

»Karl-Friedrich, jetzt komm! Gib dir einen Ruck. Das wär doch mal eine Gelegenheit.«

Weder ihre lockenden Worte noch ein zweiter Rempler brachten ihn aus dem Gleichgewicht.

»Wir bleiben da, bis es vorbei ist.« Häusler schüttelte erneut den Kopf. »Man kann nicht immer nur davonlaufen. Und außerdem, denk an die Beerdigung. Ich kann doch den Joseph und den Oscar nicht alleine zur Beerdigung gehen lassen. Wie schaut denn das aus. Ich mein, das sind der Wolfram und der Erwin. Schon allein deshalb.«

Paulig ließ ihnen Zeit, ihre Gefühle zu sortieren. Als der Geschirrspüler fiepte, sah sie kurz von Herrn zu Frau Häusler. Oft genug war es nicht mehr als der Ton, der sie bei Befragungen dazu brachte, noch einmal nachzuhaken, aber diesmal doch eher der Inhalt. Was hatte er gesagt? »Man kann nicht immer nur davonlaufen?«

»Ich frage Sie jetzt noch einmal: Gibt es etwas, was ich wissen sollte?«

»Nein!« Häusler schlug mit beiden Händen auf den Tisch und starrte ihnen verwundert hinterher. »Möge der Herrgott mit uns sein.«

Für einen Moment war sie sich nicht sicher, ob sie sich verhört hatte. Fehlt nur noch, dass sie sich bekreuzigen, dachte sie schaudernd und stand auf. Im letzten Licht der verlöschenden Wintersonne überkam sie die Vision von betenden Bauern.

»Sie bleiben also dabei.« Ihre Stimme klang gequetscht. »Wenn Ihnen doch noch was einfällt, geben Sie uns bitte Bescheid.«

»Nein, nein, das passt schon. Sie werden den schon kriegen.«

Er klang – Paulig fand kein passenderes Wort – gefasst.

Beider Gesichter waren grau wie ihre Jogginganzüge. Abgekämpft, dachte Paulig. Auf eine merkwürdige Weise gerührt – eigentlich gab es keinen Grund, besonders die Frau war eine Zumutung –, verließ sie das Haus und ging zum Wagen der Kollegen. Vielleicht lag es an der Endgültigkeit des Alters, die ihr beim Anblick der beiden zu Bewusstsein gekommen war, daran, dass es keine Zukunft gab, nur noch kleine Fluchten und die Illusion von einem Leben danach.

9

Ich finde, das passt zu ihm«, meinte Özokan.
»Findest du? Also mich hat das überrascht.«
»Du schaust ja auch kein türkisches Fernsehen.«
»Nein, eher weniger.«
»Eben. Dieser Häusler kommt mir vor wie ein anatolischer Ziegenhirte aus der Fernsehwerbung, er schaut auch so aus. So ein richtiger Mann aus den Bergen. Die sind auch so. Nur nicht nachgeben, und wenn's den Tod bedeutet.«
»Aha. Wann kommt eigentlich eure Ablösung?«
»Noch zwei Stunden, dann fahren wir heim. Gibt's sonst was Neues?«
»Nein, bei mir nicht. Aber ich wollte eh gerade Tilman anrufen.«
Sie wünschte einen schönen Feierabend, drehte sich weg und griff zum Handy.
»Tilman, gibt's was Neues? … Gut … Hm, also bei dir auch nichts … Verstehe… Hast du die Nummer von diesen Beschneiungsfritzen zur Hand? … Danke. Übrigens, ich hab den Neuner gebeten, einen Beamten zu seinem Schutz abzustellen … Ah, weißt du schon … Ich weiß auch, dass nichts bewiesen ist. Aber irgendwie muss ich, wie soll ich sagen, Druck in den Kessel bekommen … Schön, dann sind wir uns ja einig.«

Auf dem Weg zum Wagen, der Rest des Tages verlor sich eben im Schein einer Handvoll Straßenlaternen, rief sie an.
»*TP Snowmaster*, Sie sprechen mit Frau Kosič, was kann ich für Sie tun?«
»Hauptkommissarin Paulig hier, ich …«
»Einen Moment bitte. Ich stelle durch.«
Das geht ja schnell, dachte Paulig verwundert.

»Pelzer hier!«, bellte es so laut in ihr Ohr, dass sie spontan das Handy vom Kopf riss. »Ich habe Ihren Anruf erwartet. Machen wir's kurz: Die fünf Herren arbeiten für uns beziehungsweise haben. Aber alles korrekt, alles sauber versteuert, uns pinkelt hier nämlich keiner ans Bein. Bei uns finden Sie nichts, aber auch schon gar nichts! Ich hoffe, wir verstehen uns. Sonst noch was!?«

Paulig horchte einen Moment in die entstandene Stille und legte auf. Dann wählte Sie erneut und bat Frau Kosič, sie doch bitte mit jemandem zu verbinden, der nicht kurz vor der Einweisung in die Psychiatrie stehen würde.

»Tut mir leid, aber Herr Dr. Pelzer ist der Einzige, der Bescheid weiß über unsere externen Berater. Chefsache, Sie verstehen. Tut mir wirklich leid. Wenn Sie bis nächste Woche warten können, dann ist auch Herr Trapp wieder im Haus. Der weiß ebenfalls Bescheid. Aber wenn ich Ihnen einen Tipp geben darf, überhören Sie Herrn Pelzers Ton einfach. Der steht im Moment ziemlich unter Druck.«

»Danke«, antwortete Paulig, »dann versuchen wir es eben noch einmal.«

»Sie schon wieder!«, bellte es erneut aus dem Hörer. »Wieso haben Sie denn aufgelegt? Oder ist Ihnen das Telefon aus der Hand gefallen … Hallo?«

»Herr Dr. Pelzer?«

»Ja, der bin ich. Und jetzt sagen Sie schon endlich, was Sie von mir wollen.«

»Mich ein wenig unterhalten.«

»Sehr witzig. Was meinen Sie, wie mein Terminkalender aussieht. Sie haben Glück, mich überhaupt im Büro zu erreichen. Unterhalten. Sie machen mir Spaß.«

»Herr Dr. Pelzer«, je lauter ihr Gegenüber wurde, umso ruhiger wurde sie, normalerweise, »wir sind hier mitten in einem Mordfall. Jetzt sind es, wie Sie sicher wissen, bereits drei Tote. Wenn ich Sie also bitte, sich etwas Zeit für mich zu nehmen, ist das eigentlich keine Bitte, sondern eine Aufforderung, der Sie nachkommen sollten. Ich mache es Ihnen eh einfach, indem ich zu Ihnen komme. Ich kann Sie genauso gut einbestellen, wenn Ihnen das lieber ist. Also, wann haben Sie Zeit?«

»Ich hab überhaupt keine Zeit.«

»Sie werden sich wohl oder übel Zeit nehmen müssen.«

»Ja, hören Sie schlecht! Ich hab keine Zeit! Ich hab auch nichts zu sagen. Oder meinen Sie, ich hab den Summer und den Zimmerl umgebracht und diese Dings, diese Köchin gleich mit? Ich glaub, Sie wissen gar nicht, was Sie da überhaupt reden, Ach was. Ich leg jetzt …«

»Wenn Sie das machen, lass ich Sie abholen. Und wenn Sie nicht mehr da sind, lass ich nach Ihnen fahnden. Und bitte tun Sie mir den Gefallen und schreien Sie nicht so ins Telefon. Ich bin nicht taub. Also, ich bin dann so in zwanzig Minuten da. Ist Ihnen das recht? Gut. Ich fahr dann jetzt los. Und tun Sie uns beiden den Gefallen und seien Sie da. Danke. Bis gleich.«

Ohne ihn noch einmal zu Wort kommen zu lassen, legte sie auf und fuhr los. Dass ihre Blutbahn doch etwas Adrenalin abbekommen hatte, merkte sie am Aufheulen des Motors und daran, dass der Wagen sich trotzdem keinen Millimeter bewegte. Sie probierte es erneut, diesmal mit eingelegtem Gang. An der Kreuzung fiel ihr ein, dass sie immer noch mit dem Wagen ihres Vaters unterwegs war. Aber jetzt noch schnell nach Oberau zu fahren, dafür fehlte die Zeit. Zwanzig Minuten waren zwanzig Minuten, da konnte sie jetzt nicht mehr zurück.

Auf der Bundesstraße wählte sie Vincentis Telefonnummer. Eine alterslose Stimme fragte nach Name und Grund ihres Anrufs. Sie sagte Paulig und Kriminalhauptkommissarin und Herr Vincenti wisse schon. Dann lauschte sie in die Stille. Während sie wartete, trat sie ein paarmal vorsichtig auf die Bremse.

»Vincenti!«

Mittlerweile ist es ja üblich, statt der kompletten, dreiteiligen Grußformel, bestehend aus dem eigentlichen Gruß, Nennung des Namens und der Frage nach dem Grund des Anrufs, nur mehr den Nachnamen zu nennen und ihm einfach ein Fragezeichen zu verpassen. Nur die wenigsten verwenden stattdessen ein Ausrufezeichen. Bei Paulig waren es heute schon zwei.

»Grüß Gott, Kriminalhauptkommissarin Paulig. Haben Sie einen Moment für mich?«

Diesmal parkte sie direkt vor der Tür.

Die Frau, die sich am Telefon mit Kosič vorgestellt hatte – flächiges Gesicht, die Haare mit einem dünnen Goldreif zurückgehalten –, blickte über den Rand ihres Monitors. »Sie sind also die Frau Kommissarin. Bitte gehen Sie gleich rauf. Erster Stock. Sie werden schon erwartet.«

»Ah, da sind Sie ja. Dr. Andreas Pelzer. Guten Tag. Kriminalhauptkommissarin Paulig, gell? Bitte nehmen Sie Platz. Entschuldigen Sie, aber wir haben im Moment so einen Stress. Hauptsaison, können Sie sich ja vorstellen. Wie gesagt. Und entschuldigen Sie bitte wegen vorhin am Telefon. Da war ich vielleicht etwas vehement. Also bitte stellen Sie Ihre Fragen. Ich werde versuchen, sie so gut ich kann zu beantworten.«

»Das freut mich.« Wie ausgewechselt, dachte sie verblüfft. »Dann wollen wir mal ...«

Das angebotene Glas Sekt lehnte sie ab, ebenso den Glühwein, nicht aber Tee und Baumkuchen. Sie hatte Plätzchen erwartet.

Andreas Pelzer trug einen blauen Anzug, weißes Hemd und Krawatte. Er war groß, sein gebräunter Schädel rasiert, die Stoppeln leuchteten weiß. Wenn er sich bewegte, konnte sie seine Muskeln erkennen. Etwas unpassend war sein Schuhwerk. Giftgrüne Trekkingschuhe. Es dauerte, bis sie begriff, dass es umgekehrt war: Pelzer war ein in die Jahre gekommener Extremsportler, den sein Beruf in einen Anzug gezwungen hatte.

»Tja, tut mir leid, dass ich nicht mehr für Sie tun konnte.« Nach der zweiten Tasse Tee war sie genauso schlau wie vorher. »Aber Sie meinen doch nicht wirklich«, Pelzer senkte seine Stimme zu einem unnötigen Murmeln, »dass die drei die Nächsten sind? Außer natürlich, die hatten was am Laufen, von dem ich nichts weiß. Aber das glaub ich nicht. Und überhaupt, was sollte das denn sein? Aber nicht, dass Sie das jetzt in den falschen Hals bekommen, meine Anteilnahme ist rein privater Natur. Wissen Sie«, er stand auf und schenkte sich noch ein Glas Glühwein ein, »die Zeiten, wo die fünf die großen Aufträge an Land gezogen haben, sind längst vorbei. Also die späten Achtziger-, Neunzigerjahre. Aber eines steht fest: Ohne Häusler und Co. wären wir heute mit Sicherheit nicht da, wo wir sind. Auf jeden Fall wären wir heute nicht die Nummer eins. Das haben wir eindeutig unseren fünf Goldkehlchen zu verdanken.«

Er setzte sich und nippte an dem von innen beschlagenen Glas. Eine schwimmende Nelke zeigte an, dass der Glühwein selbst gemacht war. Von Frau Kosič? Es würde zu ihr passen. Hinter dem Geschäftsführer der Kunstschneefirma, der so gar nichts mehr an sich hatte von dem Brüllaffen am Telefon, hing ein breitformatiges Alpenpanorama. Berge, die Paulig nichts sagten, die Gipfel zu hoch, die Namen zu französisch.

»Ohne Wenn und Aber. Wissen Sie, man kann sich das heute kaum mehr vorstellen. Die Skigemeinden damals, mein Gott, waren die arrogant.« Bevor er weiterredete, versuchte er sich noch einmal an dem heißen Getränk. Seine Augen blitzten. Sie befürchtete einen Wutausbruch, stattdessen lachte er. »Kein Wunder. Damals, da sind die noch regelmäßig erstickt in Schnee. Und das von Ende Oktober bis weit nach Ostern. Mein Gott, wenn ich daran denke, einmal haben die uns regelrecht rausgeschmissen. Da war drei Tage vorher eine Lawine abgegangen, die das halbe Dorf verwüstet hat. Und dann kommen wir und versuchen, denen Schneekanonen zu verkaufen.« Pelzer lachte noch einmal und schüttelte dann nachdenklich den Kopf. »Ich glaub sogar, dass das ein Deal war, den der Zimmerl eingefädelt hat. Oder war es der Neuner? Egal. Auf jeden Fall nicht der Häusler. Der war drauf und dran und hätt am liebsten hingeschmissen. Aber was soll's, die Zeiten haben sich gründlich geändert.« Er starrte auf die Nelke, als wollte er sie hypnotisieren. »Heute laufen die uns hinterher. Die haben so einen Schiss vor dem Klimawandel. Naja, hätte ich auch als Tourismusmanager. Nehmen Sie zum Beispiel Garmisch. Sie glauben doch nicht im Ernst, dass die im Winter noch einen Euro verdienen, wenn die keinen Schnee mehr haben. Wer soll denn da kommen? Für das bisserl auf der Zugspitze herumrutschen? Zum Wellnessen? Dafür muss ich nicht nach Garmisch. Da flieg ich in die Türkei, lass mir die Sonne auf den Bauch scheinen und hab als Zugabe freundliche Gesichter, die mir jeden Wunsch von den Lippen ablesen. Oder gleich nach Thailand. Und Meer gibt's da auch überall. Und das für den halben Preis, inklusive Flug. Aber so weit wird es nicht kommen. Wir sind eben dabei, eigentlich ist das noch geheim, aber was ist heut schon geheim, wir entwickeln gerade einen Kunstschnee, der locker zehn, fünfzehn Grad plus aushält. Ich schätze, so in zwei, drei Jahren ist der serienreif. Dann können Sie hier im Bikini Ski fahren. Da staunen Sie, was? Gut, vielleicht nicht im Bikini, aber auf jeden Fall in Shorts. So, jetzt muss ich aber wirklich. Oder haben Sie noch Fragen?«

»Und wie soll das gehen? Das schmilzt doch.«

»Q15.«

»Q15?«

»Das ist der Projektname von unserem Allwetterschnee. Sie müssen sich das so vorstellen: Sie kennen doch sicher Teppichschnee, dieses Zeug, mit dem man Teppiche reinigt. So ungefähr müssen Sie sich das vorstellen, nur natürlich viel leichter, nicht diese Seife, also viel, viel luftdurchlässiger. Das Problem ist momentan eigentlich nur noch die Wiederaufbereitung. Dazu wird er abgesaugt, das geht ganz einfach mit dem Pistenbulli, und kommt dann in eine Art Zentrifuge. In der wird die Molekularstruktur wieder aufgemöbelt und dann mit einem eigens dafür entwickelten Snowblaster zurück auf die Piste geblasen. Und da hängt's im Moment noch. An der Wiederaufbereitung, also an den Bakterien. Die tun noch nicht das, was sie sollen. Das Zeug ist zwar biologisch abbaubar, wir wollen aber trotzdem einen möglichst geschlossenen Kreislauf. Wegen der Umweltverträglichkeit, Sie verstehen. Für uns ist das nicht nur einfach ein Marketingtool. Die klassische Methode der Schneeherstellung ist auf jeden Fall ausgereizt. Je höher die Temperaturen, umso gewaltiger Aufwand und Energie. Das rentiert sich sowieso bald nur noch in höheren Lagen. So, jetzt muss ich aber wirklich.«

Pelzer drückte ihr einen aktuellen Katalog und den letzten Geschäftsbericht in die Hand und warf einen verzweifelt wirkenden Blick auf seine Armbanduhr.

»Und wenn Sie noch Fragen haben, rufen Sie mich jederzeit an. Meine Karte haben Sie ja. Und noch mal Entschuldigung wegen ... Sie wissen schon ...«

»Kein Problem. Ja, dann wünsche ich Ihnen noch gute Geschäfte. Und wenn Ihnen noch was einfällt, rufen Sie mich jederzeit an. Hier meine Karte.«

Sie musste lachen. Er auch. Durch die beinahe identische Wortwahl war ein Moment der Vertrautheit entstanden, eine plötzliche Nähe, der er sich dadurch entzog, dass er rasch die Tür öffnete und dabei noch ein wenig nachalberte.

»Ja, so ist das, meine Karte, Ihre Karte, meine Nummer, Ihre Nummer, ich ruf Sie an, Sie mich.« Dann wiederholte er ernst: »Wie gesagt, jederzeit, Tag und Nacht. Und hoffentlich fangen Sie ihn bald ein. Es wäre wirklich furchtbar, wenn das so weiterginge. Und vergessen Sie bitte nicht, bei uns geht es um Beschneiungsanlagen, nicht um Drogen. Ich denke auch, dass es sich um einen Zufall handelt. Furchtbar, aber ...« Anstatt den begonnenen Gedankengang zu Ende zu bringen, streckte er ihr die Hand entgegen. »Auf Wiedersehen. Machen Sie's gut.«

»Sie auch. Auf Wiedersehen.«

Er unterließ es, Paulig nach unten zu begleiten. Frau Kosič saß nicht an ihrem Platz, aber ihre Jacke hing noch über der Lehne.

Paulig startete den Wagen, stieß zurück und schaute nach oben. Pelzer lehnte am Fenster und telefonierte. Zwischendurch redete er in den Raum. Nach ihr hatten zwei weitere Personen den Raum betreten, sie sah die Schatten, einen links, einen rechts von ihm. Er wirkte geschäftig, aber nicht nervös oder gar gehetzt. Irgendjemand schaltete eine weitere Lichtquelle ein.

Ein Gefühl von Mattigkeit überkam sie, eine tiefe Sehnsucht, auch da oben zu sein, Teil einer Firma, deren größtes Problem es war, dass irgendwo eine Schneekanone ausgefallen war und man schnell einen Trupp zusammenstellen musste, um sie wieder zum Schneien zu bringen. Danach würde man in einen Berggasthof gehen, mit den Kollegen zu Abend essen, vielleicht an der Bar noch etwas trinken ... Konnte es wirklich sein, dass ihre einzige Chance darin bestand, auf den vierten Anschlag zu warten? Verdammt noch mal, ich kann doch nicht einfach warten, bis der Nächste erschlagen im Wald liegt!

»Habt ihr schon die Verbindungsprotokolle ausgewertet?«

»Haben wir«, sagte Tilman. »Nichts Brauchbares dabei. Nur das Übliche und die Schneekanonenfirma.«

»Schade. Aber hab ich mir schon gedacht.«

»Warum?«

»Nur so. Wenn du was gefunden hättest, hättest du mich ja bestimmt gleich angerufen.«

»Unbedingt. Was machst du eigentlich gerade?«

»Nachdenken und zum Fenster rausschauen. Ich war eben beim Chef von diesem Schneekanonenladen. Nichts, eher weniger als nichts. Jetzt stehe ich auf dem Parkplatz und frag mich, wie wir weitermachen wollen. Hast du eine Idee? Hat der Neuner eigentlich schon einen Beamten ausgesucht, der auf ihn aufpasst?«

»Ja. Und auch einen für den Vincenti. Ich hab Ihnen gesagt, auf was es ankommt. Und dass sie nicht auf die Idee kommen sollen, in Uniform hinterherzufahren. Aber das war denen schon klar.«

»Sag mal ...«, stockend formulierte sie einen Gedanken, dem es erst durch Pelzers Intervention gelungen war, endlich ernst genommen zu werden. »Was meinst du ... Und wenn es sich doch um einen Geistesgestörten handelt oder um eine Verwechslung?«

»Es ist ja nicht so, dass wir nur dieser einen Spur nachgehen ...«

Er begann zu stottern. »Also wir … also eigentlich bist nur du, also ich zwar auch … aber nicht mehr so …«

»Wie, wir? Wer ist wir? Meinst du wir im Gegensatz zu mir?«

»Bitte versteh mich nicht falsch, aber die Spur mit den Schneeleuten, also ich bin mir da nicht mehr so sicher, ob die wirklich trägt, also ob wir da nicht …«

»Aber es war doch deine Spur. Du warst doch der, der mit dieser ganzen Schneemafiageschichte angefangen hat.«

»Ja, schon. Aber das war, bevor es Frau Bruckmeier erwischt hat.«

»Das versteh ich jetzt nicht. Du hast doch selber gesagt, dass das immer noch passt, dass sie da wahrscheinlich nur reingerutscht ist.«

»Ja schon. Ich sag ja auch nicht, dass ich das jetzt anders sehe, also nicht grundsätzlich. Ich bin mir nur nicht mehr so sicher. Ich seh das jetzt mehr so: Du verfolgst die eine Spur, und wir anderen kümmern uns sozusagen um alle anderen. Also auch, also zusätzlich.«

»Aha, und ich nicht.«

»Nein, so war das natürlich nicht gemeint. Das sollte ja auch kein Vorwurf sein.«

»Klang aber so. Aber gut, um welche Spuren geht es, wenn ich fragen darf?«

»Spuren ist vielleicht zu viel gesagt. Wir telefonieren mit den Nachbarn, den Arbeitskollegen, so was eben.«

»Und, schon was Konkretes auf dem Tisch?«

»Nein. Das hätte ich dir doch gesagt.«

»Was sagst du mir stattdessen? Dass ich dabei bin, mich zu verrennen?«

»Nein, natürlich nicht.«

»Was dann?«

»Nichts. Du hast doch damit angefangen, dass du dir nicht mehr sicher bist. Ich hab eigentlich nur gesagt, dass wir anderen das auch so sehen. Mehr nicht.«

»Gut. Und was machen wir jetzt mit dieser Erkenntnis?«

»Keine Ahnung.«

»Eben. Ich wollte nur, dass du weißt, dass ich durchaus auch in andere Richtungen denke. Aber solange wir nichts Konkretes haben, bleibt eben nur die eine Spur, so wenig die auch hergibt. Oder siehst du das jetzt auch anders?«

»Nein. Sehe ich genauso. Aber was spricht denn dagegen, dass die Kollegen mehr in andere Richtungen denken? Ist doch nur gut.«

»Was dagegen spricht? Nichts, überhaupt nichts. Aber von meinem engsten Mitarbeiter möchte ich schon wissen, was er so denkt, also dass er in dieselbe Richtung denkt wie ich oder mir zumindest sagt, wenn er das nicht mehr tut.«

»Das verstehe ich jetzt nicht. Du hast doch damit angefangen ...«

»Siehst du, das meinte ich gerade. Ich teile dir meine Gedanken gleich mit und nicht erst, wenn du mich darauf ansprichst.«

»Was soll ich jetzt darauf sagen ...? Christine?«

»Ach nichts« schnaufte sie in den Hörer. »Vergiss es einfach wieder. Ich bin nur genervt, dass überhaupt nichts vorwärtsgeht. Entschuldige, Tilman, war nicht so gemeint.«

Statt einer Antwort wohltuendes Schweigen.

»Du, Tilman, hast du was dagegen, wenn ich heute nicht mehr in die Dienststelle komme?«

»Kein Problem.« Er klang, als sei nichts gewesen. »Hast du eigentlich schon mit dem Notar gesprochen?«

»Mit Vincenti? Ich hab mit ihm telefoniert. Der wirkt genauso geschockt wie die anderen. Und hat auch keine Ahnung, wer das gewesen sein könnte. Sobald wir einen Termin hinkriegen, der uns beiden passt, kommt er vorbei. Der eiert wenigstens nicht so rum wie der Neuner. Apropos, wie ist er eigentlich drauf?«

»Soweit ganz gut. Aber ich krieg ihn kaum zu Gesicht. Der sitzt die ganze Zeit in seinem Büro.«

»Wann fährst du?«

»Die Kollegen haben mich noch auf einen Glühwein eingeladen. Danach fahr ich heim.«

»Dann bis morgen. In alter Frische. Und entschuldige, dass ich dich so angegangen habe.«

Ein bodenlanger Steppmantel, abgelaufene Moonboots, eine Taschenlampe und ein Hund tauchten in ihrem Rückspiegel auf und verschwanden. Drei weitere Hunde folgten. Lichter gingen aus, Menschen eilten zu ihren Wägen, begannen sie abzukehren, ruhig, hektisch, akkurat oder nachlässig, mit geeignetem Gerät oder einfach mit dem Jackenärmel, manche stiegen einfach ein und überließen es dem Wind, den Schnee abzutragen.

Vor dem Haus von *TP Snowmaster* standen nur noch ein weißer Porsche Cayenne, ein ebenfalls weißer Audi Kombi und mehrere Kleinwagen, einer vermutlich der von Frau Kosič. Jetzt machte auch der Döner-Mann, dass er nach Hause kam. Sie wartete, bis er weg war, und fuhr dann ebenfalls los. Auf der Fahrt begann es zu schneien. Ihr Handy klingelte.

»Paulig.«

»Frau Hauptkommissarin? Grüß Gott. Obermeister Stets.«

»Ja?«

»Äh, wie soll ich sagen, der Neuner, also der Herr Polizeidirektor, wie soll ich sagen, der ist weg.«

»Sind Sie der, der auf ihn aufpassen sollte?«

»Ja. Aber der hat nicht auf mich gewartet. Der ist einfach weg. Und daheim ist er auch nicht. Ich weiß jetzt nicht …«

»Haben Sie es schon auf seinem Handy versucht?«

»Mailbox.«

»Wo sind Sie jetzt?«

»Ich fahr rum und schau, ob ich seinen Wagen sehe.«

»Nein. Fahren Sie bitte sofort nach Farchant zum Lift. Suchen Sie den ganzen Hang ab, bis hinauf zu den beiden ersten Tatorten. Und geben Sie Gas. Ich bin unterwegs. Wir treffen uns dort. Und schicken Sie auch die Kollegen hin. Alle, die Sie erreichen können. Mit Blaulicht und Sirene.«

Sie legte auf und wählte die Nummer der Kollegen vor Häuslers Haus. »Ötzi. Hi. Wie schaut's aus? Bei euch alles ruhig? Ist der Häusler zu Hause?«

»Ja, der ist im Haus. Aber was ist denn los? Du klingst so …«

»Der Neuner ist weg. Einer von euch fährt bitte sofort rüber zum Lift und schaut nach, ob da was passiert ist. Er fährt einen jägergrünen Mercedes-Jeep, so einen großen, eckigen …«

»Ich weiß.«

»Die Kollegen sind unterwegs. Ach ja, und einer behält weiter den Häusler im Auge. Und macht schnell. Ich bin auf dem Weg. Bis gleich.«

»Bis gleich.«

»Endlich tut sich mal was«, hörte sie Manzoni. »Ötzi, was dagegen, wenn ich …?«

Sie war eingeklemmt zwischen zwei Sattelzügen. Von der Spitze der Kolonne hörte sie das Rasseln von Schneeketten – ein Unimog mit einem Hänger voll Heuballen. Unmöglich zu überholen.

Im Sekundentakt zuckten blaue Lichtkegel über Parkplatz und Hang, in jedes Auto, jedes Fenster, jedes Eck, kurz wie Wimpernschläge, absichtslos, gnadenlos, sinnlos, eine reine Demonstration staatlicher Macht. Sie stellte den Motor ab. Aber anstatt auszusteigen, blieb sie sitzen, statt des gewohnten Adrenalinschubs empfand sie nichts, nur die Ruhe nach einer nervenaufreibenden Autofahrt mit Uraltsommerreifen aus dem Volvo-Werksmuseum. Anstatt selbst Befehle zu geben, sah sie Tilman Würfel zu, wie er mit drei Beamten unter einer Laterne stand und sich mit ihnen besprach. Zwei hielten eine Karte, der dritte deutete abwechselnd auf Karte und Gelände. Sie redeten, er hörte zu, er schnäuzte sich, nickte, die Kollegen falteten die Karte zusammen, der dritte beugte sich über sein Funkgerät, dann rückten sie ab. Sie sah ihm an, wie er litt. Ausgerechnet Tilman, dem schon die Nase lief, wenn er nur den Kühlschrank öffnete.

Sie parkte. Er ging auf sie zu. »Ah. Christine. Da bist du ja.«

»Hi Tilman. Das war vielleicht wieder eine Fahrerei. Sommerreifen und kein ABS.« Sie schüttelte den Kopf »Egal. Und?«

»Nichts. Keine Leiche, kein Auto. Nichts. Nur ein paar Mütter mit ihren Zwergen. Die sind aber schon weg. Und die haben auch nichts gesehen.«

»Und oben, wo's die beiden anderen erwischt hat?«

»Nichts.«

»Wie viele Leute hast du hier?«

»Ich glaub, so zehn Mann. Eher ein paar mehr. Und den Ötzi. Der ist noch oben.«

Paulig fischte ihr Handy von der Mittelkonsole und stieg aus.

»Wen rufst du an?«

»Meine Eltern … Papa? … Ja, ich bin's. Ich wollt nur sagen, bei mir wird's später … Nein, mach dir keine Sorgen, dem geht's gut. Alles noch dran. Apropos, du weißt schon, dass du mit Sommerreifen fährst … Wie, du hast nichts anderes. Du wirst doch wohl Winterreifen … Wie, lohnt sich nicht. Bei dem Winter! … Was heißt, die paar Meter? … Okay, wie du meinst. Aber du hättest es mir wenigstens sagen sollen … Ja, das denk ich mir, dass du das vergessen hast … Ach, Papa … Wie ich es gesagt habe … Papa, ich hab jetzt wirklich keine Zeit … Ja … Ja … Ja, bis später Papa … Ja, ich pass auf mich auf … Ja. Also dann.«

Immer noch wischten die Lichter der Einsatzfahrzeuge über den Hang. Immer mit der gleichen Intensität, dem gleichen Tempo. Ein überfahrenes Reh. Wisch, wisch, wisch. Ein Verkehrsunfall. Wisch, wisch, wisch. Ein Demonstrationszug bei strömendem Regen. Wisch, wisch, wisch. Eine nächtliche Schneelandschaft. Wisch, wisch. Binnen zwei Tagen waren hier drei Menschen erschlagen worden. Vielleicht sogar vier.

»Mist, muss das gerade jetzt schneien«, riss Tilman sie aus ihren Gedanken.

»Was meinst du, liegt er da irgendwo, oder hat er sich abgesetzt?«, fragte Paulig.

»Frag mich nicht, was in einem Polizeidirektor vorgeht, der nur daran denkt, sich die Taschen vollzustopfen.«

»Du scheinst ihn nicht besonders zu mögen.«

»Hast du gesehen, was die verdient haben? Ein Wahnsinn.«

»Nein, aber der Chef von diesen Schneefritzen hat es mir erzählt. Aber das war schon auch viel Arbeit, zumindest die ersten Jahre.«

»Hä? Findest du das jetzt vielleicht gut?«

»Nein, aber wenn man den Aufwand sieht, all die Wochenenden, die die da ihre Vorträge gehalten haben …«

»Christine! Sag bloß, du findest das richtig, dass die da überall ihre Anlagen aufstellen. Jetzt mal ganz abgesehen von den Schneekanonen. Allein der Wasserverbrauch, allein die Vorratsspeicher, ich sag dir …«

»Nein, natürlich nicht«, antwortete sie müde. »Aber so richtig schlimm auch wieder nicht.«

»Mein Gott, was ist schon wirklich schlimm. Aber wenn man so argumentiert, kann man gleich zu allem Ja und Amen sagen. Denk doch mal an die Zerstörungen, die das in der Natur anrichtet.«

»Naja, die paar Skigebiete. Und außerdem, der Natur ist das ziemlich egal. Die nimmt's, wie's kommt. Ich denke, da gibt es Sachen, die wichtiger sind.«

»Zum Beispiel?«

»Tilman, bitte. Ich habe ja nicht gesagt, dass ich dafür bin, wenn überall Schneekanonen herumstehen. Ich hab nur gesagt, so schlimm finde ich das jetzt auch nicht. So, aber jetzt sollten wir uns wieder … Ah, da kommt der Ötzi … Und?«

»Nichts.« Onur Özokan war etwas untersetzt, aber nicht klein, eher stabil, Haare und Bart immer gleich kurz. Man konnte jahrelang mit ihm zusammenarbeiten, ohne eine Veränderung festzustellen. »Wenn du mich fragst, der ist getürmt.«

»Oder er macht den Vincenti und lässt sich irgendwo volllaufen«, sagte Würfel.

»Das glaub ich nicht«, sagte Paulig, »Und außerdem hätt er sich dafür nicht davonschleichen müssen.«

»Aber das kann er doch nicht machen«, ereiferte sich Özokan. »Er muss doch wissen, was das auslöst.«

»Und was folgt daraus?«, schaltete sich Paulig dazwischen. »Wenn er wirklich getürmt ist, dann ist das doch der Beweis, dass die tatsächlich Dreck am Stecken haben. Auf jeden Fall hat er uns dann die ganze Zeit was vorgemacht.« Sie dachte an Häuslers Auftritt. Wie hatte Ötzi gesagt – wie aus einem türkischen Werbefilm, ein echter Mann der Berge. Auf jeden Fall echter als Neuner.

»Hat einen ganzen Polizeiapparat im Rücken.« Würfel schüttelte den Kopf. »Andererseits kein Wunder, so wie du ihm zugesetzt hast.«

»Was machen wir? Brechen wir ab?«

»Ja, denk ich auch. Bei dem Wetter haben wir eh keine Chance. Geben wir ihm noch eine Nacht. Wenn es ihn erwischt hat, finden wir ihn eben morgen. Scheißkälte.«

»Christine?«

Ötzi sah sie mit hochgezogenen Augenbrauen an.

»Ja?«

»Ich seh das anders. Wenn er wirklich abgehauen ist, dann vielleicht gerade deshalb, weil er keine Ahnung hat, wer es auf ihn abgesehen hat?«

»Ich glaube, da machst du einen Denkfehler. Wenn er nicht weiß, wer es auf ihn abgesehen hat, wie kommt er dann auf die Idee, dass es überhaupt jemand auf ihn abgesehen hat?«

»Aber wenn ich weiß, wer hinter mir her ist, dann kann ich mich doch darauf einstellen. Dann gerate ich doch nicht in Panik. So, wie Tilman gesagt hat, der hat doch einen ganzen Polizeiapparat im Rücken.«

»Nicht unbedingt. Es kommt darauf an, wer hinter dir her ist. Wenn du zum Beispiel weißt, dass die Mafia hinter dir her ist, dann hilft dir das gar nichts. Du weißt weder, wann, noch wo, noch wie es dich erwischen soll. Da die Nerven zu behalten … Ich weiß nicht, wie ich reagieren würde.«

Würfel und Ötzi nickten stumm.

»Ich fahr jetzt mal vor ins Stüberl«, sagte Paulig. »Vielleicht ist der Wirtin ja noch was eingefallen. Und was macht ihr, Ötzi? Fahrt ihr heim?«

»Ja, wir warten nur noch auf die Ablösung. Also, ich fahr dann mal wieder rüber zu Häusler. Bis morgen dann.«

»Bis morgen, und grüß Toni von mir. Tilman, du weißt, wo ich bin. Und sag bitte den Kollegen, dass sie die Einsatzlichter ausschalten.«

»Und dann?«

»Für mich ist dann Schluss. Nach dem Besuch im Stüberl fahr ich zu meinen Eltern. Wir sehen uns morgen in der Dienststelle. Ich hab nicht das Gefühl, dass du mich hier brauchst. Mit den Garmischer Kollegen kommst du ja bestens zurecht, wie mir scheint.«

»Also dann, bis morgen.«

»Bis morgen.«

Tilman ging zu einem der Streifenwagen – ein Beamter hatte das Seitenfenster heruntergelassen, die Kollegen würden fragen, wie lange die Aktion noch gehen sollte –, ließ sich das Funkgerät geben und meldete sich mit unaufgeregter Stimme.

»Also wenn keiner was dagegen hat, würde ich sagen, wir rücken ab. Wir sehen uns dann in der Dienststelle. Haben wir noch Glühwein?«

»Ja, haben wir«, knackte es aus dem Funkgerät.

»Gut. Ich fahr schon mal voraus.«

Glühwein im Kreise der uniformierten Kollegen, dachte Paulig und winkte ihm noch einmal zu, das passt. Vielleicht ruf ich ihn später noch an. Wenn er will, kann er ja das Gästezimmer nehmen.

Das gutmütige Brummen des Sechszylinders erinnerte sie daran, Vincenti anzurufen und ihn über das Verschwinden seines Freundes zu informieren. Vor der Loisachbrücke fuhr sie rechts Richtung Tennisplatz. Am Waldrand blieb sie stehen und rief ihn an. Dann kam Häusler an die Reihe. Auch ihn wies sie noch einmal, und diesmal eindringlich, darauf hin, nicht das Haus zu verlassen, ohne die Kollegen zu informieren. Er solle zudem endlich sagen, was er wisse. Wenn nicht jetzt, wann dann. Bei Vincenti war sie zurückhaltender gewesen. Auch ihn hatte sie gebeten, noch einmal ernsthaft darüber nachzudenken, ob es nicht doch etwas gebe, was irgendjemanden dazu bewegen könnte, ihnen nach dem Leben zu trachten.

Der Versuch, in ihrer eigenen Spur zurückzufahren, erwies sich schwieriger als gedacht. Zurück an der Abzweigung, war sie froh, nicht stecken geblieben zu sein.

Die Straßen waren ungewöhnlich leer. In den wenigen Geschäften entlang der Bahnhofstraße stand sich das Verkaufspersonal die Beine in den Unterleib oder hatte bereits begonnen aufzuräumen. Sie überquerte die Hauptstraße, fuhr kreuz und quer durchs Oberdorf und auf der anderen Seite wieder zurück. Überall dasselbe Bild. Kinder wurden von den Rücksitzen gezerrt und hastig in Eingänge verfrachtet, Rollläden wie Zugbrücken heruntergelassen. Gleich würden die Erwachsenen sich am Küchentisch versammeln, oder im Wohnzimmer, und bei laufendem Fernseher erste Namen nennen, vergessene Feindschaften ausgraben, vom Alltag verschüttete Rivalitäten. Alter Hass in neuen Schläuchen. Aber kaum etwas davon würde nach außen dringen, und schon gar nicht an die Ohren der ermittelnden Beamten, keiner würde etwas sagen. Die einen, weil sie noch nicht lange genug hier lebten, die anderen, weil sie wussten, zu was das führen konnte. Der Titel eines alten Hollywoodfilms fiel ihr ein, »Stadt in Angst«. Zumindest konnte man die Bilder so deuten, wenn man wollte.

Sie stellte den Motor ab und wählte Tilmans Nummer.

»Bist du noch da?«

»Nein. Warum?«

»Sonst hätt ich dich gebeten, noch mal schnell zu so einer Schneemaschine hinzuschauen. Mich würde interessieren, ob die auch von *TP Snowmaster* ist.«

»Ich hab eigentlich gedacht, ich hätte dir das gesagt. Ich sag doch, die haben nichts ausgelassen. Meinst du …?«

»Ich weiß nicht. Eigentlich nicht. Aber könnte doch sein. Frag doch mal die Kollegen, ob es nicht so einen Obergrünen gibt, du weißt schon …«

»So einen Robin Hood im Trachtengwand?«

Paulig lachte. »Genau den. Ich bin jetzt übrigens gleich im Stüberl, falls noch was sein sollte.«

10

Im Georgistüberl herrschte eine Stimmung zwischen Bienenkorb und Leichenschmaus. Eine Art negatives Grundrauschen, das jeden, der eintrat, sofort in seinen Bann schlug, der kollektive Versuch, irgendwie umzugehen mit dem Grauen, alleine schon schwer genug, gemeinsam nicht wirklich leichter, aber wenigstens kam keiner auf falsche Gedanken. Das lag nicht zuletzt an der Wirtin, die sich nicht beteiligen wollte an den Mutmaßungen ihrer Kundschaft, die einfach weiter ihrer Arbeit nachging, die weder dahin noch dorthin tendierte, standhaft dabei blieb, nichts Genaues wisse man nicht, und solange wolle sie sich auch keine Meinung bilden, und die damit eine Linie vorgab, an die man sich durchaus halten konnte.

Früher, zu einer Zeit, als man noch nicht groß nachdachte, bevor man handelte, hätte es anders laufen können: Da hätte es durchaus sein können, dass am nächsten Morgen gleich noch einer tot gewesen wäre, in irgendeinem Hinterzimmer ausgekartet. Der war's, der ist der Mörder, auf geht's, pack mas, wer nimmt's auf sich, wer rammt ihm das Messer in die Brust. Femegerichte, wenngleich seit Jahrhunderten verboten, so doch in manchen Gegenden bis hinein in die neue Zeit eine durchaus genutzte Gelegenheit, quasi in einem Aufwasch Gerechtigkeit zu üben und zugleich fragwürdiges Genmaterial aus der Gesellschaft zu entfernen. Also einen, um den es nicht schad ist, um den folglich auch kein großes Aufheben gemacht werden würde, mit dessen Ableben mehr oder weniger allen gedient wäre. Oder die Gelegenheit wurde genutzt, eine Erbstreitigkeit zu entscheiden, die bereits dabei war, Unruhe ins Dorf zu bringen. Aber nicht immer war es nötig, ein Menschenleben zu opfern, um das Gerechtigkeitsgefühl wieder herzustellen. Auch ein angezündeter Hof tat durchaus seine Wirkung.

Heute wird keiner mehr um sein Leben gebracht oder um sein Heim, zumindest nicht mehr so plump. Heute genügt ein Anruf bei der Polizei, eine kleine Denunziation, um ein Leben nachhaltig zu versauen. Denn wenn keinem mehr zu trauen ist, nicht einmal den eigenen Leuten, ist das Leben kein Leben mehr und die Freude an der Heimat schnell dahin, und dann ist es vielleicht das Beste, man geht, was der solcherart Entwurzelte, für alle überraschend, früher oder später auch tut.

Von außen betrachtet keine große Sache, auf jeden Fall keine schlimme. Dann werden die Kinder eben zu Amerikanern oder leben im schönen Kanada. Abgehen tut ihnen nichts, und die Frau wird sich schon eingewöhnen. Der Entwurzelte sowieso, er weiß ja schließlich, warum er geht, und zwar als Einziger. Nicht einmal der eigenen Frau hat er erzählt von der Schmach, die ihm beigebracht wurde, gegen die er sich nicht wehren kann. Zu sehr hat es ihn getroffen, dass einer aus dem Dorf es war, der ihn fälschlich angezeigt hat, zu groß der angerichtete Seelenschaden, als dass er mit irgendjemandem darüber reden hätte können. Einfach hinuntergeschluckt hat er den ganzen Scheißdreck, hat gedacht, das wird schon wieder, das löst sich schon irgendwann auf. Hat es aber nicht, ist vielmehr in Ruhe gereift, bis es zu etwas geworden ist, an das er nie gedacht hätte, das auf einmal da war, das nur noch umgesetzt werden musste – und die Betonung liegt auf musste. Und so hat er es ihr dann auch gesagt, in ruhigen Worten zwar, aber doch so, dass sie von Anfang an spürt, das ist kein Hirngespinst, das soll kein verlängerter Urlaub werden, jetzt geht's ans Eingemachte, jetzt wird's grundsätzlich. Dass er noch mal was anderes sehen möchte in seinem Leben, nicht nur die Alpspitze und die anderen Buckel, die er jetzt schlechtredet, die ihm auf einmal nicht mehr genügen. Nach Kanada würde er gerne gehen, ein Gedanke, den er erst neulich irgendwo aufgeschnappt hat, der aber sofort alle Leerstellen in seinem Hirn besetzt hat, das war die Lösung, ihr könnt mich alle mal kreuzweis, ich hau ab, und zwar nach Kanada. Alles, was er in die Finger kriegt, liest er über das Land, frisst es in sich hinein und wundert sich und freut sich wie ein Kind, er hat ja nicht einmal gewusst, dass die noch eine Königin haben, und das freut ihn zusätzlich, dass die irgendwie immer noch europäisch sind, nicht wie Amerika, das er noch nie leiden hat können. Und wenn er dann behauptet, er habe sich das gut überlegt, in ein Land zu gehen, in dem die Gipfel *peaks* heißen, der Herbst *Indian Summer* und die Winter noch echte Winter sind und alles viel riesiger, kein Vergleich, und Möglichkeiten ohne Ende, gerade für ihn als Handwerker, reißen würden sie sich um ihn, dann lügt er natürlich, aber es hilft ja nichts, die Entscheidung ist längst gefällt. Und irgendwann sind sie dann weg. Er wird glücklich in dem neuen Land, die Kinder auch, Geld ist ja da und eine Freiheit auch, da hat er nicht gelogen, und den deutschen Fleiß bringt er mit. Nur seine Frau, eine echte Hiesige, eine, die früher nicht einmal im Urlaub von der Heimat lassen wollte, träumt jede Nacht von daheim und kann und kann sich nicht anfreunden mit dem fremden Land, der Sprache, dem Fehlen der alten Strukturen, der Trachtenfeste, der Heimatabende, dazu das ungewohnte Essen, die Entfernungen, auch da hat er recht gehabt, leider. So sehr sie sich anfangs auch reinhängt in dieses neue Leben, in das sie hineingeworfen wurde, ohne jemals gesagt bekommen zu haben, warum, und das sie vor der Zeit verlassen wird, nur einen Wunsch hat sie noch, dass sie daheim beerdigt wird, auf dem Friedhof mit dem schönen Blick. Hätte sie noch ein paar Jahre durchgehalten, vielleicht hätte sie noch erlebt, dass ihr Mann sich zurückbesinnt und zurückgeht, auch wenn er nie erfahren wird, wer ihm das angetan hat, wer ihn angezeigt hat, und dass der, der es gewesen ist, sein Leben lang darunter gelitten hat.

Manchmal genügt ein guter Witz, um all das abzuwenden, einer, der es in sich hat, einer aus der untersten Schublade, einer, der es schafft, die Stimmung zu drehen, all das Dumpfe in den Köpfen der Leute aufzuwirbeln und davonfliegen zu lassen. Das kleine Witzchen, das gerade in dem Moment, als Paulig den Laden betrat, verschämt das Licht der Tischkerzen erblickte, hatte dieses

Potenzial nicht, war nicht die große Gabel, die hineinfuhr in den trüben Gedankenmist. Nichts war mehr in Ordnung, weder im Stüberl noch im Ort, und das begann bereits sich auszubreiten, Kreise zu ziehen. Alles, was fremd war, war jetzt doppelt fremd, und alles, was halb fremd war, auch. Noch verortete man das Unheil weit weg, auf jeden Fall jenseits der Ortsgrenze. Die Russenmafia, die vor ein paar Jahren angeblich ein Café in Garmisch übernommen hatte, oder der Scheich, der in Partenkirchen vor Jahrzehnten ein unterirdisches Tausendundeine Nacht in den Berg hineinschlagen ließ, aber der gehörte eigentlich schon längst dazu, auf den war man sogar stolz, ein echter Scheich, und welchen Grund sollte der auf einmal haben, durchzudrehen und so eine Spur zu legen, und warum ausgerechnet in Farchant. Und schon war man im Ort angelangt mit seinen Vermutungen, aber da hörte es sich auf, spätestens jetzt war Schluss mit lustig, Ende der Fahnenstange. Wo sollte man da auch anfangen, das hieße ja … Was war eigentlich mit dieser Frau, die seit Tagen nicht mehr von der Seite der Wirtin wich und die vorher noch nie einer hier gesehen hatte, die immer allein an einem Tisch saß, die keiner kannte außer der Vroni? Eine Bekannte aus München, aha. Naja, die machte nicht den Eindruck, als könne sie jemanden erschlagen. So ein Milchzahn von Frau. Vergiss es. Schneider frei. Apropos: Karten raus. Zu irgendwas muss der ganze Auflauf ja gut sein.

Im Stüberl war kein Tisch mehr frei. Junge Männer mit wilden Blicken, die Hemdsärmel aufgekrempelt, so, als warteten sie nur darauf, dass sich einer hertraute, alte Männer, die sich ein ums andere Mal über die Bärte strichen, bedächtig, wie es ihre Art war, mit bestickten Hosenträgern über dezent gestreiften Trachtenhemden, auf dem Kopf grüne Hüte mit Spielhahnfeder und Vereinsabzeichen, kaum Frauen. Paulig spürte die Blicke, nicht abschätzig, abwartend, auf jeden Fall neugierig. Eine Kommissarin, wann hatte man das hier schon einmal, noch dazu eine gebürtige Oberauerin. Wenigstens musste man der nichts erklären, die kannte sich aus im Kleinteiligen, die würde schon Licht ins

Dunkel bringen. Als Christine Paulig an der Theke angekommen war, wusste jeder, wer sie war.

Die Frau mit dem Stiftenkopf war auch da. Christine Paulig überlegte kurz, sich zu ihr zu setzen. Sie fühlte die Ablehnung, das kaum merkliche Einrollen des Nackens, die sich verhärtenden Mundwinkel. Sie hatte keinen Grund, sich dem auszusetzen, und drehte sich zum Nachbartisch. Sie grüßte, die Männer grüßten zurück. Die Wirtin nickte.

»Einen Espresso?«

»Nein, Kaffee schwarz, bitte.«

»Was zum Essen auch?«

Es roch nach Bratensoße.

»Ja, einen Salat vielleicht.«

»Griechisch? Nizza? Mit Meeresfrüchten? Schinken-Käse?«

»Ich glaub, ich nehm wieder den Griechen. Kann ich wieder eine kleine Portion haben?«

»Kein Problem.«

»Danke. Haben Sie kurz Zeit für mich?«

»Ja, ich geb nur schnell den Salat auf.« Frau Fischer drückte auf den Knopf der Espressomaschine und ging in die Küche. Als sie zurück war, war auch der Kaffee durch.

»Hat es schon wieder einen …?«, fragte sie direkt. Es wäre auch lächerlich gewesen, so zu tun, als gäbe es überhaupt noch ein anderes Thema.

Im Gastraum war es still geworden. Alle versuchten, etwas zu verstehen von der Unterhaltung der beiden Frauen.

»Ist Ihnen heute irgendwas aufgefallen? Ich meine, gegen Abend?«

Paulig sah keinen Grund zu flüstern.

»Nein. Alles wie immer.«

»Und eingefallen ist Ihnen auch nichts mehr? In Bezug auf die fünf und auf Frau Bruckmeier?«

»Nein, tut mir leid. Aber jetzt sagen Sie schon, was ist denn los? Sie machen doch nicht so einen Aufstand wegen nichts.«

»Es ist nur ein Verdacht, dem wir nachgehen«, wiegelte Paulig ab. »Nichts Konkretes. Aber sagen Sie, haben Sie Herrn Neuner heute schon gesehen?«

»Also doch …«

Die Wirtin machte eine unmerkliche Kopfbewegung zum Stammtisch. Einen der Männer kannte Paulig. Es war Waldemar Perchtold, der die tote Köchin gefunden hatte. Sie nickte ihm zu, er nickte zurück. Sein Gesicht glänzte. Ehe er Anstalten machen konnte, an ihren Tisch zu kommen, drehte sie sich weg. Ihr Blick fiel auf den Heimatteil der Tageszeitung, der Rest lag ungelesen auf der Bank. Die beiden Fälle nahmen beinahe die ganze erste Seite ein, mit einem großen Foto vom dritten Tatort. Sie war auch darauf, aber nur von hinten. Sie hatte aufgepasst.

Die Serviceglocke klingelte.

»Einen Moment.«

Frau Fischer räumte ein paar Teller ab, nahm im Vorübergehen weitere Bestellungen auf, verschwand, Sekunden später war sie wieder da.

»So, Ihr Salat. Eine Breze dazu? Oder lieber ein Baguette?«

»Ist die Breze frisch?«

»Ich kann sie aufbacken, wenn Sie wollen, dauert keine Minute.«

»Muss nicht sein. Ein Baguette tut's auch. Und?«

»Nein, den Neuner hab ich heut noch nicht gesehen. Und die anderen beiden auch nicht, falls Sie die auch suchen. Was ist mit ihm?«

»Nicht was Sie meinen. Wir wissen nur nicht, wo er sich gerade befindet.«

»Also verschwunden. Wo? Hier? In Farchant?«

»Keine Ahnung wo.«

»Verstehe. Soll ich mal fragen, ob ihn von meinen Gästen jemand gesehen hat?«

»Ja, warum nicht. Wer weiß …«

»Also gut.« Die Tür schwang auf. »Ah, da kommt der Bürgermeister. Hallo Peter.«

Ein Mann um die sechzig stand im Türrahmen, mindestens

ein Meter neunzig groß, schlohweißes dichtes Haar ohne Frisur, ausgeprägte Gesichtsfalten, Hände wie Schaufeln und Augen so weit und offen, wie Paulig es noch selten gesehen hatte. Augenblicklich verstummten Gespräche, wurden Hüte abgenommen, Frauen rutschten auf ihren Hintern herum oder zupften an ihren Frisuren. Der Mann, der sich als Maremma Peter vorstellte, schien von all dem keine Notiz zu nehmen. Er lächelte nur still vor sich hin. Erst als Paulig ihn bat, sich doch zu ihr zu setzen, reagierte er. Die drei Männer am Stammtisch rückten noch einmal ein Stück zusammen, auch sie hatten ihre Hüte abgenommen. Verblüfft stellte Paulig fest, dass der Mann mit dem eigenartigen Namen sogar im Sitzen jeden der Anwesenden überragte. Ungefragt brachte Frau Fischer eine kleine Karaffe Rotwein und ein Glas. Er bedankte sich mit einem versonnenen Blick, den die Wirtin nicht erwiderte. Beim Weitergehen streifte sie seine Schulter.

»Ich frag dann mal rum«, sagte Frau Fischer.

Paulig war sich sicher, diesem Mann noch nie begegnet zu sein. Aber wenn er hier Bürgermeister ist, dachte sie, muss er eigentlich aus der Gegend sein, und dann hätte er mir irgendwann über den Weg laufen müssen. Er hatte immer noch kein Wort gesprochen.

»Ich bin Christine Paulig«, begann sie, »Hauptkommissarin aus München. Und Sie sind also der Bürgermeister. Dann wissen Sie ja, weshalb wir hier sind.« Sie erwartete eine Reaktion, die aber nicht kam. »Können Sie sich vielleicht einen Reim darauf machen?«

»Tut mir leid«, antworte er bedächtig. »Aber hier werden Sie den Täter nicht finden.«

»Wo dann?«

»Keine Ahnung.«

»Und wie können Sie sich da so sicher sein?«

»Ich weiß, wem ich was zutrauen kann. Aber einen Mord? Nein, so einer wohnt hier nicht.«

Mit einem einzigen Blick erfasste sie die veränderte Stimmung im Raum. Der Bürgermeister hatte eben eine Linie vorgegeben. Zum zweiten Mal zweifelte sie an ihrem Ansatz. Und wenn es doch um etwas anderes ging, um etwas, das nur dieses Dorf betraf? Und alle wussten Bescheid?

11

Seit Wochen schneite es mehr oder weniger ununterbrochen vor sich hin. Dächer und Räumgeräte ächzten unter der Last der Schneemassen, Bergwacht und Klinikpersonal unter dem Ansturm der an Selbstüberschätzung und Alkoholmissbrauch leidenden Wintersportler. Doch schon bald würde es vorbei sein mit der stillen Pracht. Für den nächsten Morgen hatte der Wetterbericht einen Temperaturanstieg im zweistelligen Bereich angekündigt. Passend dazu fühlte Paulig einen sägenden Schmerz, der am Hinterkopf begann und sich knapp unterhalb der Schädeldecke nach vorne arbeitete.

Sie hatte schlecht geschlafen. Sie tippte auf den Salat. Die Wirtin hatte ihr versehentlich eine große Portion serviert, die sich im Laufe des Abends mit Rotwein vermischt hatte und in der Nacht aufbegehrte.

Möglichst geräuschlos ging sie hinunter in die Küche. Sie hatte keine Lust, noch einmal ohne Frühstück loszuziehen. Andererseits, in dem Moment, da sie den Kaffeeautomaten betätigte, würden keine fünf Minuten vergehen, bis ihre Mutter auftauchen würde. Sie mochte ihre Mutter. Unbedingt. Aber nicht um diese Uhrzeit.

»Hallo Mama.«

»Guten Morgen, meine Große. Warum machst du denn kein Licht.« Ohne auf Antwort zu warten, griff sie zum Lichtschalter. »Wie kann man nur ohne Licht frühstücken. Schau, ist doch gleich viel gemütlicher.« Ihre Bewegungen wirkten, als habe sie nur auf jemanden gewartet, dem sie den Morgen verderben konnte. »Hast du alles? Soll ich dir eine Semmel aufbacken?«

»Nein, danke. Ich mach mir einen Toast. Ich muss eh gleich los.«

»Kommt ihr voran? Ich meine, jetzt sind es schon drei. Das ist ja schon fast, wie nennt man diese Leute, Dings, na, hilf mir doch mal … Serientäter. Ich hoff nur, ihr habt den, bevor er nach Oberau kommt. Der schreckt ja vor gar nichts zurück, nicht mal vor alten Frauen. Also ich geh jedenfalls nach Anbruch der Dunkelheit nicht mehr aus dem Haus.«

Sie ging in die Küche und schaltete den Wasserkocher ein.

»Also, was ist?«, rief sie.

»Was?«

»Kommt ihr voran? Jetzt lass dir doch nicht alles aus der Nase ziehen.«

»Nein, nicht wirklich.«

»Und jetzt?«

»Mama, ich weiß es nicht. Und im Übrigen darf ich dir sowieso nichts sagen. Magst du auch einen Toast?«

»Nein, ich frühstücke erst richtig, wenn der Papa wach ist. Nimmst du mich mit zum Bäcker, wenn du fährst?«

»Ja, mach ich.« Paulig griff zum Handy. »Tilman? Bist du schon unterwegs?«

Gestern Abend hatte Oberstaatsanwalt Bernhauer eine groß angelegte Suche nach Neuner angekündigt. Tilman war sicher schon auf dem Weg nach Garmisch.

»Ich hab gleich hier übernachtet. Der Bernhauer hat übrigens auch schon angerufen. Die werden jeden Moment da sein. Eine ganze Hundertschaft. Ich hör schon den Hubschrauber.«

»Mein Gott, Tilman! Warum rufst du mich nicht an? Ich sitz hier rum und trink in Ruhe meinen Kaffee!«

»Christine, sei mir nicht böse. Aber du wolltest doch, dass ich den Einsatz leite.«

»Ja, natürlich. Ich bin nur überrascht …«

»Sorry, aber ich muss jetzt auflegen, ich krieg gerade einen Anruf rein. Und mach dir keine Sorgen, ich hab alles im Griff. Du kannst in Ruhe fertig frühstücken.«

»Weißt du, wer auf Häusler aufpasst?«

»Ötzi und Manzoni sind schon unterwegs. Die Nachtschicht hat nichts Auffälliges bemerkt, der Häusler hat sich die ganze Zeit nicht blicken lassen. Der Vincenti übrigens auch nicht.«

»Wer war die Nachtschicht?«

»Bei Vincenti ein Beamter von hier. Seine Wohnung ist ja leicht zu überwachen. Bei Häusler zwei Kolleginnen aus Weilheim. Willst du ihre Nummer?«

»Nein, danke. Ich fahr eh vorbei. Bin schon unterwegs.«

Im Aufstehen biss sie in den Toast, den ihre Mutter bestrichen hatte.

»Aber, Christine, iss doch wenigstens in Ruhe deinen Toast. Wegen der einen Minute.«

»Ess ich unterwegs. Ich muss los.«

»Aber das bröselt doch.«

»Ich pass schon auf.«

»Und was ist mit dem Kaffee.«

»Zu heiß. Ich meld mich. Bis später, Mama.«

»Aber der Bäcker! Christine, du wolltest doch …«

»Mama, ich muss. Bis später. Und grüß Papa.«

Es waren tatsächlich zwei Kolleginnen, die sich vor dem Haus der Häuslers postiert hatten. Sie musste lachen, die beiden saßen in einem pinkfarbenen Suzuki-Jeep. Unter der Haube brummte die Heizung, im Wagen lief Schmuserock.

»Perfekte Tarnung«, grinste die Fahrerin, eine Frau Mitte dreißig, die sich einfach nur mit »Hallo, ich bin die Ursina« vorgestellt hatte.

Ursina steckte in einer braunen Walkjacke mit violett lackierten Hirschhornknöpfen. Ihr Scheitel wirkte, als wäre er mit der Axt gezogen, und auf einer Seite waren die Haare so kurz, dass die Kopfhaut zu sehen war. Eine Frisur, die Paulig ungefähr so suspekt war wie das Tragen von Springerstiefeln. Da half es auch nichts, dass das mittlerweile Mode war. Alles war ja mittlerweile irgendwie Mode. Alles floss ineinander. Friedensbewegte Grüne trugen Glatze und waren tätowiert, gelangweilte Upperclass-Ladies schmückten sich mit Feminismussymbolen, Jungnazis kaperten die Symbole der autonomen Linken, und auf Jung getrimmte Möchtegernpolitiker verwechselten ADAC mit ACDC und kasperten in neonfarbenen T-Shirts durch die Medien. Sie hatte es lieber übersichtlich. Diese Beliebigkeit, eigentlich ein gutes Zeichen, ein Signal der Normalität, konnte man auch anders deuten, als ein Vereinheitlichen, Unkenntlichmachen, was es bestimmten Kreisen leicht machte, ihre kranken Gedanken unauffällig unters Volk zu bringen. »Ursina« – das klang schon so nach Blut und Boden.

»Kann man so sagen«, lächelte Paulig zurück. »Ihr wisst Bescheid, was hier los ist?«

»Ja, wissen wir. Wegen dem Neuner. Die sind gerade durch. Wenn die Ablösung da ist, helfen wir gerne suchen.«

Die Beamtin schien kein bisschen müde zu sein, ihre Lungen produzierten Wolken wie ein kleines Kraftwerk.

»Nein, danke. Ich glaub nicht, dass das eine gute Idee ist.«

Mit dem Kopf gegen das Beifahrerfenster gelehnt, kauerte eine zierliche, ausnehmend hübsche Blondine. Sie schlief. Unterschiedlicher können zwei Frauen kaum sein, dachte Paulig und nickte in ihre Richtung.

»Die Selina. Die wird schon wieder, wenn sie an die frische Luft kommt.«

»Aber das ist wirklich nicht nötig.«

»Wollen Sie es uns verbieten?«, fragte die Polizistin gereizt.

»Aber nein. Wenn Sie das wollen. Gerne. Also bis dann. Sie wissen ja, wo ich bin. Haben Sie meine Handynummer?«

Ursina nickte.

Es gab wohl immer noch Kolleginnen, die sich schwer taten, eine Geschlechtsgenossin als Vorgesetzte zu akzeptieren. Vielleicht war sie aber auch einfach nur übernächtigt.

»Die Ablösung ist unterwegs. Dann sehen wir uns ja vielleicht später.«

Sie folgte der Spur der Mannschaftswagen. Am Bahnübergang musste sie warten. Auf einem Polster aus Eis und gefrorenem Schnee, umtost von weißen Glitzerschwaden, angeführt von einem Lokführer, der aussah wie der Bürgermeister mit Sonnenbrille, schoss der ICE von München nach Rom an ihr vorbei. Unwillkürlich kam ihr eine Textzeile aus einem Album von Frank Zappa in den Sinn: *Trudging across the Tundra, mile after mile.* Keine zehn Sekunden später war der Spuk vorüber, der ICE Vergangenheit und auch die Tundra wieder weit weg. Nur der Bürgermeister hielt sich noch so lange, bis sie wenig später ausstieg. Für einen Moment war sie sich nicht sicher, ob sie vielleicht auch die beiden Frauen in ihrem pinkfarbenen Jeep nur geträumt hatte. Der Kreislauf, dachte sie. Trotzdem blieb der Impuls, zur Einsatzleitung zu gehen und sich eine Tasse Kaffee einschenken zu lassen, auf halbem Weg stecken. Das hier war Tilmans Einsatz, und wenn sie sich jetzt als seine Vorgesetzte zu erkennen geben würde, und irgendwie müsste sie schließlich erklären, wer sie war, wäre das nicht recht. Wo war er eigentlich? Unschlüssig, was sie machen sollte, blieb sie an der Absperrung stehen und sah den Uniformierten hinterher, die sich wie auf eine Schnur gezogen den Berg hinaufbewegten. Ein weiterer Zug, der wohl Farchant und die Gegend in Richtung Kramergruppe absuchen sollte, war ihr bereits auf der Brücke begegnet. Das Militärische an der Arbeit der Bereitschaftspolizei gefiel ihr, das Klare, Strukturierte, die Vorstellung, Teil einer Befehlskette zu sein, einmal nicht denken zu müssen. Beinahe wie Urlaub.

Unter den Schaulustigen befand sich auch Waldemar Perchtold, der bestimmt schon zig Mal erzählt hatte, wie er die tote Köchin gefunden hatte. Wie sich die Geschichte wohl mittlerweile anhörte? Als er sich einmal umdrehte, legte sie schnell einen Zeigefinger auf die Lippen. Als Antwort deutete er auf seine Thermoskanne. Sie schüttelte den Kopf. Aber seine Augen zeigten keinerlei Reaktion. Mit den tapsigen Bewegungen eines aus dem Winterschlaf gerissenen Bären drückte er ihr den dampfenden Deckel in die Hand. Tee und Rum, ungefähr zu gleichen Teilen. Für einen Moment war sie richtig gerührt, ein Zustand, der den Moment aber nicht überlebte. Mit einer Stimme, die an einen verrosteten Wecker erinnerte, meinte er, und schon anhand des Tonfalls, bereits bei der ersten Silbe, war klar, was kommen würde: »Wenn Sie mich fragen …« Er machte eine

Handbewegung zum Hals, die Annette von Aretin höchstens ein Stirnrunzeln entlockt hätte, vorausgesetzt, Robert Lembke hätte sie überhaupt zugelassen. »Die Todesstrafe, was meinens, dann wär aber schnell wieder Ruhe, und dann könnt unsereins auch endlich wieder ruhig schlafen.«

Sie nickte, dankte für den hilfreichen Schluck und griff zum Handy.

»Tilman? Wo bist du denn?«

»Wieder im Büro. Da draußen stehe ich nur sinnlos rum und frier mich tot. Wo bist du?«

»In Farchant. Auf dem Weg zum Auto. Bis gleich.«

Im Polizeirevier herrschte Schweigen, keiner der verbliebenen Beamten redete mehr als nötig, nur die Telefone bimmelten. Auf der Besucherbank saßen Veronica Fischer und die fremde Frau. Paulig grüßte mit einem Nicken. Die beiden schauten auf, aber keine wollte wohl den Anfang machen.

»Tilman?«, rief sie nach hinten.

Am Ende des Gangs öffnete sich eine Tür.

»Hier bin ich.«

Ohne sich noch einmal umzudrehen, zog Paulig die Tür zu. Sie waren allein.

»Alles klar?«

»Ja, alles im Griff. Schau, hier auf dieser Linie ist Zug eins, hier zwei und hier …« Mit einer Hand deutete er auf Partenkirchen, mit der anderen presste er sein Handy ans Ohr. »Danke. Sie melden sich … Ja, danke … Perfekt … Verstehe, dann bis später. Und viel Erfolg.«

»Sag mal«, sagte Paulig und wies mit dem Kopf zur Tür, »weißt du, was die wollen?«

»Keine Ahnung. Sie haben nur gemeint, sie wollen zu dir. Sie sind reingekommen, gleich nachdem wir telefoniert haben.«

»Gut. Bevor wir hier weitermachen, frag ich mal schnell. Wenn's ist, kann ich sie hier hereinbringen, oder stört es dich?«

»Nein, nein, bring sie nur rein.«

12

Sie waren zu fünft gewesen. Lufti Häusler, der damals noch nicht so gerufen wurde, Oscar Vincenti, Joseph Neuner, Erwin Zimmerl und Wolfram Summer.

Es war Faschingsdienstag. Alle fünf hatten bereits einiges intus. Da ist ihnen diese Ausflüglerin, Doris Maly, zugelaufen, auch nicht mehr ganz frisch. Einer hatte wohl die Idee, ein anderer den Schlüssel, vielleicht war es auch derselbe. Zu sechst schlichen sie dann die Treppe hinunter in den Weinkeller. Allen war klar, was passieren würde.

Vincenti macht den Anfang, der Zweite in der Reihe ist Joseph, dann kommt Wolfram, aber Erwin schiebt sich dazwischen. Er braucht nicht lange. Karl-Friedrich ist als Letzter dran. Als er, der dieses Jahr als Radrennfahrer geht, an der Reihe ist, kann er nicht. Vermutlich, weil er zu betrunken ist. Wie sie das Malheur sieht, lacht sie und sagt etwas, das klingt wie ein Zitat, vermutlich ein Filmtitel, irgendwas mit Radfahrer. Sie findet das lustig.

Aber plötzlich ist eine Scheißstimmung. Und wie er so über ihr kniet und nichts zusammengeht und er gerade aufstehen will, stichelt einer der vier anderen, genauer gesagt Oscar: »Und des lasst du dir g'falln?«

»Was soll i mach'n?«, lallt Karl-Friedrich vergnügt zurück. »Zu viel Bier. Is doch wurscht, muass ja net sein. Auf geht's, geh'n ma wieder, sauf ma weiter.«

»Aber geh, so viel hast jetzt auch net g'habt«, grunzt Oscar, der sich gerade seinen Turban zurechtrückt und eigentlich schon am Gehen war. »Mich brauchat di auf jed'n Fall net auslach'n, der dat i was huastn.«

Und dann geht alles ganz schnell. Erwin kickt die Fahrradpumpe, die Karl-Friedrich vorhin aus der Jackentasche gefallen ist und die zu seinem Kostüm gehört, unter eines der Regale, Oscar kniet sich von oben auf ihre Oberarme und reißt ihr die Beine auseinander. Lufti starrt auf ihren Busch, dann der Pumpe hinterher, dann wieder zwischen ihre Beine. Jetzt schauen sie sich zum ersten Mal ins Gesicht. Sie ist plötzlich stocknüchtern, will nur noch weg, fängt an, sich zu wehren.

»Kimm, beeil di! Kreizkruzifix, hot de auf oamal a Kraft«, keucht der Turbanträger.

Dann schreien alle durcheinander, wollen das Begonnene eigentlich nur noch hinter sich bringen.

»Jetz schnell, mach!«

»Renn ihr endlich dei Ding nei, damit mir wieder weiterkemman!«

»Jetzt kimm scho, mach endlich!«

Lufti wirft sich auf die Frau, quetscht sich zwischen ihre Beine und fängt an zu stoßen. Wie ein Wilder rutscht er auf ihr herum, müht sich, tut, macht, und in seiner Not – nicht dass sie plötzlich zu lachen anfängt, das wäre das Schlimmste, was passieren könnte, das würde er nicht überleben – hält er ihr den Mund zu. Sie windet sich, stöhnt, die Freunde lachen, feuern ihn an. Aber je länger es dauert, je länger sie darauf warten, dass er endlich fertig wird, umso peinlicher wird es für ihn, jeder will ja nur noch weg, hinauf zu den anderen, dem üblichen Faschingstreiben, dem üblichen Gesaufe, dem üblichen Ringelpietz mit Anfassen, mit mehr hat doch eh keiner gerechnet. Verdammte Scheiße, wer konnte denn ahnen, dass die einfach Ja sagt. Aber sich dann die Blöße geben und kneifen? Und eigentlich ist ja alles gut gegangen, keiner hat sich blamiert. Jetzt hängt's nur noch am Karl-Friedrich. Jetzt einfach aufstehen, sich lässig die Hose zuknöpfen, sich beim Aufstehen noch schnell die Luftpumpe angeln, dazu ein grimmiges Gesicht machen und sagen, dass er keine Lust hat, es mit so einem hergelaufenen Dreckfetzen zu treiben, mit einer, die sich von jedem hernehmen lässt – dafür ist ihm sein Ding zu schade –, dann ist das jetzt das Beste, was er machen kann. Die anderen können endlich wieder rauf, und er ist raus aus der Nummer. Und jeder wird ihm zustimmen, keiner wird ihm was nachsagen deshalb. Im Gegenteil. Er wird besser dastehen, als wenn er es zu Ende gebracht hatte. Vielleicht dass noch einer »Scheißweiber« murmelt, am besten der Erwin, damit es was zum Lachen gibt, und damit ist die Geschichte durch. Die Frau wird vielleicht noch eine Zeit lang so liegen bleiben, warten, bis sie sicher weg sind, und dann ebenfalls gehen, hinauf auf ihr Zimmer, duschen, sich umziehen. Und keiner wird mehr ein Wort über sie verlieren. Höchstens, dass es Karl-Friedrich gewesen ist, der es als Einziger nicht nötig gehabt hätte, über diese Großstadtschlampe drüberzusteigen. Aber dieser Moment war vorüber, noch ehe einer ihn gedacht hätte. Es war Joseph, der angehende Mediziner, dem auffiel, dass irgendwas nicht mehr stimmte. Aber da war es bereits zu spät, da war sie bereits tot, erstickt, und was die Männer mit ihr anstellten, nicht mehr ihr Problem.

13

Und dann?«

Fassungslos und doch ohne auch nur eine Sekunde am Wahrheitsgehalt der Geschichte zu zweifeln, war Paulig den Ausführungen von Veronica Fischer gefolgt. Auch die fremde Frau hatte regungslos zugehört.

»Das weiß ich nicht. Ich weiß nur, auf einmal war es still. Und dann …« Frau Fischer warf ihrer Begleiterin einen kurzen Blick zu, den diese nicht registrierte. »Und dann hab ich gewartet, bis sie weg sind. Dann bin ich auch weg.«

»Dann sind Sie auch weg«, wiederholte Paulig. »Und das war alles?«

»Ja. Was meinen Sie?«

»Auch wenn das jetzt komisch klingt, hat Herr Häusler eigentlich den Verkehr vollzogen?«

Veronica Fischer sah sie fassungslos an. »Warum?«

»Bitte denken Sie nach. Erst hat er ja wohl nicht gekonnt, weil er zu betrunken war. Deshalb ja auch der Witz von Frau Maly. Dann anscheinend doch.«

»So genau hab ich das jetzt auch nicht gesehen. Aber jetzt, wo Sie es sagen, der war schon irgendwie komisch. Auf jeden Fall war er nicht betrunken. Keiner von denen war wirklich zu, ein bisserl angestochen, mehr nicht. Für mich hat's eher so ausgeschaut, als hätten sie nur so getan, damit sie was haben, auf was sie sich rausreden können. Glauben Sie mir, die haben ganz genau gewusst, was sie tun. Auch der Häusler. Auch wenn es bei ihm erst so ausgesehn hat, als wär's ihm nicht recht, grad so, als würd er sich … Aber ist ja jetzt egal, schließlich hat er sie ja dann doch …«

»Also hat er … oder hat er nur so getan?«

»Aber was soll denn das …? Ja, schon gut. Also dass er ihn

reingetan hat … Also direkt gesehen hab ich das nicht. Ich hab nur gesehen, wie er auf ihr rumgerutscht ist. Ich weiß ja nicht, auf was Sie rauswollen, aber komisch hat es schon ausgeschaut, grad so, als hätt er Angst g'habt, dass ihm wer was wegschaut. Aber ich versteh immer noch nicht …«

»Danke, das ist schon alles, was ich wissen wollte.« Paulig hob die Hand und wandte sich der Frau mit den Stoppelhaaren zu. »Und was haben Sie mit der ganzen Geschichte zu tun?«

»Ich bin die Tochter«, sagte die Frau mit rauer Stimme. »Mein Name ist Birgit Maly. Doris Maly war meine Mutter.«

Paulig dachte einen Moment lang nach und fragte dann ruhig: »Sind Sie für diesen ganzen Wahnsinn hier verantwortlich?«

»Nein«, antwortete Frau Fischer für sie. »Deshalb sind wir ja da. Wir haben auch keine Ahnung, wer die alle umbringt. Im Gegenteil …«

»Wie, im Gegenteil. Nachdem, was ich eben gehört habe«, Paulig ließ Frau Maly keinen Moment aus den Augen, »hätten Sie doch das beste Motiv. Zumindest für den Mord an Wolfram Summer und Erwin Zimmerl.«

»Mich interessiert nur eins«, unterbrach Birgit Maly, sichtlich genervt von den Unterstellungen der Kommissarin, »ich will wissen, was sie mit meiner Mutter gemacht haben. Dass die Tat verjährt ist, weiß ich. Und ich will auch keine Rache. Daran liegt mir nichts. Ich will nur wissen, wo sie ist. Damit ich sie endlich heimholen kann. Damit endlich Ruhe ist. Und vielleicht noch, dass die fünf wenigstens, wie soll ich sagen, wenn sie schon nicht mehr ins Gefängnis müssen, dass es wenigstens öffentlich wird, dass sie wenigstens nicht ganz davonkommen.«

»Das klingt, als hätten Sie sich ausführlich damit beschäftigt …«

»Das habe ich. Zeit genug hatte ich ja. Und mit Gesetzen kenne ich mich ein wenig aus, zumindest weiß ich, wo ich nachschauen muss. Aber wie gesagt, eigentlich will ich nur endlich meine Ruhe haben … Wissen Sie, vierzig Jahre habe ich nichts von ihr gehört. Ich war acht, als sie weg ist. Alles, was ich von ihr weiß, also fast alles …« Als sie fortfuhr, wirkte sie, als wäre sie weit weg. »Eigentlich habe ich sie gar nicht gekannt. Nur aus den Geschichten, die mir mein Vater erzählt hat. Und den Bildern.« Sie hielt inne. »Interessiert Sie das überhaupt? Soll ich weiterreden? Oder ist das nicht von Belang, ich meine, es hat jetzt nichts direkt mit diesem Fall …?«

Paulig nickte.

»Okay. Ich mach's kurz. Wissen Sie, er hat sie einfach nicht vergessen können. Er hat immer nur von ihr geredet. So lange, bis ich's irgendwann nicht mehr ausgehalten hab. Da war ich fünfzehn … Entschuldigen Sie, ich will Sie wirklich nicht langweilen.«

»Tun Sie nicht. Reden Sie nur weiter. Ich höre zu.«

»Gut, wenn Sie wollen. Ja, also, irgendwann, schon ziemlich früh … Nein, anders. Vielleicht liegt es daran, dass ich meiner Mutter ziemlich ähnlich sehe, zumindest hat das wohl seinen Teil dazu beigetragen. Wissen Sie, er hat sich totgesoffen. Aber wie gesagt, bevor er mich auch noch kaputtmachen konnte, bin ich weg. Und das hat ihm den Rest gegeben. Aber natürlich bin ich nicht die Ursache. Das nur, damit Sie nicht meinen …« Sie kräuselte die Stirn und zuckte ein-, zweimal mit dem Kopf. »Wissen Sie, es war ja nicht so, dass er nicht gewusst hat, wie die Mama getickt hat, also dass sie, wie soll ich sagen, dass sie gerne ihre Freiheit hatte, wenn Sie verstehen.«

Paulig schüttelte den Kopf.

»Also dass sie, Sie wissen schon, also dass sie rumgebumst hat … Ja, so muss man das wohl sagen … Wo war ich …? Und er hat immer so getan, als sei das alles ganz normal. Zumindest ihr gegenüber. Klar. In Wirklichkeit hatte er einfach nur eine Heidenangst, dass sie ihn einfach stehen lässt, wenn er was sagt. Das muss man sich mal vorstellen, die eigene Frau! Und ihr Mann sitzt zu Hause und kocht ihren Lieblingstee und wartet darauf, dass sie heimkommt. Damit er sie dann fragen kann, wie's ihr geht. Und ob er noch was tun kann, bevor sie ins Bett geht und sich dann zwei Tage lang nicht mehr blicken lässt. Wahnsinn …«

Ihre Gesichtsmuskeln zuckten, was ihrer reduzierten Mimik eine zusätzliche Tragik verlieh. »Das ist übrigens eines der Dinge, die ich sie gerne noch gefragt hätte, warum sie überhaupt mit ihm zusammen war. Geld war's jedenfalls nicht.« Das letzte bisschen Weichheit wich eben aus ihrem Gesicht. »Ein Kolibri, hat er immer gesagt, deine Mama ist ein Kolibri. Ein Kolibri. Wissen Sie, wie das ist, wenn man einen Kolibri als Mutter hat?« Sie starrte Paulig so unvermittelt an, dass diese kurz das Atmen vergaß. »Nur damit er damit zurechtkommt, dass sie … musste ich mir vorstellen, ich hätte einen Kolibri als Mutter. Er dachte wohl, er muss nur lang genug warten, bis sie sich irgendwann ausgetobt hat und dann freiwillig daheim bleibt. So ein Träumer. Und bei mir hat er sich ausgeweint, bei mir, einem Kind. In meinen Armen ist er gelegen und hat sich ausgemalt, was sie wohl gerade macht. Zu mir ins Bett hat er sich gelegt und sich zusammengerollt, und ich musste ihn trösten. Er war so unglaublich kaputt. Und sie hat ihn kaputtgemacht. Und ich hatte ihn am Hals. Ich hatte einen ausgewachsenen Psychopathen am Hals. Und das, seit ich denken kann. Wissen Sie, es ist schon komisch, ich bin jetzt bald zehn Jahre älter, als er jemals geworden ist, er war mein Vater, ich meine, wie kann es sein, dass ein Vater jünger ist als man selbst, es verwirrt mich immer wieder, wenn ich daran denke … Wissen Sie, ich schlepp das jetzt schon so lang mit mir herum. Also nicht das jetzt, sondern das mit meiner Mutter und dem allem. Wissen Sie, ich habe nie darüber geredet, und jetzt rede ich nur noch drüber. Und je mehr ich drüber rede, umso mehr kommt nach. Als hätte ich immer nur auf die Oberfläche gestarrt, wenn Sie wissen, was ich meine. Gefühle und Worte, das eine ins andere zu bekommen …« Sie schloss die Augen und atmete ein paarmal ein und aus. Paulig konnte sich des Gedankens nicht erwehren, dass das alles ebenso gut gespielt sein könnte, auch die Stimmungsschwankungen. »Als sie damals am Faschingsdienstag nicht nach Hause gekommen ist«, ein Augenaufschlag wie einstudiert, »hat er sich wohl erst einmal nichts gedacht. Irgendwann würde sie schon wieder heimkommen. Ich stelle mir vor, es war ein Tag wie heute. Keine Ahnung, wie sie gerade in dieses Kaff gekommen ist. Ein Faible für die Berge war das Letzte, das man ihr hätte nachsagen können.« Beinahe von Satz zu Satz wechselte sie die Stimme. »Eine Zeit lang habe ich mir vorgestellt, sie wäre nach Ibiza oder so abgehauen und würde dort in einer Hippiekommune leben. Ich war sogar einmal da. Kaum zu glauben, aber da leben tatsächlich Frauen, die meine Mutter sein könnten. Aber das war natürlich Quatsch. Obwohl ich ihr durchaus zutrauen würde, dass sie sich einfach … Wissen Sie, auch wenn ich sie eigentlich gar nicht gekannt habe, kenn ich sie doch in- und auswendig. Ich hab mein Leben mit ihr verbracht. Ich bin sie nie losgeworden. Ich konnte mich nie von ihr abnabeln, wie das so schön heißt. Ich konnte ihr nie ins Gesicht sagen, wie scheiße ich das finde, wie sie uns behandelt hat, und ob sie sich überhaupt vorstellen kann, wie es uns gegangen ist. Und dass der Papa sich ihretwegen totgesoffen hat. Ich nehme nicht an, dass Sie wissen, wie das ist, wenn man sich ein Leben lang fragt, was wohl aus der eigenen Mutter geworden ist.«

Mein Gott, dachte Paulig, gefangen in Erinnerungen, die zu neunundneunzig Prozent nicht einmal die ihren sind.

»Erst als Veronica mich angerufen hat …« Sie schüttelte den Kopf. »Im Grunde haben wir beide dasselbe Schicksal. Wir haben beide ein Leben gelebt, das nicht das war, das für uns vorgesehen war. Nur mit einem Unterschied – sie hatte wenigstens eine Kindheit.«

Zum Schluss klang sie hart wie zu Anfang.

Veronica Fischer unterbrach das entstandene Schweigen. »An dem Abend bin ich dann, wie gesagt, weg. Ich wollte ja eigentlich nur schnell einen Wein holen, der oben ausgegangen war. Ich wollte gerade wieder rauf. Es war ja auch schon spät. Eigentlich wollte ich schon längst weg sein, es war schließlich Fasching …« Auch Frau Fischer ging es nicht gut mit ihren Erinnerungen, aber sie klang stabil, kein Schnickschnack, keine verzückten Augenaufschläge. »Mein Gott, hätte ich doch einfach den Wein fallen lassen oder wenigstens gehustet. Irgendwas. Dann wär das alles nicht passiert. Aber ich war einfach nur geschockt. Wissen Sie, ich kannte die ja alle. Und dann führen die sich so auf … Und am nächsten Tag war alles wie immer. Ich mein, ich hab doch gesehen, dass Frau Maly sich nicht mehr bewegt hat, wie die mit aufgerissenen Augen dagelegen ist. Und die tun so, als sei nichts gewesen. Denen war nur wichtig, wie sie da heil wieder rauskommen. Kein Bedauern, kein Mitleid, nichts. Ich war so geschockt … Wenn ich nur gleich zu meinem Vater gegangen wäre. Ich hätte einfach nur mit ihm in den Keller gehen brauchen. Dann hätte er sie auch gesehen. Dann wäre alles anders gekommen … Aber ich war so geschockt.«

»Wieso sind Sie nicht einfach zur Polizei gegangen?«

»Zur Polizei? Zum Neuner? Und ihn fragen, was sie mit der Frau gemacht haben, nachdem sie …«

»Stimmt, der war ja damals schon bei der Polizei.«

Frau Fischer nickte. »Aber es ist ja auch egal, es hätt eh nichts genutzt. Bis die da gewesen wären. Wie gesagt, wenn ich normal reagiert hätte, aber ich stand total unter Schock. Erst am nächsten Morgen, wie der Vater in den Keller gegangen ist … aber da war sie weg. Ich hab gedacht, der kommt jetzt gleich käsweiß hochgestürmt. Aber nichts. Ich hab dann meinen ganzen Mut zusammengenommen und bin auch noch mal runter. Aber nichts. Keine Spur mehr von ihr. Was hätt ich denn jetzt machen sollen? Mich hinstellen und behaupten, die hätten eine Frau …? Eine Frau, die dann einfach verschwunden ist? Was meinen Sie, was die mit mir gemacht hätten. Ich hab ja bis vor Kurzem nicht einmal gewusst, ob nicht der Vater da auch irgendwie mit drinhängt und die vielleicht deckt. Zugleich hab ich versucht, mir einzureden, dass die doch irgendwie überlebt hat und einfach wieder heimgefahren ist. Es war, als wäre die nie hier gewesen. Und die fünf waren auch wie immer. Und der Vater auch. Alle waren wie immer. Was meinen Sie, wie viel Kraft mich das gekostet hat, überhaupt dabei zu bleiben, dass ich mir das nicht einfach nur eingebildet hab. Was meinen Sie, wie es in meinem Hirn zugegangen ist. Ich hab gedacht, jetzt geht's dahin, jetzt werd ich wahnsinnig. Da bin ich abgehauen. Hab alles stehen und liegen lassen und bin weg. Erst vor drei Jahren bin ich wieder zurück.«

»Und wo waren Sie die ganze Zeit?«

Frau Fischer steckte in ausgebeulten Jeans und einem mehrere Nummern zu großen Pullover mit der Aufschrift eines Südtiroler Cowboy-Clubs. Die Haare, Paulig kannte sie nur streng nach hinten gekämmt, trug sie heute offen. Der überdimensionierte Rollkragen verstärkte den Eindruck von Verletzlichkeit, den Paulig zum ersten Mal wahrnahm. Aber anders als bei Frau Maly hatte ihr Schmerz nichts Marktschreierisches an sich. Man sah ihr an, dass sie zufrieden war mit ihrem Leben, dass sie zurechtkam, dass sie keines Trostes bedurfte. Auch wenn es bestimmt Stunden gab, in denen sie gerne in den Arm genommen werden würde.

»Im Grödnertal.« Die Erinnerung brachte ihr Gesicht zum Blühen. »Ich hatte da mit meinem Mann eine Alm. Als er gestorben ist, bin ich wieder heim. Wissen Sie, das Verrückte ist, ich hab mein halbes Leben lang nicht mehr an diese Geschichte gedacht, ich hab sie regelrecht vergessen. Wissen Sie, ich war glücklich da oben. Nie hätt ich mir gedacht, dass ich jemals wieder weggeh von da. Aber irgendwie … die Wurzeln halt … Wenn wir Kinder gehabt hätten … Aber so. Da greifen dann eben andere … Das Blut, die Gene … Keine Ahnung. Auf jeden Fall, kaum war ich wieder in Farchant, war alles wieder da. Es war furchtbar. Am liebsten wär ich gleich wieder auf und davon. Aber das wollte ich nicht. Ich wollte mich nicht noch einmal vertreiben lassen. Und außerdem, wo sollte ich hin. Zurück? Wohin? War ja alles verkauft. Und woanders noch einmal ein neues Leben aufbauen? Mit über fünfzig noch einmal eine neue Heimat? Ich hatte doch schon zwei. Und außerdem war mir klar, noch einmal komme ich meinen Erinnerungen nicht aus. Aber es hat dann trotzdem eine ganze Zeit gebraucht, bis ich mich getraut hab, bis ich mich dem allem stellen hab können. Aber irgendwann war ich so weit. Und dann hab ich halt den Stier an den Hörnern gepackt. Und irgendwann hab ich es dann herausgefunden.«

»Und wie haben Sie das geschafft?«

»Ganz einfach, Frau Maly war ja Hotelgast. Ich bin auf den Speicher vom Hotel und hab mir die alten Meldelisten durchgeschaut. Ich hab ja gewusst, welches Datum ich brauch. Wissen Sie, meine Eltern sind noch vom alten Schlag, die schmeißen nichts weg. Deswegen war die, nach der ich gesucht hab, auch noch da. Aber stellen Sie sich vor, die Seite war weg, einfach herausgerissen. Damals, vor lauter Aufregung, hab ich nur nicht gescheit geschaut, sonst wär mir das ja da schon aufgefallen.« Sie hob die Schultern, hielt kurz die Luft an und atmete kräftig aus. »Was soll's. Rum ums Eck. Ich hab ein schönes Leben gehabt, ein schöneres hätt ich mir gar nicht ausmalen können. Mir tut's nur leid um die Birgit.« Sie starrte auf die Frau, die mit gesenktem Blick neben ihr saß und nicht erkennen ließ, ob sie überhaupt zuhörte. »Einfach herausgerissen …«, sagte sie dann gedankenverloren, »und das bei meinem Vater. Unmöglich. Also bin ich hin zu ihm und hab ihn zur Rede gestellt. Und das können Sie mir glauben, in dem Augenblick war mir wurscht, dass der schon über achtzig ist. Auf den Kopf hab ich ihm zugesagt, dass er das war. Und wissen Sie, was er gesagt hat? ›Hab ich's mir doch gedacht, dass die Dreck am Stecken haben. Haben die doch tatsächlich gemeint, ich schluck das einfach, dass die was g'habt hätten mit der und dann hätt sie ihnen das Geld für die Übernachtung in d'Hand gedrückt und wär abgereist. Einfach so.‹ Dann ist er mit mir zum Safe gegangen. Unglaublich. Er hat sie tatsächlich aufgehoben. All die Jahre. Und er hat mir auch den Namen genannt. Doris Maly. Den hat er die ganze Zeit mit sich herumgeschleppt. Da hab ich ihm dann alles erzählt. Und er hat geweint. Ja, und dann hab ich mich auf die Suche gemacht. Und irgendwann habe ich sie dann gefunden, die Birgit. War aber nicht so schwer. Sie ist ja nie verheiratet gewesen. Ja, das ist alles.«

Christine Paulig horchte in die ausgebrochene Stille. Auch Tilman Würfel und Birgit Maly schwiegen nach dem jähen Ende der Geschichte.

»Und dann haben wir uns überlegt, was wir jetzt machen«, sagte Veronica Fischer leise.

»Und?«

»Wir haben gedacht, wir werfen denen Zettel in den Briefkasten, auf denen steht, dass wir wissen, was damals war. Anonym natürlich. Bis sie sich verraten. Aber bevor wir anfangen konnten, waren auf einmal der Summer und der Zimmerl tot. Erst hab ich natürlich gemeint, das war die Birgit. Aber die war genauso geschockt wie ich. Und außerdem waren wir die ganze Zeit zusammen. Erst im Stüberl und dann bei mir daheim …«

Birgit Maly lächelte gequält. »Gut, danach hätte ich schon die Gelegenheit gehabt. Ich wohn ja nicht bei ihr.«

»Hm, und irgendeine Idee, wer das gewesen sein könnte?«

Birgit Maly schüttelte den Kopf.

»Dann sind wir genauso schlau wie vorher.«

»Und jetzt? Ich meine, was machen Sie jetzt … mit uns? Behalten Sie uns hier?«

»Wenn Sie die ganze Zeit zusammen waren, wie Sie sagen, haben Sie ein Alibi, zumindest für die ersten beiden Morde. Bei Wolfram Summer und Erwin Zimmerl können wir mittlerweile ziemlich genau sagen, wann sie stattgefunden haben. Bei Frau Bruckmeier noch nicht. Haben Sie Frau Bruckmeier erschlagen?«

»Nein!«

»Und wo waren Sie gestern?«

»Erst im Stüberl, dann bei der Vroni daheim, danach auf meinem Zimmer. Wieso? Ist der Neuner jetzt auch tot?«

»Nein, der ist immer noch verschwunden.«

»Will jemand Kaffee?«, fragte Tilman Würfel, der sich bisher nicht am Gespräch beteiligt hatte.

»Ja, gerne«, antwortete Paulig. »Sie auch?«

Frau Maly nickte.

»Frau Fischer, Sie auch …? Frau Fischer?«

»Wie? Nein, danke.«

»Wollen Sie was anderes?«

»Nein, nein. Nichts. Danke.«

Tilman ging raus und kam mit zwei dampfenden Tassen Kaffee wieder.

»Danke, Tilman.«

Paulig nahm einen Schluck, verzog das Gesicht und wandte sich Frau Maly zu. »Da Sie auch keine Ahnung haben, wer das getan haben könnte, machen wir einfach da weiter, wo Sie aufgehört haben. Nur dass wir jetzt keine Zeit mehr haben, Zettel in Briefkästen zu werfen. Ich fahre jetzt als Erstes zu Häusler und konfrontiere ihn mit Ihrer Geschichte. Mal schauen, was er sagt.«

Veronica Fischer machte immer noch einen abwesenden Eindruck.

»Und wie wollen Sie ihn dazu bringen?«, fragte Birgit Maly. »Meinen Sie, er gibt das so einfach zu?«

»Ich denke schon. So, wie er im Moment unter Druck steht. Ich bin mir sogar ziemlich sicher. Ich hab da auch schon eine Idee. Aber bitte denken Sie nach, wer noch davon gewusst haben könnte. Und vor allem, wer einen Grund haben könnte, die alle umzubringen? Und warum jetzt, nach fast vierzig Jahren?«

»Keine Ahnung. Was meinen Sie, wie oft wir das schon diskutiert haben.«

»Weitere Angehörige zum Beispiel?«

»Habe ich keine.«

»Hm. Was ist eigentlich mit dem Bürgermeister? Frau Fischer?«

»Der hat nichts damit zu tun.«

Sie schien in Gedanken gewesen zu sein. Umso auffälliger die Bestimmtheit ihres Tons.

»Entschuldigen Sie«, fasste Paulig vorsichtig nach, »stehen Sie sich, wie soll ich sagen … näher?«

»Ja. Nein.«

Fischer schien immer noch in Gedanken.

»Ja? Nein? Ja oder Nein?«

»Ja. Aber nicht so, wie Sie denken.«

»Sondern?«

»Muss ich darauf antworten?«

»Ja.«

»Gut. Aber eins vorneweg: Mit der Sache von damals hat er nichts zu tun. Und das andere … Ja, er war mein Freund. Damals, bevor ich weggegangen bin. Nichts Ernstes. Auf jeden Fall nicht von meiner Seite her. Nichts wirklich Ernstes. Es hätte vielleicht was draus werden können. Das schon. Aber dazu ist es nicht gekommen, ich bin ja dann weg.« Es war eher ein Hangeln, vielleicht nicht gerade von Wort zu Wort, aber doch von Satz zu Satz, und das Ende kurz. »Und er ist dann ja auch weg. Ja, das war's. Im Großen und Ganzen.«

»Er ist also gleich nach Ihnen weg, kurz nachdem Sie gegangen sind, und so, wie sich das für mich anhört, quasi als Folge.«

»Hm. Ja. Vielleicht.«

Sie antwortete ausweichend. Paulig ging nicht darauf ein. Sie wollte keinen Druck machen.

»Und wann ist er zurückgekommen? Auch vor drei Jahren?«

»Nein, nein. So lange war der nicht weg. Der ist ja allein schon über zehn Jahre Bürgermeister.«

»Und wo war er?«

»Lustigerweise auch in Italien, in der Maremma.« Das liegt südlich von Grosseto. Er hat da als Buttero gearbeitet. Das ist eine Art, wie soll ich sagen, europäischer Cowboy. So ähnlich wie die in der Camargue.«

»Italienische Cowboys. Was es alles gibt. Und Maremma ist also der Name der Gegend. Wie heißt er eigentlich in Wirklichkeit?«

»Bayerlacher. Aber alle nennen ihn nur Maremma Peter.«

»Und er hat in Italien gelebt und mit Kühen zu tun gehabt, also Ihrem Leben nicht ganz unähnlich.«

»Ja, kann man so sagen«, sagte sie und lächelte kaum merklich.

»Trauen Sie ihm einen Mord zu?« Paulig schoss gerne aus der Hüfte.

»Dem Peter? Nein. Der ist sanft wie ein Lamm«, sagte Fischer ohne eine Sekunde nachzudenken.

»Sie mögen ihn?«

»Alle mögen ihn. Sonst würden die ihn auch nicht immer wieder zum Bürgermeister wählen.«

Paulig spürte, dass etwas in ihr arbeitete, konnte das Gefühl aber nicht festmachen. Trotzdem stellte sie die richtige Frage.

»Können Sie ihm ein Alibi geben?«

»Ich?« Frau Fischer wurde zum ersten Mal unsicher. »Sollte ich?«

»Wenn Sie können?«

»Nein. Leider. Aber wie gesagt, den Peter können Sie vergessen. Und überhaupt, welchen Grund sollte er haben. Der kennt doch die Geschichte gar nicht. Wissen Sie, der Peter ist anders, den interessieren ganz andere Sachen als diese Gschäftlmacherei von den fünfen. Ich weiß doch, wo die ihre Finger drinhaben, dieser ganze Skizirkus, all das Geld, um das es dabei geht, und nur um das geht's letztendlich. Und jeden Winter derselbe Zirkus um irgendwelche Abfahrtsläufer, die, kaum dass sie zu Geld gekommen sind, nach Kitzbühel ziehen und nur noch vorbeischauen, wenn sie ihre Nasen in irgendeine Kamera halten können. Wie sagt der Peter immer: Milka-Kühe. Und recht hat er. Und was macht Garmisch? Verkauft seine Sozialwohnungen, nur damit einmal im Jahr ein Skispringen stattfinden kann, damit man einmal im Jahr kräftig angeben kann. Und die Leute, die hier wohnen? Interessieren keinen Menschen. Bis auf den Peter. Über so was kann er sich aufregen. Das sind seine Themen. Wissen Sie, der Peter ist ein Bewahrer, einer, der sich kümmert, einer, der weiterdenkt. Auf jeden Fall keiner, der jemanden umbringt, und schon gar nicht die Martha.«

Paulig wunderte sich. Was sollte das? Warum erzählte sie ihr das alles? Hatte sie Angst, dass er es doch gewesen sein könnte?

»Herr Bayerlacher kennt die Geschichte also nicht?«, fragte sie.

»Nein, die kennt keiner. Wir haben mit niemandem drüber geredet. Bis jetzt.«

Frau Maly starrte zum Fenster hinaus, sie wirkte abwesend. Tilman Würfel hatte aufmerksam zugehört. Paulig spürte, wie es in ihm rumorte.

»Ja? Tilman?«

»Nun ja.« Bevor er richtig begann, kratzte er sich erst einmal am Kopf. »Ohne jemandem nahetreten zu wollen, aber wenn ich das recht sehe, ist Herr Bayerlacher damals gleich nach Frau

Fischer gegangen. Das lässt doch den Schluss zu, dass das zusammenhängt. Er ist aus enttäuschter Liebe gegangen. Und wenn das so ist, dann hat er auch seine Heimat verloren wegen der Geschichte. Ihm wäre es also genauso gegangen wie Frau Fischer und Frau Maly.«

»Und?«, fragte Paulig gedehnt.

»Vielleicht hat er sich gerächt?«

»Aber warum erst jetzt? Außerdem weiß er doch von nichts.«

»Das ist eben der Punkt. Was, wenn er doch davon weiß, wenn er es eben erst erfahren hat?«

»Und wie?«

»Ganz einfach.« Er machte eine kurze Pause und fuhr dann fort: »Frau Fischer, Sie haben vorher gesagt, ›was meinen Sie, wie oft wir das schon diskutiert haben‹. Ich nehme an, dass Sie das nicht nur bei Ihnen zu Hause diskutiert haben, sondern auch im Lokal. Kann es sein, dass Frau Bruckmeier Sie dabei belauscht hat? Ohne dass Sie das mitbekommen haben?«

»Ehrlich gesagt, darüber denk ich schon die ganze Zeit nach.«

»Und?«, fragte Paulig und wurde mit einem Mal ganz ruhig.

»Möglich wäre es.«

»Sagen Sie mal, ich glaub, ich hab das bisher nicht gefragt, spielt einer von denen, um die es hier geht, eigentlich Golf?«

14

Wer kennt es nicht, dass er etwas denkt und der Ehepartner meint verwundert, das hätte er auch gerade gedacht. Wahrscheinlich ein ganz natürliches Phänomen, das nur noch keiner erforscht hat, vielleicht in der Art eines weltumspannenden Informationsfeldes, in dem alles Wissen, das auf der Erde entsteht, automatisch gespeichert wird. Jemand hat eine Idee, und schon ist sie in diesem Feld. Ein anderer, der ähnlich denkt und fühlt, greift darauf zu, arbeitet daran, macht sie sich vielleicht sogar zu eigen, stellt sie wieder zurück, je nachdem. Je weniger Menschen sich mit einem Gedanken beschäftigen, umso weiter nach hinten wandert er. Umgekehrt natürlich auch. Aus der Wissenschaft beispielsweise ist bekannt, dass verschiedene Teams oft zeitgleich nicht nur an denselben Problemen arbeiten, sondern oft genug auch beinahe gleichzeitig identische Ergebnisse veröffentlichen, und das, ohne sich abgesprochen zu haben. Und alle wundern sich, und die Wissenschaftler sich mit ihnen. Oder ist das nur ein unbestätigtes Gerücht, weil der Mensch nichts mehr liebt als das Unerklärliche, Mysteriöse, weil es so schön über das eigene irdische Dasein hinausweist und so die Hoffnung nährt, dass da vielleicht doch noch etwas nachkommt?

Das beste Beispiel ist der Oberkommissar Tilman Würfel, der ja auch irgendwie eine Art Wissenschaft betreibt und auch gerne Theorien nachhängt. Bei ihm – vermutlich berufsbedingt – sind es Verschwörungstheorien, denen er regelmäßig, manche sagen, auf den Leim geht. Fest steht: Wenn er sich einmal in etwas verbissen hat, ist es mitunter schwer, ihn wieder davon abzubringen. Im Gegensatz zu seiner Chefin. Die Frau Hauptkommissarin glaubt schon aus Prinzip nichts. Schon erstaunlich, wie gerade sie jetzt auf Golf kommt.

»Golf? Keine Ahnung. Aber jetzt, wo Sie es sagen, fällt mir ein, dass vor ein paar Tagen ein Golfschläger bei uns im Hof herumgestanden ist.«

»Und wo ist der jetzt?«

»Ich weiß es nicht. Der war nicht lang da, der war gleich wieder weg.«

»Und wem könnte der gehört haben?«

»Tut mir leid, mehr weiß ich nicht. Den könnt jeder da hingestellt haben.«

»Kommt man denn so einfach in Ihren Hof?«

»Es kommt schon mal vor, dass einer von der Straße bei uns auf die Toilette geht. Also einer aus dem Ort. Weil wissen muss man's schon. Ein Schild hab ich jedenfalls keins aufgestellt.«

Christine Paulig wandte sich an ihren Kollegen. »Tilman, wer hat sich eigentlich um diese Golfspur gekümmert?«

»Gekümmert ist vielleicht zu viel gesagt. Ich hab im Golfclub angerufen. Wolfram Summer war Gründungsmitglied und hat auch gespielt. Von den anderen hat keiner was mit Golf am Hut. Der Vincenti und der Neuner spielen Tennis, der Häusler hat. Aber Golf. Nein, nur der Summer.«

»Frau Fischer, spielt der Bürgermeister Golf?«, hakte Paulig ein.

»Nein, sicher nicht. Wie gesagt, das ist nicht seine Welt. Aber was ist jetzt mit der Martha, also dass die das gehört haben könnte? Was machen Sie jetzt damit?«

15

Martha Bruckmeier warf einen Blick auf die Uhr. Schon den dritten Tag in Folge kam Vroni in Begleitung dieser seltsamen Frau. Gestern war sie zum ersten Mal auch abends dabei gewesen. Birgit, so hieß die Frau, hatte gesagt, sie wolle sie endlich sehen und dass sie keine Angst hätte. Dass sie sich aber trotzdem lieber an den Eingang setzen würde. Den Mördern der eigenen Mutter gegenüberzusitzen, wer wisse schon, wie er da reagiere. Dann hatte sie ein kleines Lachen herausgebracht. Das gefiel Martha. Eine Frau, die Angst hatte, aber sich dennoch traute.

Trotzdem musste sie jetzt wieder zurück zur Spüle, der Lollo Rosso wusch sich schließlich nicht von selbst. Und die Panade für die Schnitzel war auch noch nicht gemacht. Und noch irgendetwas. Aber was? Naja, würde schon nicht so wichtig sein. Und wenn doch, würde es ihr schon wieder einfallen. Hoffentlich. Die Chefin hatte auch schon was fallen lassen, von wegen, es hätte Beschwerden gegeben. Mein Gott, dann sollten sie eben woanders hingehen, wenn es ihnen hier nicht mehr schmeckte. Viel wichtiger war doch jetzt etwas ganz anderes, nämlich der Mord, den ihre Chefin beobachtet hatte.

Und die Tochter der Getöteten war eben diese Birgit, weiß der Himmel, wo die auf einmal hergekommen war. Und die Männer, die diese grauslige Tat begangen hatten, waren allesamt Gäste, die sie gut kannte. Waren ja alle im Ort aufgewachsen, der Sagler und der Hatscherte wohnten immer noch da. Aber das Verreckte war wohl, dass es weder eine Leiche noch weitere Zeugen gab. Die Männer würden einfach alles abstreiten. Aber auch wenn ihnen die Tat nachgewiesen werden konnte, sie war wohl verjährt. Diese Birgit hatte sich erkundigt. Sie schien Martha ziemlich schlau. Obwohl, die Ideen, die sie daraufhin entwickelten – nichts Halbes und nichts Ganzes. Nur eines war klar: Solange diese fünf Mannsbilder frei herumliefen, konnten die beiden Frauen nicht glücklich werden, und das war doch das Wichtigste im Leben. Birgit, die Frau aus der Stadt, brachte es irgendwann auf den Punkt, als sie sagte, am liebsten würde sie die fünf der Reihe nach erschlagen. Als Vroni antwortete, wegen dieser fünf alten Mistkerle sicher nicht ins Gefängnis zu gehen, wusste sie, dass es so nicht weitergehen konnte. Etwas musste geschehen. Nur was?

Da fiel ihr ein, dass sie vor Jahren einen Golfschläger gefunden hatte, damals, als der Golfplatz noch ganz neu war. Sogar der Ministerpräsident war zur Einweihung gekommen. Und dass sie gedacht hatte, so ein Golfplatz muss wirklich wichtig sein, sonst würde der doch nicht extra herkommen. Der umzäunte Platz hatte sie an ein Gehege erinnert, die merkwürdigen Leute mit ihren karierten Hosen und ihren hohlen Mützen an seltene Tiere. Sie erinnerte sich, dass sie sie gerne gefüttert hätte. Als sie den Schläger so am Zaun lehnen sah – irgendwer hatte ihn da wohl vergessen –, dachte sie sich nichts weiter und nahm ihn mit. Eine Zeit lang ging sie nun jeden Tag zum Golfplatz und schaute zu. Wenn sie daheim war, versuchte sie, das Gesehene nachzumachen. Aber irgendwann verlor sie das Interesse. Sie hatte ein Küchenfenster eingeschlagen, für das extra der Glaser kommen musste. Das hast jetzt davon, raunzte sie den Schläger an – sie bemühte sich, hochdeutsch zu reden, so ein Golfschläger war schließlich nicht irgendwer –, und stellte ihn in den Schuppen. Nicht mit mir, nicht mit Bruckmeiers Martha! Wegwerfen wollte sie ihn allerdings nicht, dafür war er zu besonders.

Wie ein fernes Licht war das Gefühl, den beiden Frauen das Leid abnehmen zu wollen, in das beständige Grau ihres Inneren gedrungen. Es berührte sie, ihnen helfen zu können.

Vielleicht, weil es sie an damals erinnerte, als ihr Vater zu Tode kam, an das Gefühl, als sie endlich ihre Ruhe hatten, die Mama, die Schwester, als es wie ein Ausatmen durchs Haus ging, sogar der Stall schien etwas abbekommen zu haben von dem Glück, alles wirkte wie neu, wie frisch gewaschen. Sie hatten nie darüber gesprochen, aber eine hatte es der anderen angesehen, obwohl jede so getan hatte, als wär was Schreckliches passiert. Nur dass keine geweint hat, hat nicht gepasst – oder eben schon. Schön war's, einfach nur schön. Keine Schläge mehr, keine Angst mehr. Nichts.

Lange stand sie so vor der Spüle, ließ den Schläger, den sie wieder hervorgekramt hatte, pendeln und dachte nach. Als sie damit fertig war, ging sie nach hinten in den Hof, lehnte ihn gegen den Müll und ging.

16

So, ich denke, wir sollten jetzt langsam unseren Kaffee austrinken und losfahren.«

»Wir? Wir auch?«, fragte Frau Maly bestürzt.

»Wollen Sie nicht sehen, wie Herr Häusler auf Ihre Geschichte reagiert?«

»Ich … ich weiß nicht recht …«

»Aber ich. Und außerdem ist es Ihre Geschichte, nicht meine. Ich möchte nicht in die Situation geraten, dass er sagt, das stimmt alles gar nicht. Ich nehme an, das verstehen Sie. Frau Fischer? Frau Fischer!«

Veronica Fischer sah sie mit ausdruckslosen Augen an. »Wie? Ja. Ja, natürlich. Ich glaub, ich muss Ihnen da doch was sagen. Wegen dem Peter …«

Eine halbe Stunde später standen sie vor Karl-Friedrich Häuslers Haus. Unter dem Grau des Himmels staute sich die Wärme. Vorsichtig öffnete Paulig die Fahrertür und starrte direkt in die Mündung zweier aufeinander zulaufender Matschbäche. Unmöglich auszusteigen. Sie wartete, bis ihre Begleiterinnen den Wagen verlassen hatten, setzte zurück und stieg ebenfalls aus. Für einen Moment hatte sie das unfrohe Gefühl, etwas vergessen zu haben. Als ihr ein vorbeirauschender Lkw nicht nur die Stiefel versaute, sondern die Hose gleich mit, fiel es ihr wieder ein. Fluchend lief sie über die Straße und klingelte.

»Nur nicht rubbeln«, riet Birgit Maly.

»Das wird schon wieder«, ergänzte die Wirtin. »Im Moment ist es eh noch mehr Schnee als Dreck. Ich hab mich schon gewundert, dass Sie ausgestiegen sind. Haben Sie den nicht kommen sehen?«

»Nein, ich weiß auch nicht warum. Ich hab einfach vergessen zu schauen.

»Solange keine Hundescheiße mit dabei ist«, sagte Birgit Maly.

»Wem sagen Sie das«, knurrte Paulig und schüttelte sich den Matsch von der Hose. »Wo in München wohnen Sie eigentlich?« Sie klingelte, ohne die Antwort abzuwarten.

Eine Stimme, der man nicht unbedingt anhörte, ob sie einer Frau oder einem Mann gehörte, antwortete mit einem langgezogenen, gegen Ende leicht verzitterten »Ja?«.

»Herr Häusler?« Paulig bückte sich zum Kameraauge. »Können wir reinkommen?«

»Ah, Frau Kommissarin, ich hab Sie gleich gar nicht erkannt. Ich weiß nicht, also …«

»Keine Angst. Die beiden Damen gehören zu mir.«

»Der meint wahrscheinlich, wir sind die Sternsinger und kommen jetzt öfter«, murmelte Veronica Fischer.

Maly grinste, und auch Paulig musste sich bemühen, nicht gleich loszulachen, so absurd war die Vorstellung.

»Herr Häusler, lassen Sie uns einfach rein«, brachte sie mühsam heraus und drehte sich dann schnell weg. Birgit Maly drehte sich ebenfalls um, Veronica Fischer steckte sich zusätzlich die Faust in den Mund, ein Anblick, der alles nur noch schlimmer machte.

Nach der Geschichte vom Tod von Doris Maly, der Sache mit dem Matsch und der Hundescheiße, nach Häuslers Gestottere, obwohl er noch nicht einmal ahnte, was da auf ihn zurollte, da hatte es wohl nur noch genau diesen einen blöden Spruch gebraucht, dass es ihnen die Sicherung raushaute und sie sich aufführten wie drei Teenager auf Rotkäppchen-Sekt.

»Grüß Gott, Herr Häusler. Frau Fischer kennen Sie ja.«

Ein dünnes Lächeln huschte über sein Gesicht. Kein Gruß kam ihm über die Lippen.

»Und das ist Frau Maly aus München.«

»Grüß Gott.« Häusler sah Paulig fragend an.

»Sie können sich nicht vorstellen, wer das ist? Und Sie haben den Namen auch noch nie gehört?«

Häusler schüttelte den Kopf.

»Denken Sie doch mal zurück. Dürfen wir uns setzen?«

»Entschuldigung. Natürlich, bitte.«

»Ist Ihre Frau nicht da?«

»Nein, die ist nach Garmisch gefahren. Einkaufen.«

»Gut.«

»Gut? Warum?«

»Gut für Sie.«

»Für mich? Warum?« Seine Verwirrung hätte nicht größer sein können.

»Sie haben also keine Ahnung, wer das sein könnte? Wie lange ist das her, Frau Maly?«

»In drei Wochen werden es vierzig Jahre.«

Die Lachtränen hatten den Kajal etwas verlaufen lassen. Häusler erstarrte. Paulig dachte, gut, dass er sitzt.

»Wissen Sie jetzt …? Erkennen Sie die Ähnlichkeit?«

»Ja«, ächzte er. »Aber …«

»Frau Maly ist die Tochter der Frau, die Sie …«

»Ja, ja, ja! Ich hab's gewusst.« Es war immer ein gewaltiges Schauspiel, jemandem dabei zuzusehen, wie er zusammenbrach. »Ich hab's gewusst«, stöhnte er erneut. »Ich hab's immer gewusst. Ich hab damals schon gesagt, dass das nicht gut geht … Und jetzt?« Er hob den Kopf. »Sind Sie die, die uns alle der Reih nach …«

»Dann würde Frau Maly wohl kaum noch frei herumlaufen.«

»Aber warum …? Woher …?« Weiter kam er nicht.

»Ich hab euch zug'schaut, damals im Keller, bei uns im Hotel …«, sagte Veronica Fischer leise.

»Vroni … Mein Gott … Aber warum hast du nichts …?«

»Gesagt? Was soll ich denn da sagen? Soll ich da vielleicht sagen … Ja, ja, ja, sag mal, spinnst du?!« Ihr Gesicht gefror zu Eis. »Und dann? Damit ihr mich auch noch umbringt?«

»Aber Vroni. Wie kommst denn auf so was. Ich hätt dir doch nie was antun können. Hättst halt was … Dann wär jetzt wenigstens alles vorbei, und, und, und ich … und ihr … Nein, nein, ist schon gut … Ich will … Bitte versteh mich nicht falsch. Ich will da nichts …«

»Es stimmt also«, ging Paulig klärend dazwischen, »dass Sie die Mutter von Frau Maly, also Frau Doris …«

»Ja, ja, ja!« Häusler schlug erneut die Hände vors Gesicht. »Ich weiß auch nicht, wie …«

»Aber warum? Warum haben Sie sie umgebracht?«

»Umgebracht? Aber, aber … Ich … ich …«

»Wollten Sie Ihren Freunden mal so richtig zeigen, was ne Harke ist«, fuhr Birgit Maly ihn an. »So mit Luft abdrücken und so. Brauchen Sie das? Gewalt? Damit Sie überhaupt einen hochbekommen? Steht er Ihnen erst, wenn Sie jemanden vollständig in Ihrer Gewalt haben? Um dann dabei zuzuschauen, wie sie verreckt? Sie, Sie, Sie krankes Schwein, Sie, Sie …« Sie hatte keine Lust, sich zu beherrschen, noch viel weniger, Häusler dabei zuzusehen, wie er langsam dabei war, sich schon wieder zu berappeln, sich vorsichtig herauszuarbeiten aus dem Loch, in das er sich eben erst vergraben hatte. Das sollte alles gewesen sein? War's das etwa schon mit Leiden? »Sie gottverdammtes, krankes Arschloch!«

»Ich … ich …« Häusler begann zu schluchzen.

Christine Paulig hob die Hand, Birgit Maly klappte ihren Mund wieder zu, Veronica Fischer machte ihn erst gar nicht wieder auf.

»Weiß Ihre Frau eigentlich, dass Sie schwul sind?«, fragte Paulig in das Wimmern des Alten.

»Nein«, antwortete er ohne nachzudenken.

»Ist das Ihr Geheimnis?«

Er nickte. Das letzte bisschen Farbe wich aus seinem Gesicht.

»War es deshalb? Wollten Sie sich nicht blamieren vor Ihren Freunden? Haben Sie ihr deshalb den Mund zugehalten? Musste Frau Maly sterben, weil keiner mitbekommen durfte, dass sie bei einer Frau keinen hochbekommen?«

Zwischen Rotz und Wasser und der aufkeimenden Erkenntnis, dass das große Geheimnis seiner Existenz nichts mehr war als ein stinkender, alter Teppich, den man einfach auf den Müll werfen konnte, formulierten sich seine Gedanken. »Ich wollt das doch nicht! Das wollt ich nicht. Ich hab ihr doch nur … Und auf einmal war sie tot, hat sich nimmer g'rührt …«

»Und dann? Wo haben Sie sie verscharrt? Und vor allem, wer weiß noch davon? Haben Sie jemandem davon erzählt? Hat Sie wer beobachtet, als Sie sie verscharrt haben? Denken Sie nach.«

»Niemand. Da waren nur wir fünf.«

»Und später?«

»Auch nicht. Wir sind ja gleich wieder runter und haben sie durchs Kellerfenster geschoben, es war ja mitten in der Nacht. Und im Hof. Da war kein Mensch außer uns. Und dann sind wir ins Sägewerk gefahren. Und da haben wir sie vergraben, und ich hab dann Holz draufgestapelt. Später hab ich das alles betonieren lassen … Aber es hat nichts geholfen. Ich bin sie nicht losgeworden … Keinen Tag.«

Paulig sah ihm zu, wie er sich wand. Sie empfand kein Mitleid. Sie bedauerte nur, dass wohl keiner mehr zur Rechenschaft gezogen werden konnte.

»Gut, Herr Häusler, ich mach Ihnen jetzt einen Vorschlag. Wir müssen den Täter erwischen, bevor er noch mehr Unheil anrichtet. So weit waren wir ja schon. Das mit Neuner haben Sie mitbekommen?«

Häusler nickte.

»Wir haben ihn noch nicht gefunden. Vielleicht hat es ihn ja auch schon erwischt, vielleicht hat er sich aber auch nur aus dem Staub gemacht. Auf jeden Fall bleiben im Moment nur noch Sie.«

»Und der Oscar. Ich weiß. Waren Sie bei ihm auch schon?«

»Nein. Und das hat damit zu tun, dass wir, wie soll ich sagen, dass wir Sie brauchen.« Sie schaute ihn ernst an. »Als Lockvogel. Bevor Sie antworten, sage ich gleich, dass wir keinen anderen Weg sehen, wie wir das hier anders und vor allem kontrolliert zu Ende bringen können. Wir können schließlich nicht ewig auf Sie aufpassen. Aber es muss von Ihnen ausgehen. Offiziell darf ich Sie das nicht einmal fragen. Aber wenn Sie sich uns, wie soll ich sagen, förmlich aufdrängen, tja, also bevor Sie das auf eigene Faust machen …«

Häusler riss die Augen auf und war auch sonst plötzlich hellwach. »Das können Sie nicht verlangen.«

»Das stimmt.« Paulig hatte keine Lust, ihn zu schonen. »Aber dann sind Sie vielleicht der Nächste. Wenn der Staatsanwalt erfährt, auf wen wir hier aufpassen, ist jedenfalls Schluss mit Polizeischutz.«

»Und dass Sie jemand nehmen, der mir ähnlich sieht?«

Paulig staunte. Über seine Dreistigkeit und vor allem darüber, dass er überhaupt noch zu so einem Gedanken fähig war.

»Und woher sollen wir den nehmen? Nein, nein, das können Sie vergessen. Aber wie gesagt, ich kann Sie selbstverständlich nicht zwingen. Im Gegenteil, ich darf sie das nicht einmal fragen.«

»Aber Sie haben mich gefragt.«

»Nein, darüber geredet haben wir, und das ist ja nicht verboten. Reden darf man über alles.«

»Aber wo ist denn da der Unterschied? Wo ist denn da die Wahl? Das ist Erpressung.«

»Das sehen Sie jetzt aber ganz falsch. Ich zwinge Sie zu nichts. Es sind die Umstände, und die habe ich nicht geschaffen. Und haben Sie nicht gesagt, man kann nicht immer nur davonlaufen? Aber wir können gerne abwarten, was noch passiert. Vielleicht haben Sie ja Glück, vielleicht will ja gar niemand was von Ihnen. Vielleicht hat das ja alles gar nichts mit Ihnen zu tun? Vielleicht mit Ihren Schneemeistern? Oder eine Verwechslung? Suchen Sie es sich aus. Vielleicht war's ja ein Verrückter, der schon längst weitergezogen ist. Und der Neuner sitzt gemütlich zu Hause im Partykeller und lässt sich's gut gehen. Alles möglich. Aber ich glaube nicht, dass ich es darauf ankommen lassen würde. Diese Ungewissheit. Wie wollen Sie überhaupt noch in Ihren Wald gehen?«

»Ja, aber wer?« Es war wohl der letzte Satz, der mit dem Wald, der den Ausschlag gab. »Wie wollen Sie denn erkennen, wer hinter mir her ist? Das könnt ja jeder sein.«

»Nein, nicht jeder.«

»Und der Oscar? Dass der das macht? Dass Sie den erst einmal fragen? Der tut sich vielleicht leichter mit so was …«

»Nein. Und ich erklär Ihnen auch warum.«

Veronica Fischer und Birgit Maly hatten sich nicht mehr am Gespräch beteiligt. Sie wussten, was Paulig vorhatte. Mit leeren Blicken folgten sie ihren Ausführungen. Paulig kannte diesen Blick. Für Hinterbliebene oder Überlebende von Tötungsdelikten war es oft unmöglich, die grausame Tat und den Menschen, der sie begangen haben soll und der oft nur ein Haufen Elend war, in Übereinstimmung zu bringen. Was blieb, war der Wunsch, einfach aufzustehen und zu gehen und dabei vielleicht noch schnell über den Tisch zu langen, ein allseits tolerierter Rest von Selbstjustiz.

Als sie fertig waren, hätte sie es keine Minute länger ausgehalten. In Häuslers Wohnzimmer war es nicht wärmer als gestern, aber heute war sie nahe daran zu ersticken.

»Wir gehen dann jetzt. Wir rufen Sie an, wenn es so weit ist.«

»Und wann wollen Sie ...?« Er warf einen scheuen Blick auf Birgit Maly. »Wegen der, ich meine, Ihrer Mutter.«

»Wenn das alles hier vorbei ist. Bis später, Herr Häusler.«

Am Auto blieben sie stehen.

»Gehen wir ins Stüberl?« Frau Fischer versuchte, locker zu klingen, vielleicht an vorher anzuknüpfen. »Ich brauch jetzt erst mal einen Schnaps.«

»Nehmen wir den Wagen?«

»Nein, danke. Ich geh zu Fuß. Die paar Meter.«

»Und Sie?«

Birgit Maly zog die Kapuze über den Kopf.

»Ich möchte eigentlich nur noch meine Mutter beerdigen und dann nichts mehr mit dieser ganzen Scheiße hier zu tun haben. Ich geh auch zu Fuß. Aber sagen Sie, wie haben Sie das eigentlich herausgefunden?«

»Dass er schwul sind? Kleinigkeiten. Wie er redet, besonders wenn er sich aufregt, wie ihm dann die Stimme verrutscht, dann wie er sich bewegt, wie er sich durch die Haare fährt, wie er sich anzieht, wie er seinen Kaffee trinkt, alles eine Spur zu akkurat.

Erinnern Sie sich noch an Walter Sedlmayr, den Schauspieler? Da hat auch keiner gewusst, dass der schwul ist. Nur wenn man ihn näher gekannt hat, sind einem die Besonderheiten aufgefallen. Beobachtungsgabe nennt man das, berufsbedingt, wenn Sie so wollen. Gehen wir?«

Im Vorbeigehen gab sie den Beamten ein Zeichen, dass sie sie anrufen würde. Sie ließ sich etwas zurückfallen, unterrichtete Tilman Würfel über den Stand der Dinge und bat ihn, nun endgültig passende Beamte für die abendliche Aktion einzuteilen.

»Ich wollt dich übrigens auch gerade anrufen«, sagte Würfel. »Der Bernhauer hat noch mal angerufen. Aber keine Sorge, er wollt sich's nur noch mal erklären lassen. Er ist zwar immer noch nicht begeistert, aber er erlaubt's. Aber weshalb ich anrufen wollte: Der Neuner hat sich gemeldet.«

Eine Meldung, die sie nicht sonderlich überraschte.

»Er hat wohl mitbekommen, was er für einen Aufstand ausgelöst hat.«

»Das denk ich auch. Die Angst ums Geld ist wohl noch größer als die Angst ums eigene Leben.«

»Vielleicht. Vielleicht ist es aber auch ein, wie soll ich sagen, wiedererwachtes Verantwortungsgefühl. Vielleicht hat er nur eine Nacht gebraucht, um sich zu sortieren. Wer hat eigentlich angerufen? Er selbst?«

»Nein, seine Frau.«

»Hat sie die ganze Zeit gewusst, wo er war?«

»Sie sagt Nein. Ist das wichtig?«

»Ich denke nicht. Nur so. Die Suchtrupps …?«

»Schon erledigt.«

»Gut. Und sorg bitte dafür, dass von jetzt an keiner von unseren Leuten da oben herumturnt.«

»Mach ich. Und Christine, nicht dass ich an deinem Plan zweifeln würde, aber jetzt, wo Neuner wieder da ist …«

»Aber eine andere Spur haben wir nicht. Probieren müssen wir es. Und außerdem, wäre er sonst abgehauen?«

»Seh ich ja eigentlich auch so. Eigentlich wollte ich auf was ganz anderes hinaus. Was ist eigentlich, wenn die beiden Frauen das selbst waren? Also sie beide? Schließlich geben die sich gegenseitig ein Alibi.«

»Eine Möglichkeit. Aber welchen Grund hätten sie, mittendrin aufzuhören und sich stattdessen selbst in Verdacht zu bringen. Nein, das macht keinen Sinn. Abgesehen davon traue ich es ihnen einfach nicht zu. Ich sag mal ganz platt: Frauen töten anders.«

»Das weiß ich auch. Aber auszuschließen ist das nicht. Vielleicht haben sie es mit der Angst bekommen. Vielleicht, weil sie Martha umgebracht haben und damit nicht zurechtkommen.«

»Nein, glaub mir, so war es nicht. Frauen lassen sich nicht auf so was ein. Eine Frau weiß, dass sie normalerweise keine Chance hat gegenüber einem Mann. Und schau dir mal die Typen an, von denen wir reden. Also mit Ausnahme von Erwin Zimmerl. Nein. Vergiss es.«

»Aber sicher ist das nicht.«

»Nein, sicher ist nichts. Ich denke, heute Abend sind wir schlauer.«

»Und wenn nicht?«

»Keine Ahnung. Dann lassen wir uns eben was Neues einfallen.«

»Du weißt schon, dass wir nichts in der Hand haben.«

»Hast du vielleicht eine bessere Idee?«

»Verhaften?«

»Und so lange verhören, bis er zusammenbricht? Nein, das ist mir in dem Fall zu unsicher. Wie du selber sagst, wir haben nichts in der Hand. Und außerdem, das können wir immer noch. Das läuft uns nicht davon. Also dann bis später. Wo ist er eigentlich, der Neuner? Und wo war er überhaupt?«

»In einer Skihütte von *TP Snowmaster.* Irgendwo hinter Salzburg.«

»Das passt. Und jetzt?«

»Soweit ich weiß, ist er immer noch dort. Willst du mit ihm sprechen?«

»Hat er was zu sagen?«

»Nein. Er sagt, er hat keine Ahnung, wer ihm ans Leder will. Er hat einfach nur die Nerven verloren, wollte sich erst einmal sortieren. So hat er es zumindest gesagt.«

»Du hast ihm nichts gesagt?«

»Nein. Ich hab nur gesagt, dass wir einer Spur nachgehen. Schließlich ist noch nichts bewiesen.«

»Hm, ich weiß nicht. Aber vermutlich hast du recht, noch ist das nur eine Möglichkeit. Und sag ihm, er soll auf jeden Fall bleiben, wo er ist, und nicht telefonieren. Mit niemandem!«

»Mach ich. Und wenn er sich nicht dran hält?«

»Okay. Ruf ihn an und sag ihm, was wir wissen und was wir vorhaben. Dass wir alles tun, um ihn da rauszuhalten. Was aber nur funktioniert, wenn er uns nicht dazwischenfunkt. Die Kollegen in Salzburg sollen einen Wagen hinschicken und auf ihn aufpassen. Nein, die sollen sich zu ihm reinsetzen.«

»Und was soll ich denen sagen?«

»Dasselbe wie dem Neuner, was wir wissen und was wir vorhaben. Und ruf Ötzi an und sag ihm Bescheid. Die sollen aufpassen, dass der Häusler sich nicht auch noch aus dem Staub macht. Wir gehen noch schnell ins Stüberl. Aber pass auf, dass keiner mithört. Am besten, du gehst raus zum Telefonieren. Wir dürfen jetzt nicht das geringste Risiko eingehen.«

»Mach ich. Aber was ist, wenn er es versucht? Du willst ihn doch nicht zwingen?«

»Nein, natürlich nicht. Aber so einfach gehen lassen will ich ihn auch nicht.«

»Was ist eigentlich mit Häuslers Idee, dass wir ein Double nehmen. Ich finde sie eigentlich gar nicht so schlecht.«

»Kennst du jemand, der ausschaut wie der Häusler? Jetzt, auf die Schnelle? Und zwar exakt wie er.«

»Hm.«

»Eben. So viel Zeit haben wir nicht. Jetzt oder nie. Dann sehen wir weiter.«

»Ich werde dann mal telefonieren«, seufzte Würfel. »Bis später.«

»Bis später, Tilman. Und mach dir nicht so viel Sorgen. Wenn sogar der Bernhauer einverstanden ist. Wird schon schiefgehen. Ach ja, noch was …«

Bis Mittag blieb sie im Stüberl und ließ sich von den beiden Frauen ihr Leben erzählen. Eigentlich wollte sie noch hinüber zum Ganswirt, zum Ort der Vergewaltigung. Aber der lief ihr nicht davon.

Den Anfang machte Birgit Maly. Es waren keine schönen Geschichten, und alle liefen nach demselben Muster ab. Erst alles rosarot, dann eine Phase der Unsicherheit, dann der Absturz, am Ende Flucht. Mit Vorliebe fing sie etwas mit ihren jeweiligen Chefs an. Dass die in der Regel verheiratet waren, schien sie nicht zu stören. Sie wunderte sich nur, dass keiner jemals seine Frau verlassen hatte, obwohl alle es versprachen.

Weniger turbulent, doch wesentlich spannender war das Leben von Veronica Fischer verlaufen. Frei, nur sich selbst und den Naturgewalten verantwortlich, keine Vorgesetzten, keine Kollegen, nur Kühe und die Alm und der Wechsel der Jahreszeiten.

Während das Leben aus ihr eine selbstbewusste Frau geformt hatte, wirkte Maly, als wäre sie irgendwo stehen geblieben. Immer auf der Suche nach dem Märchenprinz, der all die Versprechungen, an denen entlang sie sich durchs Leben hangelte, schon noch erfüllen würde. Zwei Lebenswege, die sicher nicht so verlaufen wären, wäre eine lebenshungrige Frau nicht vor vierzig Jahren auf die Idee gekommen, den Faschingsdienstag einmal ganz anders zu verleben, in der ländlichen Abgeschiedenheit des Voralpenlandes, nur mal sehen, wie sich das anfühlte.

Je länger sie so beisammensaßen, umso unruhiger wurde sie. Sie kannte das Gefühl. Mittlerweile war auch Veronicas Mutter eingetroffen. Mit einem gemurmelten Gruß verschwand sie in der Küche. Zehn Minuten später rief sie nach draußen, ob die drei Damen vielleicht eine kleine Stärkung bräuchten. Weißwürste vielleicht. Und die Brezen würden auch nicht besser vom Herumliegen.

Gegen Mittag fuhr Paulig in die Dienststelle. Lustlos blätterte sie erst ein wenig in den Protokollen und besprach dann mit Würfel die Details des abendlichen Einsatzes. Während sie die Nummer der Staatsanwaltschaft wählte, begann es zu schneien. Dicke, unförmige Flocken. Kein Vergleich zu den elfenhaften Wesen, die noch gestern die Luft bevölkert hatten. Meisterwerke aus Wasser und Staub von beinahe überirdischer Schönheit – auf jeden Fall erstaunlich.

Weder skifahrende Kinder noch deren Anhang störten heute die Ruhe am Hang. Reglos hingen die Teller in ihren Haken. Drinnen im Lifthäusl steigerte sich derweil die Nervosität. Paulig starrte hinauf zum Marterl, Würfel hielt Kontakt zu den Kollegen. Soeben war der letzte in seinem Versteck angekommen, was sämtliche Farben zum Anlass nahmen, prompt ihr Leuchten einzustellen und stattdessen einem großen, düsteren Grau Platz zu machen. Übrig blieben ein Gefühl seltener Klarheit und einsetzende Kopfschmerzen. Punkt sechzehn Uhr fünfzehn, nur mehr vereinzelte Flocken fütterten die weißen Wogen, stellte Paulig ihr Fernglas zur Seite und griff zum Telefon.

Häusler war einem Nervenzusammenbruch nahe und nur mit Mühe dazu zu bewegen durchzuhalten. Wieder und wieder versicherte sie ihm, dass nichts geschehen könne, jeder seiner Schritte würde doppelt und dreifach überwacht. Kein Mensch könne sich ungesehen nähern. Er solle ruhig bleiben und sich geben wie immer, auch wenn es ihm noch so schwerfiele.

Am Waldrand bewegte sich ein Zweig. Dann noch einer. Ein dritter warf seine weiße Last in die Tiefe. Dann ein Rauschen, das den ganzen Bergwald in Bewegung versetzte. Als hätte eine unsichtbare Hand mitten hineingegriffen, rissen jetzt auch die Bügel an ihren Haken, in alle Richtungen warfen sich die Liftteller, zerrten die Seile am Joch der Rollen und Klemmen, der Winden und Klauen. Nur die Masten hielten still. Mit ruhigem Ernst widerstanden sie der Versuchung, das entstandene Chaos auszunutzen, sich von ihren Fundamenten zu trennen und sich unbemerkt davonzumachen, Reißaus zu nehmen, einfach zu gehen, mit riesigen Schritten hinaus in die Welt, in die Dolomiten vielleicht oder ins Wallis, vielleicht sogar nach Übersee. Aber sie wussten, das waren Träume. Realistisch wären allenfalls Irland oder Schottland oder das Ruhrgebiet. Dort hatte man noch was übrig für Baby-Lifte. Aber deswegen seinen Ruf aufs Spiel zu setzen?

Scheiß Föhn, schoss es Paulig durch den Kopf. Gerade jetzt. Von links näherte sich Häusler. Eine heftige Bö riss ihm den Hut vom Kopf. Ohne umzusehen, lief er hinterher. Paulig erstarrte. In ihrem Rücken hielt Würfel den Atem an. Häusler, immer wieder von schneeführenden Orkanböen verschlungen, stapfte zurück zum Weg. Ohne ihn aus den Augen zu lassen, griff sie zum Telefon.

»Manzoni? Und …? Ja, scheiß Föhnsturm. Was macht er …? Ja … Ja, Gott sei Dank … Was? … Hauptsache, er hält durch.«

Nach etwa einer halben Stunde, in der nichts geschah, außer dass der Sturm sich vergeblich mühte, das Lifthäusl einfach auszureißen und dem nächstbesten Farchanter in den Garten zu werfen, klingelte ihr Telefon. Es war Häusler. Er klang stabil. Er hätte eine SMS erhalten, dass aus dem Treffen am Berg nichts werden würde. Zu stürmisch. Er solle stattdessen ins Stüberl kommen. Sie antwortete, kein Problem, auch dort seien Beamte positioniert. Und die Kollegen, die jetzt um ihn herum seien, würden ihm auch weiterhin folgen. Häusler entgegnete, dass er sich normalerweise immer erst umziehe, bevor er ins Stüberl ginge. Ob er das heute auch so handhaben solle. Paulig war einverstanden. Weit mehr beschäftigte sie der Gedanke, dass sie vielleicht aufgeflogen waren. Aber warum dann einen neuen Treffpunkt vereinbaren?

Sie schrieb eine SMS an Ötzi und Manzoni.

»Könnt ihr reden? Ruft mich an. Neuer Plan!«

Noch bevor sie sie abgeschickt hatte, rief Özokan an.

»Ja, Ötzi? … Passt. Häusler hat eine SMS bekommen. Er soll ins Stüberl kommen. Wir brechen also hier ab. Wo ist er jetzt? …

Du rufst mich an, wenn er ins Stüberl geht … Ja, sehe ich auch so. Einen besseren Ort als dieses Wahnsinnswetter kann man sich doch gar nicht wünschen für einen Mord. Aber was soll's … Jetzt. Wir warten noch einen Moment und kommen dann runter … Nein, wir kommen von hinten. Und halt mich auf dem Laufenden. Informierst du Manzoni?«

17

Nur noch einzelne Böen warfen sich auf die Ansiedlungen der Menschen, die lieber zu Hause blieben, als sich der Gefahr auszusetzen, etwas an den Kopf zu bekommen. Nicht einmal Waldemar Perchtold, eigentlich eine sichere Bank, hatte den Weg in seine zweite Heimat gefunden. Wahrscheinlich war er in den Süden geflogen, in irgendein Golfressort, wo er von seinen Taten erzählen und seine Frau an ihrem Handicap arbeiten konnte. Aber auch wenn von den üblichen Gästen heute nicht allzu viele den Weg ins Georgistüberl gefunden hatten, war es doch nicht leer. Nur eine rechte Stimmung wollte nicht aufkommen. Daran vermochte auch Wastl Fanderls »Bairische Tanzmusi« nichts zu ändern, so sehr sie sich auch bemühte, daran zu erinnern, dass eigentlich Fasching war.

Lufti Häusler war nicht mehr der Alte. Um das zu erkennen, musste man kein Fachmann sein. Ob er es je wieder werden würde, war nicht ausgemacht. Zu seinem gepflegten Äußeren würde er wohl bald zurückkehren. Aber wie sich der Rest von ihm entwickeln würde, jetzt, da die alte Geschichte ans Licht gekommen war? Mit viel Glück käme er als Opfer damaliger Moralvorstellungen vielleicht gerade noch einmal so davon. Wenn nicht …

Er setzte sich wie immer und trotz allem an seinen Platz am ansonsten leeren Stammtisch, fuhr sich durchs Haar und wartete auf sein Bier. Als Vroni es ihm hinstellte, sagte er Danke. An der Wand hockte einer der Kommissare, Birgit Maly saß am Eingang.

Zum ersten Mal fühlte er sich fremd in seiner Stammkneipe – und allein. Genauso wie damals – auch wenn er wusste, dass nie etwas genau so ist, höchstens ähnlich, aber er wollte jetzt so denken, wollte die ganze Geschichte endlich hinter sich bringen, die einzelnen Teile so miteinander verbinden, dass eine innere Logik entstand, dass es eigentlich nur so hatte kommen können, so und nicht anders. Als er verstanden hatte, was mit ihm los war, dass er schwul war und nicht wusste, wie er damit umgehen sollte, und nur klar war, dass er es geheim halten musste.

Unter allen Umständen. Lebenslänglich. Eine wahrhaft herkulische Leistung. Nur es zuzugeben, wäre heroischer gewesen. Aber da hätte er sich auch gleich erschießen können.

Lediglich in der Stadt wussten sie, wie es um ihn stand, nur dort fühlte er sich frei, nur dort konnte er der sein, der er wirklich war, konnte in den Spiegel schauen, ohne sich verstellen zu müssen. Die Stadt war voll mit Schwulen vom Land. Nicht wenige von ihnen, besonders unter den älteren, hatten Kinder, waren irgendwann einmal verheiratet gewesen und heilfroh, ihr Coming-out endlich hinter sich gebracht zu haben, ein paar kannte er sogar, zwei Geschäftsleute aus Murnau, ein Bankangestellter aus Garmisch.

Er verharrte noch einen Augenblick bei dem Gedanken an die Tat. Kann es sein, dachte er verblüfft, dass sich Schuldgefühle auf einen Schlag abbauen können? Einfach, weil es endlich raus ist? Weil man endlich eine stimmige Geschichte hat? Weil man lang genug gelitten hat? Vorsichtig blickte er an sich herunter. Seine Büßerhaltung hatte sich nicht verändert. Er saß noch genauso in sich zusammengesunken über seinem Bier wie zuvor. Er hob das Glas. Es schien, als würde er sich selbst zuprosten. Nur das noch hinter mich bringen, dann bin ich frei. Dann bin ich endlich frei. Und keiner wird wegen mir sein Leben ändern müssen. Elvira nicht, Regine nicht. Im Gegenteil. Sie werden froh sein, wenn sie sagen können, der Vater, der lebt hier nicht mehr. Und für das Sägewerk gab es genug Interessenten.

Er hatte nicht gemerkt, dass Veronica sich zu ihm gesetzt hatte und ihn scharf anblickte.

»Ich weiß ehrlich gesagt nicht, was du zu grinsen hättest.«

»Ich grinse nicht«, antwortete er ruhig. »Und wenn es so aussieht, tut's mir leid.«

»Du weißt schon, dass du mein Leben zerstört hast.«

»Findest du.« Zwei Wörter, sinnlos, aber sie gaben doch eine

Linie vor. Ob Veronica Fischer bereit war, ihr zu folgen, war jedoch eher unwahrscheinlich. »Sei mir nicht böse, aber meinst, hier hättest du es besser getroffen? Meinst, du hättest was versäumt, wennst nicht hinausgegangen wärst in die Welt? Glaub mir, mir wär lieber, ich wär gegangen statt deiner, am besten gleich nach der Schule. Gleich nachdem ich gemerkt hab, was los ist mit mir. Dann würd auch die Frau noch leben. Und wer weiß, wenn die Frau Kommissarin recht hat, auch die Martha, der Wolfram, der Erwin. Dann würden wir nicht hier herumsitzen und darauf warten …«

»So einfach machst du dir das also«, fiel sie ihm, mehr erstaunt als entrüstet, ins Wort. »Meinst nicht, ich hätt vielleicht auch gerne Kinder gehabt, den Laden von meinen Eltern übernommen, sie nicht im Stich lassen müssen? Meinst, ich hab mir das ausgesucht? Das hast du schon für mich gemacht. Und für die Birgit gleich mit. Meinst, das war lustig, ohne Mutter aufzuwachsen, nicht einmal zu wissen, was aus ihr geworden ist. Komm du mir jetzt bloß nicht mit Selbstmitleid.«

»Das tu ich auch nicht. Auch wenn es in meinem Leben keinen Tag gegeben hat, an dem ich nicht dran gedacht hab, was ich getan hab.« Er konnte sich nicht erinnern, jemals so ruhig gewesen zu sein. »Wenn du meinst, dass ich mich da jetzt rausreden will, irrst du dich. Was ich gemacht hab, war furchtbar, auch wenn sie's überlebt hätte, auch wenn sie nicht erstickt wäre. Aber dass sie erstickt ist, das war ein Unfall. Ich mein, man erstickt doch nicht einfach so. Sogar der Wolfram hat gesagt, dass das nicht normal ist, also dass man so einfach erstickt. Da ist irgendetwas passiert, vielleicht der Alkohol, wahrscheinlich ist sie ohnmächtig geworden, hat sich erbrochen, ohne dass wir es mitbekommen haben. Und daran ist sie dann erstickt. So hat's uns jedenfalls der Wolfram erklärt. Aber dass es überhaupt so weit gekommen ist, das ist unverzeihlich. Was wir getan haben, war widerlich. Ganz egal, dass sie, wie soll ich sagen, also dass sie auch nicht mehr ganz nüchtern war. Aber das soll keine Entschuldigung sein. Ich weiß selber, dass wir das nicht ausnutzen hätten dürfen. Im Gegenteil, an uns hätte es gelegen … Aber das hat sich, wie soll ich sagen, einfach aufgeschaukelt. Und dann der Oscar, der immer wieder damit angefangen hat, ganz wild war er darauf, sie zu … Nicht nur er natürlich, aber er vor allem. Ich hab von Anfang an dagegengeredet, mir war das von Anfang an nicht recht. Naja, du weißt ja jetzt, wie es um mich steht. Und dann … dann ist es eben passiert. Ich wollt doch nur, dass die, dass ich …«

»Was ist los?« Von beiden unbemerkt, war Birgit Maly an ihren Tisch getreten. »Will er sich etwa rausreden? Gute Lust hätt ich und …«

»Birgit!«, zischte Vroni. »Nicht! Nicht dass auf einmal die Tür aufgeht …«

»Der hat meine Mutter auf dem Gewissen und sitzt seelenruhig da und trinkt sein Bier. Und du stellst es ihm sogar noch hin. Wie soll ich da ruhig sein.«

Die Küchentür schwang auf.

»Brauchst mich noch, Vroni?«, fragte ihre Mutter.

»Nein. Ich denke, du kannst zusammenräumen. Lang wird's heut eh nicht gehen.«

»Also gut, dann räum ich jetzt zusammen.«

»Danke, Mama.«

Veronica Fischer stand auf und gab Birgit Maly ein Zeichen mitzukommen, als Häuslers Handy klingelte. Er hob ab, sagte erst einmal nichts, dann »Ja«, dann »Ja dann, bis gleich«, stand auf und ging. Er war schon fast an der Tür – den Blick starr nach vorne gerichtet, eben hatte er sich eine Stuhllehne in den Oberschenkel gerammt, jetzt war auch noch der Bistrotisch im Weg –, als Veronica Fischer endlich reagierte. Tilman Würfel, der entsprechende Handzeichen gemacht hatte, war kurz davor, aufzuspringen und sich ihm in den Weg zu stellen.

»Und wo gehst jetzt hin?«, fragte Veronica Fischer so laut, dass jeder im Raum es hören konnte.

Häusler drehte sich noch einmal um. »Ins Tennisstüberl.«

Tilman wartete nicht, bis er weg war. »Hast du alles …?«, flüsterte er in sein Handy.

»Ja«, kam es ebenso angestrengt zurück.

»Gut, dann geh ich ihm jetzt nach. Ich leg auf.«

»Ja, aber pass auf. Wir wissen ihm Augenblick nicht … Nicht, dass der auf einmal … Tilman …? Tilman! Scheiße!«

Die Vorwürfe der beiden Frauen konnten ihn nicht mehr treffen. Er kannte sie alle, er hatte sein Leben mit ihnen verbracht. Er trat ins Freie. Noch einmal horchte er in sich hinein. Aber da war nichts mehr. Leere, wunderbare Leere, und eine beinahe kindliche Freude auf eine Zigarette. Er war frei, zum ersten Mal wirklich frei, frei von Angst. Mit einer Hand fummelte er nach seinem Feuerzeug, in der anderen hielt er bereits die Zigarette. Wie immer hatte er sie noch im Lokal aus der Schachtel genommen. Während er in die Bahnhofstraße bog, nahm er den ersten Zug. Nach einigen Metern drehte er sich um. Der gemütliche Kommissar kam eben um die Ecke. Auch auf der anderen Straßenseite stand ein Mann, der ihn unauffällig beobachtete. Weiter vorne, im Eingang des Schreibwarenladens, noch einer. Bei der Vorstellung, wie es Wolfram erwischt hatte, spannte er unwillkürlich die Bauchmuskeln an.

Der erste Schlag versetzte ihn in eine sanfte Drehung. Der zweite durchtrennte die Halswirbelsäule.

»Scheiße! Mein Gott …«

Keine zehn Schritte von Würfel entfernt war Häusler in die Knie gegangen.

»Macht nichts«, sagte der und versuchte zu lächeln.

Es dauerte einen Moment. Würfel dachte bereits, Häusler würde einfach wieder aufstehen. Sie schauten sich in die Augen, der eine verwundert, Würfel bettelnd. Steh auf, steh doch endlich auf. Ein paarmal wippte Häuslers Kopf noch hin und her. Im nächsten Augenblick, als hätte Würfels Hirn eine Szene übersprungen, lag er tot am Boden.

»Da … da … da … im Eingang …«

Würfel stand immer noch wie angewurzelt.

»Tilman! Mein Gott!«

Plötzlich war er umringt von Kollegen in Zivil. Einige von ihnen waren eben noch mit ihm im Stüberl gesessen. Merkwürdig, dachte er, was machen die denn hier? Christine? Ötzi? Auch Manzoni kam ihm seltsam bekannt vor. Nur langsam erkannte er die Zusammenhänge.

»Ja, sorry, ich weiß auch nicht ...«

»Tilman! Alles klar? Bist du okay?«

»Ich? Ja. Christine. Ich versteh nicht. Ich hab gedacht, ihr habt ihn im Blick.«

»Hatten wir auch. Aber dann ist er in den Hof vom Stüberl, und da konnten wir ihm ja schlecht hinterher. Wir wären ihm direkt in die Arme gelaufen. Und dann hat Häusler den Anruf erhalten, da haben wir gedacht, der ist wohl doch nur aufs Klo und kommt gleich wieder raus. Schließlich hat er ihn zum Tennisstüberl geschickt. Ich wollt dir noch sagen, dass wir ihn gerade nicht im Blick haben, nicht dass der plötzlich im Lokal steht, aber dann warst du plötzlich weg. Ich weiß auch nicht, wo der auf einmal herkommt. Irgendwie muss es da noch eine Verbindung geben. Vielleicht von hinten über die Schlosserei. Oder über einen Seiteneingang. Mein Gott, ich weiß ja auch nicht. Ich mein, wer kommt denn auf so was, wir können doch nicht jede einzelne Tür im Auge behalten. Verdammte Scheiße, was weiß ich, wo der auf einmal herkommt. Ich mein, wir sind doch keine Hellseher. Wir hatten ihn immer im Blick! Die ganze Zeit. Bis ...« Ein Suchscheinwerfer hatte sie ins Visier genommen. Paulig schloss die Augen und drehte sich weg. »Frag mich nicht, aber irgendwie hat er es geschafft ... Auf die Sekunde genau, das muss man sich mal vorstellen. Das muss der geplant haben. Das muss der alles geplant haben. Eigentlich gibt's das gar nicht, also dass der so eine Punktlandung hinlegt. Dass der genau in dem Moment ...«

Ihr Sprechfunkgerät schnarrte.

»Frau Hauptkommissarin? Hallo? Hören Sie mich?«

»Ja?«

»Schieder hier. Wir haben ihn.«

»Wo?«

»Ich weiß nicht genau. Irgendwo zwischen Stüberl und Altem Wirt. Ein alter Gang. Wenn Sie kommen wollen? Ein Kollege ist unterwegs und zeigt Ihnen den Weg.«

»Ja, wir kommen … Tilman?«

Oberkommissar Würfel stand immer noch wie festgefroren im grell ausgeleuchteten Eingang des Hotels. Die Szene wirkte wie die Aufführung einer Freilichtbühne, »Der Tote und der Kommissar«.

»Tilman, kommst du …? Tilman?« Sie drehte sich um und ging zurück auf die Bühne. »Tilman! Hörst du mich!?«

»Ja?«

»Bist du in Ordnung?«

»Ja?«

»Tilman?«

»Ja?«

»Okay. Tilman, ganz ruhig. Du hast einen Schock.«

»Unbedingt. Der Häusler … Direkt vor meiner Nase. Unglaublich.«

»Okay. Tilman. Jetzt hör mir mal genau zu. Hörst du mir zu? Schaust du mich bitte an. Würdest du mich bitte anschauen, wenn ich mit dir rede. Schau nicht da hin, schau mich an!«

Unendlich langsam, als würde es ihn größte Überwindung kosten, hob er den Kopf.

»Du hattest keine Chance. Du hattest keine Chance! Tilman! Hörst du mir zu?«

»Ich weiß nicht. Ich bin mir da nicht so ganz wirklich sicher mit dem, was wir da jetzt gerade … Vielleicht sollte ich erst einmal meine Frau anrufen, damit die nicht mit dem Abendessen auf mich wartet, und die Große muss ja auch zum Training, und dann zum Golf …«

Er redete weiter wie in Trance. Paulig war sich nicht sicher, ob er sie überhaupt wahrnahm. Er war kurz davor zu kollabieren. Sie wusste, wenn sie ihn jetzt nicht auf der Stelle da herausholte, würde er sich in therapeutische Behandlung begeben müssen. Und das war's dann.

»Sag mal, spinnst du!?«, schrie Tilman auf. »Du kannst mich doch nicht einfach …«

»Entschuldige, aber das war ich dir schuldig.«

»Du warst was? Sag mal, du spinnst doch. Du kannst mich doch nicht einfach ohrfeigen! Ich glaub, du hast sie nicht mehr alle.«

»Tilman, entschuldige, aber du warst eben dabei, komplett abzudrehen. Ich kann doch nicht zuschauen, wie du … Du hast keine Schuld am Tod von Häusler!«

»Das sagt ja auch keiner. Ich war doch viel zu weit weg. Wenn jemand schuld ist, dann doch eher die, die den Dings, also den Dings … Ich mein, wo wart ihr eigentlich?«

»Tilman, beruhig dich. Ganz ruhig. Willst du dich nicht vielleicht hinsetzen?«

»Warum soll ich mich hinsetzen? Meinst du, ich hab noch nie einen Toten gesehen? Sag mal, wie redest du eigentlich mit mir?«

»Tilman, ganz ruhig, du hast einen Schock, das ist alles.« Sie wandte sich an ihre Kollegen. »Kommt ihr zurecht mit ihm? Und nehmt eine Decke mit.«

»Mich friert's aber nicht.«

»Keine Sorge, Tilman, das kommt schon noch.«

Ötzi und Manzoni nahmen Tilman Würfel in ihre Mitte. »Wenn er sich nur nicht so schwer machen würde.«

Paulig zuckte mit den Schultern und machte ein hilfloses Gesicht. »Er ist halt doch mehr der Schreibtischtyp. Bitte passt gut auf ihn auf.«

18

Wenn man darauf achtet, wird man feststellen, dass Notare sich gerne im Zentrum niederlassen, möglichst nah an den Entscheidungen, die sie dann beurkunden. Es ist ihr Siegel, das aus einem schlichten Vertrag ein Dokument macht, aus einer Absichtserklärung eine Verpflichtung und aus einer Unterschrift, wenn es sein muss, ein Stück Ewigkeit. Das war schon so vor fünfhundert Jahren, als die, die hier residierten, noch so klangvolle Namen trugen wie Martin Zerouß zu Denclingen, Nikolaus Ochs von Knipperdolling oder Friedemann Butz von der Föhrenheide, und das wird wohl auch noch eine ganze Weile so bleiben. Der Letzte, der schräg gegenüber dem alten Rathaus von Garmisch-Partenkirchen, seit jeher der Sitz des ersten Notars der Stadt, seiner Berufung nachging, hieß schlicht und einfach Oscar Vincenti. Den Doktor ließ er weg. Aber wäre es möglich gewesen, hätte er sich sicher gern von und zu Farchant oder so ähnlich genannt. Er hatte erreicht, was ihm nicht in die Wiege gelegt worden war. Sein einfaches Herkommen zu adeln, das hätte ihm bestimmt gefallen.

Das Wort »Notar« kommt übrigens aus dem Lateinischen und heißt so viel wie Schnellschreiber. Und es soll tatsächlich Notare geben, die Schriftsätze beinahe ebenso schnell verfassen, wie sie sie hinterher herunterradeln. Die Beteiligten machen anschließend ihre Kreuzchen, egal, ob sie etwas verstanden haben oder nicht, dann geben sie sich die Hand, das war's. Daher, man muss es wissen, gibt es Notare, die man besser meiden sollte, und solche, die ihr Geld wirklich wert sind, denen zuzuhören sogar ein echtes Vergnügen sein kann, vom Erkenntnisgewinn, der mitunter weit über den zu beurkundenden Fall hinaus geht, gar nicht zu reden. Genau so einer war Oscar Vincenti.

Hatte man endlich einen Termin, obwohl er eigentlich keine Mandanten mehr annahm – übrigens auch ein Indiz –, erhielt man seinen Schriftsatz, rechtzeitig genug, um sich einzulesen und über eventuelle Änderungen nachzudenken, und traf sich dann zur Beurkundung. Schwungvoll im Vortrag, die Satzzeichen beachtend, sodass man gut folgen konnte, arbeitete er sich durch die Paragrafen. Fragen, die nicht gestellt wurden, stellte er einfach selbst und beantwortete sie umgehend, gerne angereichert mit kleinen Geschichten aus der Praxis, lustigen und derben, je nach Kundschaft, passenden Analogien, aus eigenen Fällen oder aus der Fachliteratur. Erst wenn er davon ausging, dass alles verstanden worden war, bat er um die nötigen Unterschriften.

Seit Tagen hatte er kaum ein Auge zugetan. Nur seine robuste Natur und die Disziplin, an die er seit frühester Jugend gewohnt war, hielten ihn weiter aufrecht. Sie würden ihn wohl auch diese Krise überstehen lassen. Wobei überstehen nicht der treffende Ausdruck war. Er war nicht stehen geblieben und hatte abgewartet, bis der Sturm über ihn hereinbräche und sich irgendwann wieder verzöge. Dieser Sturm hätte sich nicht verzogen, er hätte ihn mit sich gerissen, ihn vernichtet, nichts wäre übrig geblieben von ihm und seiner Existenz. Wenn er ihn nicht aufgehalten hätte, wenn er nicht das getan hätte, was er am besten konnte – den Kern eines Problems erfassen, entscheiden und konsequent handeln. Ohne Zweifel zuzulassen, nur der reinen Vernunft verpflichtet, ohne den lähmenden Blick zurück. In diesem Fall darauf, dass es Lufti war, der die Frau auf dem Gewissen hatte, er war ja eigentlich nur Zeuge gewesen. Aber das war genau das, was er hasste. Eigentlich, dieses kleine Wort, das alles infrage stellte, alles infizierte. Er war Notar. Für ihn gab es kein Eigentlich, kein Vielleicht, kein Wahrscheinlich, weder divergierende Rechtsauffassungen noch irgendwelche Meinungen. Ein Notar meinte nicht, er beurkundete. Was er formulierte, war Gesetz. Über ihm nur der Himmel, unter ihm der Rest.

Ein entsorgter Golfschläger hatte ihm den Weg gewiesen – eine gedankliche Sentimentalität. Zu mehr würde er sich erst wieder hinreißen lassen auf Wolframs Beerdigung. Auch zu Erwins Beerdigung würde er gehen, obwohl er ihn nicht leiden konnte, weder im Leben noch im Tod. Er spielte kurz mit dem Gedanken, auch zu Marthas Beerdigung zu gehen. Aber da fehlte der Bezug, und einen herzustellen, war nicht sinnvoll ... Das Leben konnte so einfach sein. Man musste nur zur rechten Zeit tun, was nötig war. Beherzt, konsequent. Das war alles.

Sein Handy summte.

Er las: »Ich kann nicht mehr. Lass uns reden. Am Marterl. Zur gewohnten Zeit. Ruf mich nicht an. Vielleicht werden wir abgehört. Kein Wort zu Joseph. Der weiß von nichts. Ich weiß es von Wolfram.«

»In Ordnung«, tippte er zurück.

Dann stand er auf, ging zum Fenster und dachte nach.

Erneut klingelte sein Handy. Der Beamte auf der anderen Straßenseite ließ das Seitenfenster herunter und sah hoch. Es täte ihm leid, aber er müsste zu einem dringenden Einsatz. Ein Unfall auf der Autobahn. Ob er eine Zeit lang ohne seinen Schutz auskommen könne. Er solle sich einfach melden, wenn er die Kanzlei verlassen wolle. Ach ja, Schieder sei sein Name. Ein Anruf würde genügen.

Vielleicht war es die zeitliche Distanz zwischen der SMS und dem Anruf des Polizisten, der sich sogar mit Namen meldete, vielleicht war sie einfach zu kurz gewesen, um Verdacht zu schöpfen. Außerdem fuhr er los, ohne sein Einverständnis abzuwarten. Wenn er nicht gestört worden wäre, wenn er zu Ende hätte denken können, bevor der Anruf gekommen wäre, vielleicht wäre es ihm aufgefallen. Vielleicht hätte er sich einfach auf seinen Instinkt verlassen, der ihn bisher gut geführt hatte. Das Ganze roch doch förmlich nach Einladung, das konnte doch nur eine Falle sein, wenngleich eine ziemlich plumpe. Und vielleicht war gerade das der Grund für seine katastrophale Fehleinschätzung. Und nicht die erste, hätte Paulig jetzt eingeworfen.

Sie hatte ihn noch nicht zu Gesicht bekommen, nur mit ihm telefoniert. Alles, was sie über ihn wusste, war aus zweiter Hand. Dazu eine Handvoll Fotos und diverse Interneteinträge. Das Ergebnis war ein Charakter, der nur besiegt werden konnte, indem man ihm entweder Knüppel zwischen seine Gedankengänge warf oder ihn an der Eitelkeit packte, am besten beides zugleich. Nachdem der Bürgermeister aus dem Rennen war – Veronica Fischer hatte ihm doch noch ein Alibi gegeben, und zwar für beide Nächte –, spielte Paulig ihren letzten Trumpf. Die einzige greifbare Verbindung zwischen allen drei Mordfällen war der gewaltsame Tod von Doris Maly vor vierzig Jahren. Zwei der Beteiligten waren tot, eine mögliche Mitwisserin auch. Häusler und Neuner hatten Alibis. Blieb der Notar. In der Sache mit den Schneefritzen war sie keinen Schritt weitergekommen, so sehr sich Tilman auch bemühte. Sie hatte noch immer Pelzers Satz im Ohr: »Vergessen Sie dabei aber bitte nicht, hier geht es um Beschneiungsanlagen, nicht um Drogen.« Das war so locker rübergekommen, so wenig bemüht …

Als Wolfram ihn angerufen und gesagt hatte, sie hätten ein Problem, er wisse schon, die Geschichte von damals, mit der Frau aus der Stadt, und dass es nur eine Lösung gebe, nämlich mit dieser Tochter zu reden, alles zuzugeben, sich der Verantwortung zu stellen, strafrechtlich sei da eh nichts zu erwarten nach all der Zeit – noch bevor er zu Ende geredet hatte –, hatte er seinen ersten Fehler begangen. Dass Wolfram ihm etwas verschweigen würde oder dass er gar die Unwahrheit sagen könnte, kam ihm nicht einmal in den Sinn. Wolfram war loyal, immer schon gewesen.

Sie waren Nachbarskinder: Wolfram, der ältere, und Peter, auf den er aufpasste, wenn die Eltern ausgingen. Beide waren gute Schüler, die Elternhäuser vorzeigbar, die Lebenswege vorgezeichnet. Wolfram war Arzt geworden, was niemanden verwunderte, Peter irgendwann Bürgermeister von Farchant. Nach Wolframs

Dafürhalten eindeutig zu wenig, nicht mehr als ein Trostpreis. Dass ihr Kontakt nie ganz abgerissen war, auch nicht, als Peter in Italien lebte, lag an Wolfram, beschränkte sich aber auf wenige Male im Jahr. Aber wenn sie sich sahen oder miteinander telefonierten, freuten sie sich. Nachdem Wolfram diesmal aufgelegt hatte, war klar, dass es das letzte Mal war. Aber das war nicht einmal das Schlimmste.

Nicht nur die alte Geschichte, nie wirklich weg, war präsent wie nie zuvor, sondern ab sofort untrennbar damit verbunden die Erkenntnis, dass sie nicht nur ein Leben zerstört hatten. Drei weitere Gestalten waren ab sofort Teil des Bildes, an die Kellerwand gelehnt, mit vorwurfsvollen Blicken, schweigend auf das Gemetzel starrend, fassungslos, wie er selbst seit vierzig Jahren, wenn die Erinnerung sich losriss und ihm den Tag versaute. Birgit, die Tochter der Getöteten, Veronica, die alles mit ansehen musste, und Peter, der die Liebe seines Lebens verloren hatte, ohne zu wissen warum und der erst jetzt dabei war, sie wiederzufinden.

Peter wollte keine Entschuldigung, das verbat er sich. Wofür auch, meinte er, er wäre weder Opfer noch Hinterbliebener. Aber die Bitterkeit war nicht zu überhören. Er bat ihn nur um einen Gefallen, die beiden Frauen herauszuhalten, sie hätten genug gelitten. Und er selbst habe auch kein Interesse daran, sein Bild in der Zeitung zu sehen. Wolfram solle einfach behaupten, dass Martha sie damals gesehen hätte, aber erst jetzt, kurz vor ihrem Ableben, die Kraft gefunden hätte, sich die Last von der Seele zu reden. Und das stimme ja auch irgendwie. Schließlich war sie es gewesen, die ihn informiert hatte. Dann würde man weitersehen. Wahrscheinlich gäbe es nicht einmal einen Prozess, wie gesagt, wäre ja alles längst verjährt. Aber geschehen müsse etwas. Es würde ihnen schon etwas einfallen, es seien ja alles kluge Leute. Nur weiter den Deckel draufhalten, das ginge nicht.

So kam es, dass Oscar davon ausging, dass es nur zwei Menschen gäbe, die ihm gefährlich werden konnten: der brave Wolfram und die verrückte Martha. Und jetzt eben Lufti.

Die alte Verbindung zwischen Georgistüberl und Altem Wirt spielte bei seinen Überlegungen erst einmal keine Rolle. Erst als er beschloss, Häusler zum Tennisstüberl zu locken, der letzte Dreh im kleinen Verwirrspiel, das er sich mit ihm leistete, fiel sie ihm ein. Irgendwie hatte es ihn wohl doch umgetrieben, dass der Beamte so mir nichts, dir nichts abgezogen waren. Sonst hätte er sich wohl nicht all diese Umstände gemacht, sondern genauso wie bei den anderen beiden auch, ohne viel Federlesens, einfach zugelangt. Auch bei Erwin hatte er nicht lange gefackelt. Warum latscht der ihm auch hinterher. Nur weil er wieder mal meint, ihm kommt was aus. Vielleicht war es aber auch einfach nur seiner Eitelkeit geschuldet, dass er nach drei erfolgreichen Morden dachte, beim vierten und, wie er annahm, letztem Mal, könnte er sich schon ein wenig mehr Mühe geben. Auf jeden Fall: Wahnsinn. Auch dass er so leichtfertig war, dass er schon wieder meinte, jemanden zu kennen, diesmal den Lufti, von wegen, dass der nicht imstande wäre, ihn anzulügen. Und überhaupt: Lufti als Lockvogel. Gut, auf so was musste man erst einmal kommen, das konnte man dem Oscar noch am wenigsten vorwerfen. Aber dann, als Krönung quasi, die hirnrissige Idee, es im Dorf tun zu wollen. Mitten im Dorf auftauchen, zuzuschlagen und sich im nächsten Moment einfach in Luft aufzulösen. Vielleicht eine spontane Entscheidung. Aber warum, wen wollte er damit beeindrucken? Sich selbst? Irgendwelche Verfolger, die er vielleicht ahnte und von denen er sich vorstellte, sie hätten irgendwie von seinem letzten Schachzug erfahren und wären bereits vorausgeeilt Richtung Tennisstüberl?

All das sind Möglichkeiten. Genau wissen wird man es vermutlich nie. Das Einzige, was man weiß – zumindest hat er es so erzählt –, ist, dass er ab dem Moment, als Wolfram ihn angerufen hatte, nicht mehr er selbst war. Dass er nur noch Angst davor hatte, alles, was er erreicht hatte, für das er sein halbes Leben lang gekämpft hatte, mit einem Schlag zu verlieren. Das galt es zu verhindern, koste es, was es wolle. Was danach kam, die Tage bis zu seiner Verhaftung, was er dachte, was er tat, die Taten selbst oder dass er nach dem Mord an Martha mit dem Zug nach Innsbruck gefahren war, wo er die Nacht verbrachte, sind nicht Teil seiner Erinnerung. Auch wenn ihm natürlich bewusst ist, dass er die Taten begangen hat, es ist ihm einfach nicht möglich, sie mit sich in Verbindung zu bringen, geschweige denn, sich an Details zu erinnern. Aber vielleicht kommt das ja noch. Zeit genug hat er ja. Dass er bis ans Ende seiner Tage im Gefängnis bleiben wird, ist ihm bewusst und sein einziger Trost.

Der vermutliche Tathergang ist schnell erzählt. Ihr einziges Telefonat im infrage kommenden Zeitraum endete wohl damit, dass Vincenti und Summer beschlossen, die Angelegenheit erst einmal für sich zu behalten. Vincenti sollte wohl zunächst die Gesetzeslage prüfen und sich vielleicht schon einmal eine Strategie ausdenken. Dann, im Anschluss an ihr gemeinsames Treffen, ging Vincenti gemeinsam mit Neuner hinunter zum Parkplatz, setzte sich in seinen Wagen und wartete, bis Neuner weg war. Er fuhr dann nach hinten zum Freibad, griff sich den Golfschläger und hastete hoch zum Weg. Dort schlug er zu. Auf jeden Fall passte das am besten zu Häuslers Aussage, dass er sich nicht erinnern könne, ob Vincenti ihn überholt hätte. Und Neuner, den Kollege Würfel auf Pauligs Bitte anrief, meinte sogar, dass er sich noch gewundert hätte, weil Vincenti ihm nicht nachgekommen sei. Beide hätten doch denselben Weg, vor dem Bahnübergang links. Er könne sich deshalb so genau daran erinnern, weil er seinen Spaß daran gehabt hatte, ihn abgehängt zu haben. Kindisch zwar, meinte er, aber nicht, wenn man einen wie Oscar Vincenti, der in allem immer der Erste sein musste, als Freund hatte. Wie gesagt, ein Spaß, nicht mehr.

Martha Bruckmeier passte er auf dem Weg ins Holz ab. Ihr Ziel war ein Haufen Tannenzweige, den Forstleute am Lifthäusl aufgeschichtet hatten.

Polizeidirektor Joseph Neuner erschien nach Aufklärung des Falls nicht mehr zum Dienst. Gleich nach seiner Scheidung zog er ganz in die Skihütte von *TP Snowmaster.* Zwei Monate später fand ihn eine Urlauberin aus Chemnitz, die Dienstpistole noch in der Hand. Selbstmord, wie die zuständige Gendarmerie zweifelsfrei feststellte. Auch ohne Abschiedsbrief.

Über Tilman Würfels Kreislaufkollaps wurde nicht weiter geredet. Es konnte jeden erwischen. Jederzeit. Keiner war gefeit.

Weitere Hochspannung im Allitera Verlag

Dieter Weißbach
Stockinger
Der letzte Bergbauer

Über Jahrzehnte folgt der Leser dem Bergbauern Alfons Stockinger durch sein wechselvolles Leben, begleitet ihn durch seine Ehen, Affären, bei den Geburten seiner Kinder, in dunkelsten Zeiten und raren Momenten der Freude. Das Porträt eines Mannes, dem das Schicksal viel gegeben und noch mehr abverlangt hat.

»Ein unsentimentaler Heimatroman, der sich deutlich abhebt von vielen Regionalkrimis« (Süddeutsche Zeitung)

ISBN 978-3-86906-135-1, 260 S., Klappenbroschur, € 16,90

Billie Rubin
Dunkle Rache
Ein Nürnberg-Krimi

Bodyguard Charlotte »Charly« Braun soll Farid Nizami beschützen, einen bedrohten oppositionellen Autor aus dem Iran. Nizami akzeptiert Charlys Regeln nur zögerlich, denn er will sich nicht von einer Frau beaufsichtigen lassen und fühlt sich zudem auch ohne sie sicher. Doch Charly durchleutet Nizamis Vergangenheit und stößt auf eine schockierende Begebenheit, die zeigt: Die Gefahr lauert ganz in der Nähe des Iraners – und damit auch in ihrer …

ISBN 978-3-86906-165-8, 184 S., Paperback, € 14,90

Michael Soyka
Schwarze Ufer
Ein Starnberger-See-Krimi

Starnberg im Schockzustand: Hat die junge Rose Brunner wirklich ihre drei Kinder getötet, bevor sie einen Selbstmordversuch unternahm?
In seinem packenden Thriller beschreibt Michael Soyka nicht nur das faszinierende Innenleben Psychiatrischer Kliniken, sondern auch Mord und Verzweiflung aus ungewohnter Perspektive.

ISBN 978-3-86906-073-7, 236 S., Paperback, € 12,90

Billie Rubin
Kaltes Dorf
Ein Franken-Krimi

Die ehemalige Kommissarin Charlotte »Charly« Brown arbeitet als Personenschützerin und braucht nach einem aufreibenden Auftrag dringend eine Auszeit. Auf einem Biobauernhof im Knoblauchsland, in der Mitte des Städte-Dreiecks Nürnberg-Fürth-Erlangen, erholt sie sich von den Strapazen, doch der Urlaub wird bald berschattet: Charly erfährt, dass in einer Familie im Dorf schreckliche Dinge vor sich gehen, die allseits bekannt sind. Sie ist schockiert von der Gleichgültigkeit der Bewohner und beginnt, eigenmächtig zu ermitteln. Doch sie hat die Lage falsch eingeschätzt, und ihr Eindringen in die hermetisch abgeschottete Familienstruktur führt zu einer furchtbaren Katastrophe.

ISBN: 978-3-86906-481-9, 220 S., Paperback, € 14.90